Herbert Hirschler

Her mit der Marie

AF176957

Herbert Hirschler

HER MIT DER MARIE

Krimikomödie aus Österreich

2. Auflage 2025
© Carl Ueberreuter Verlag GmbH
Frankgasse 4, 1090 Wien
produktsicherheit@ueberreuter.at
ISBN 978-3-8000-9028-0

Lektorat: Regine Weisbrod, lektorat-weisbrod.de
Cover- Umschlaggestaltung: Saskia Beck, s-stern.com
Satz: Lisa Wilfinger, Carl Ueberreuter Verlag
Coverbilder: Shutterstock
Druck und Bindung: Finidr s.r.o., Cesky Tesin

www.ueberreuter.at

SAMSTAG

„Du musst schon dein Leiberl ausziehen! Und die Hose wäre vielleicht auch nicht schlecht – sonst wird das nix." Janine war langsam etwas genervt, vielleicht war's ja doch eine Schnapsidee, mit dem Computer-Nerd ins Heu steigen zu wollen. *Schnaps* traf's allerdings ganz gut – schon komisch, was der Alkohol aus einem Menschen machte. Oder war es das kleine Jointerl vor dem Volksfest, das ihre Hormone hatte verrücktspielen lassen?

„Weißt du, dass die meisten Truthähne bisexuell sind?"

„Aus jetzt! Wenn das noch lange so weitergeht, such ich mir einen Truthahn. Also, runter mit dem Gwand!"

„Aber das juckt so …"

Weiter kam Tobi nicht, weil Janine die Initiative übernahm und dem im Fummeln gänzlich unerfahrenen Jungspund zeigte, wo es wirklich jucken sollte. Endlich hatte sie ihn so weit, es wurde ihr ganz kribbelig, als sie seine Hände auf der Haut spüren konnte. Sanft berührte er sie, behutsam, vorsichtig. Sie schloss die Augen und ließ Tobi werken.

Das Rascheln im Heu hörte sie kaum, aber plötzlich hatte sie das Gefühl, eine tonnenschwere Last würde über sie kommen und ihr die Luft zum Atmen nehmen. Hatte sich Tobi etwa mit voller Wucht auf sie geworfen? Schwer und kalt fühlte er sich an. Und er stank erbärmlich. Obwohl eben noch fast im siebten Himmel, öffnete Janine erschrocken die Augen. Doch erst, als sie Tobis entsetzten Schrei hörte, begriff sie, dass aus dem Heuhaufen hinter ihnen ein Körper gepurzelt war. Und jetzt lagen sie zu dritt im Heu.

Zwei nackt. Einer tot. Oder so …

EIN PAAR STUNDEN FRÜHER

Um das alles hier besser ertragen zu können, zog sich Janine ein paar Gläser Rotwein und eine Wundertüte rein. Die erste übrigens, seit sie in dieses Kaff gezogen waren. Wieder mal verfluchte sie ihren Göttergatten, der auf die wahnwitzige Idee gekommen war, dass sie beide *auf dem Land* glücklich werden könnten.

Glücklich werden? Hier? Glücklich hatte sich Janine in Wien gefühlt. Zwar nicht immer und, wenn sie ehrlich war, lange Zeit nicht ohne stimmungsaufhellende Mittel aller Art, aber in ihrem letzten Jahr in der Hauptstadt hatte sie das Kiffen aufgegeben und auch den Alkoholkonsum drastisch eingeschränkt. Und jetzt das hier.

Lange hatte sie sich dagegen gewehrt, doch schlussendlich war ihr Schweinehund stärker gewesen. Der Saukerl wusste, dass da in einem Seitenfach ihres Koffers noch ein letzter Rest vom Stoff aus früheren Tagen war. Daraus hatte sich Janine einen erstklassigen Joint gedreht.

Und jetzt ging es ihr etwas besser.

Sie hätte nicht zu sagen vermocht, wie viele Folgen der gerade so gehypten Netflix-Serie sie sich schon gegeben hatte, und sie rechnete fest damit, auch am Abend allein vor dem Fernseher herumzuknotzen. Wie auch all die vorherigen Abende – und all die Abende, die noch kommen würden. Es gab ja sonst nichts zu tun in diesem trostlosen Kuhdorf.

„Wien ist viel zu laut, viel zu hektisch für uns, Schatz. Ich habe endlich einen Platz gefunden, wo alles passt. Es wird dir gefallen." So schön hatte das geklungen. Italien? Vielleicht auch Kroatien? Irgendwo im Süden, ein Häuschen direkt am Meer. „Jerome, du bist der Beste!", hatte sie ihm zugesäuselt und ein zärtliches „Ich liebe dich!" hinzugefügt.

Dann waren sie losgefahren. Richtung Süden, wie sie sich das erträumt hatte. Als ihr Jerome irgendwann den Blinker setzte, dachte sie noch, sie würden eine kurze Pause einlegen. Aber nein, er fuhr einfach weiter, durch Städte und Ortschaften, von denen sie noch nie etwas gehört hatte. Turnitz, Sankt Jakob, Söding – aus einem Kaff raus, schon begann das nächste. „Schau, das Singingtal!", hatte ihr Jerome begeistert gerufen. Und dann: „Schloss Stöxenberg, ein Wahnsinn!" Okay, die Burg, die da von einem Hügel runterschaute, sah gar nicht mal so schlecht aus, aber verfallene Ruinen gab es in Wien auch genug.

„Jetzt fahren wir durchs Wossatal, und dann geht's rauf in die Höh – ist es nicht schön da?" Schön? Was sollte da schön sein? Janine fand es finster und beklemmend. Sie fuhren durch einen pechschwarzen Wald, da kam kein bisschen Sonnenschein durch, und von den vielen Kurven wurde ihr schlecht. Und dann ging's erst so richtig los. Rauf, runter, auf einer Straße wie nach dem Krieg, auf einem Fleckerlteppich aus Teerpatzen und Schlaglöchern, rumpelte Jeromes Jaguar der Sonne entgegen. Aber nicht der Italiens, sondern einem kleinen hellen Fleck zu, weit vorne, zwischen den blöden Nadelbäumen, die Janine so dermaßen auf den Geist gingen, dass sie hätte schreien mögen. Jerome war die Ruhe in Person und meinte, dass hier das Paradies sei und sie sich einfach überraschen lassen solle. Irgendwann, nach endlosem Auf und Ab, waren sie dann in Marienschlag angekommen. Janine hatte es von der ersten Minute an gehasst. Sie sehnte sich nach Italien. Oder wenigstens wieder zurück nach Wien.

Dort verkehrten sie in höchsten Kreisen und waren mit der Hautevolee des ganzen Landes auf Du und Du. Die meisten dieser wichtigen Persönlichkeiten hatten akzeptiert, dass Janine eine ausgeflippte Nudel war. Als Künstlergattin sah man über manche Ausrutscher großzügig hinweg, ob sie nun bei einem Galadinner den Champagner mit Almdudler mischte und literweise schlürfte oder mit dem Hauch eines Kleides und mehr als nur einem Nippelblitzer vor dem Eingangsportal beim Opernball für Aufregung sorgte.

Hier kannte sie kein Schwein. Wenn sie das Fenster öffnete, stank es nach Jauche, und außer langweiligen Wiesen und ödem Wald gab es nichts zu sehen. Dass sie, wenn sie sich etwas weiter aus dem Fenster lehnte, den schneebedeckten Sonnberg in seiner ganzen Pracht sehen konnte, war ihr vollkommen gleichgültig. Der Ort blieb für die Wienerin der reinste Horror. Sie hasste es, dass die Kühe sie mit ihren belämmerten Augen so blöd anschauten und obendrein noch ihre Fladen vor die Einfahrt donnerten. Sie hatte zwar mal gelesen, dass man getrocknete Kuhscheiße rauchen könne, aber wer wusste das schon wirklich.

Sie dachte an Jerome. Ihren Jerome, den sie so sehr liebte. Und dem sie dennoch im nächsten Moment den Teufel an den Hals wünschte. Warum um Gottes willen ließ er sie allein in diesem Nest, während der feine Herr Stargeiger sich seit einem Monat auf Tournee durch Südeuropa fiedelte. Gestern Abend hatte er ihr am Telefon vorgeschwärmt, wie bombastisch sein Konzert in Spanien verlaufen sei und dass die Tour aufgrund des großen Erfolgs noch um einige Stationen erweitert werde. Und dass er gerade Vino Tinto in San Sebastián trinke. Das Leben war nicht fair.

Da sprang ihr die Schlagzeile der Regionalzeitung ins Auge: „Gib dir den Rest – beim Frühlingsfest!" Na, das war mal eine Ansage. Nie und nimmer hätte sie in Wien auch nur einen Gedanken an so ein Event verschwendet. Wahrscheinlich würden sich hier die Dorfschönheiten bis zum Gehtnichtmehr aufbrezeln, um sich dann von sabbernden Lederhosenträgern abschleppen und im Heustadl schwängern zu lassen.

Aber bevor sie sich aus purer Verzweiflung aus dem zweiten Stock in die Kuhscheiße vor der Einfahrt stürzen würde, beschloss Janine, am Abend dort mal vorbeizuschauen.

AUF DEM FEST – PHASE 1

„Na, hat dich deine Mama rauslassen?" Genau das hatte Tobi befürchtet. Was er auch tat, irgendeiner hatte immer einen depperten Spruch auf Lager. Er war halt anders als die Jungs in seinem Alter. Mit Fußballspielen, Holzhacken und Komasaufen konnte er nichts anfangen. Vielleicht lag es daran, dass er ohne Vater aufgewachsen war. Er war auch nicht bei der Landjugend oder den Volkstänzern, nicht bei der Feuerwehr und auch nicht bei der Blasmusik. Was ziemlich ungewöhnlich war in Marienschlag. Jeder war irgendwo dabei, manche auch bei mehreren Vereinen gleichzeitig, denn in den wöchentlichen Proben und Versammlungen ging meist ordentlich die Post ab. Hätte man unter den Mädls und Jungs eine Umfrage gestartet, wer wo und wie in Marienschlag sein erstes Mal erleben konnte, ob mit dem anderen Geschlecht oder mit Hektolitern von Bier und Spritzern, dann stünde ganz bestimmt ein Vereinstreffen an erster Stelle. Oder das legendäre Frühlingsfest, da wackelten auf dem Parkplatz die Autos oft bis in die frühen Morgenstunden, weil die Heustadln schon alle besetzt waren. Auf der Alm da gibt's ka Sünd – und für das Frühlingsfest in Marienschlag galt das genauso.

Doch das war alles nichts für Tobi. Er zog sich lieber in seine eigene Welt hinter die Computermonitore zurück, da konnte er bestimmen, was zu tun war. Nicht seine Schulkollegen, seine Mum oder sonst irgendwer, die hatten alle keine Ahnung, wozu er fähig war. Niemand wusste zum Beispiel, dass er vor ein paar Stunden in den Daten der Landesregierung herumgefuhrwerkt hatte. Oder sich gestern bei einer Brauerei in München eingehackt und die Gehaltsdaten der Mitarbeiter angeschaut hatte. Dabei war es Tobi gleichgültig, was die Leute dort verdienten, es war einfach die Herausforderung, die ihn antrieb. In den allermeisten Fällen schaffte er es innerhalb von wenigen Stunden, die Firewalls der Firmen zu knacken, ohne dass es die hochbezahlten IT-Spezialisten in den betroffenen Unternehmen überhaupt je bemerkt hatten. Er war gut in dem, was er tat, doch das Leben ging schon etwas an ihm vorbei.

Vermutlich aus diesem Grund hatte ihm seine Mum fünfzig Euro in die Tasche gesteckt und ihn mit den Worten „Du gehst heute Abend eh zum Fest, Tobias? Da – kauf dir was Schönes!" quasi gezwungen, bei diesem blöden Frühlingsfest vorbeizuschauen.

„Du kannst nicht immer nur in deinem Zimmer vor diesem depperten Computerkastel sitzen!", hatte sie nachgelegt. „Du musst auch mal raus und dich mit echten Menschen treffen."

Ja, *echte* Menschen, hatte sie gesagt. Wenn Tobi so in die Runde schaute, hatte er da seine Zweifel. Wenn er ehrlich war, hasste er das Fest. Im Vorjahr hatte er den Festbesuch umgehen können, indem er kurz mal eine Bombendrohung losließ und das Festgelände geräumt werden musste, ehe das ganze Spektakel begann. Aber diesmal fiel ihm auf die Schnelle nichts ein. Außerdem waren fünfzig Euro ganz schön viel für den Schüler, der mit seinen ein Meter neunzig alle in der Klasse überragte. Gut, Tobi war auch etwas älter, weil er zwei Wiederholungsrunden hatte einlegen müssen in der Handelsakademie. Nicht, weil er zu blöd war, sondern weil er sich für *sinnlose* Fächer keine Zeit nehmen wollte. Er war gut in Informatik und Mathe, alles andere war nutzloses Beiwerk, wie er es nannte. Dafür war er Experte für wertloses Wissen, er konnte stundenlang die merkwürdigsten Fakten im Internet recherchieren.

Um dieses Fest und das blöde Gerede einigermaßen zu überstehen, hatte sich Tobi dafür entschieden, das Geld seiner Mum in weiße Spritzer anzulegen.

Also stand er jetzt neben dem roh gezimmerten Schanktisch, nippte von seinem Wein-Soda-Gemisch und beobachtete, was sich so tat im Zelt. Noch war es relativ ruhig, viele Marienschlager Pärchen waren in Tracht gekommen und saßen gemeinsam an den Bierzelttischen, als könnte sie nichts auf der Welt trennen. Das war Phase 1 – aber das würde sich bald ändern, wusste Tobi. So war es schon immer gewesen – am Anfang pickten die Burschen und die Mädls noch aufeinander, aber nach den ersten Alkoholinfusionen wurde das Bedürfnis nach Nähe erfahrungsgemäß geringer – zumindest zum eigenen Partner. Es war schon vorgekommen, dass Festbesucher, Frauen wie Männer, nach einem knappen „I komm gleich …" erst einen Tag später wieder von ihren Liebsten gesehen wurden. Das war dann Phase 2 – totale Enthemmung und Massenbesäufnis. Jene, die allein zum Fest gekommen waren, hatten sowieso vom Startschuss an ihren fixen Stehplatz in der Nähe der Ausschank und retteten bei einem Krügerl Bier die Welt. Und das immer wieder, es gab ja genug Probleme, die so anstanden. Zum Glück gab es auch genügend Bier, und so wurde die Welt mit jeder Runde zwar nicht besser, aber leichter zu ertragen.

„Welchen Wein können Sie mir denn empfehlen? Haben Sie eine Weinkarte?"

Na bravo, solche Fragen hatte Tobi in Marienschlag noch nie gehört. Und die bodenständigen Eingeborenen hinter dem Tresen auch nicht.

„Wer lässt fragen?" Briefträger Matthias Maier, der beim Weinausschenken mithalf, hatte einen ganz besonderen Charme. „I bin da Hias, bist du net die Oide, Tschuldigung, die Gattin vom Geiger oben in da Waldgassen?"

„Ja, die bin ich – Janine! So, wo das dann geklärt ist, welchen Wein können Sie mir empfehlen?"

„Weiß und rot!"

„Was heißt weiß und rot? Welchen Weißen haben Sie denn?"

Tobi drehte sich in die Richtung, aus der all diese Fragen kamen. Augenblicklich bekam er nasse Hände, und er musste aufpassen, dass ihm sein Spritzerglas nicht aus denselben rutschte. Die Stimme gehörte zu einem Wesen, das nicht von dieser Welt zu sein schien. Sie reichte ihm gerade mal bis zum Kinn, trug knappe rote Ledershorts, blaue Stiefeletten, eine schwarze Netzstrumpfhose und ein hautenges dunkelgraues Lederblouson – die hellblonden kurzen Haare waren mit grünen Strähnen durchsetzt und die Lippen knallrot geschminkt.

„Na, was schaust du so, Bubi? Mach mal den Mund zu, sonst verkühlst du dir die Mandeln!"

Und weiter zum Schankpersonal: „Was ist jetzt – Herr Hias –, habt ihr eine Weinkarte, oder bin ich da in der Sahara und muss verdursten?"

Der Maier Hias schaute etwas verdutzt, fand seine Fassung aber schneller als Tobi. „Hearst – wir haben nur *einen* Weißen, und das ist der Hauswein vom Grassinger aus Krems. Der ist eh super! Außerdem – wir sind da ja net in Grinzing, Gnädigste." Mit seiner als Postler antrainierten Menschenkenntnis hatte er Janine sofort einsortiert – Tussi aus Wien.

„Aha – na, dann geben's mir halt ein Achterl von Ihrem superen Weißwein!" Jetzt, da ihre Herkunft aufgeflogen war, verfiel Janine freiwillig ins Wienerische.

Hias befüllte ein Viertelliterglas bis zum Anschlag mit dem Haus-und-Hof-Weißen aus einer Doppelliterflasche und schob es über den Tresen. „Achterl gibt's net! Drei Euro dreißig krieg ich."

„Freundlichkeit ist nicht ganz dein Ding, Hias?", blaffte sie ihn an und pfiff von nun an aufs förmliche Sie.

„Hearst, Madl, i hab net ewig Zeit. Also, drei Euro dreißig, die meisten geben vier."

Janine nippte nur kurz am Glas. „Pfuh, ist der grauslich!"

Der Maier Hias und Tobi sahen einander an und mussten lachen. „Drum trinkt ja jeder bei uns an Spritzer, Miss Hollywood! Trink runter, i schenk dir a Sodawasser nach."

„Na ja, auch nicht viel besser ..."

Hias gab sich dennoch zufrieden und widmete sich den anderen Gästen. Das „Und außerdem – was heißt Miss Hollywood? Geht's noch?" hörte er wohl gar nicht mehr.

Da immer noch Phase 1 galt und die Marienschlager Jungs noch nicht besoffen genug waren, um ihre Hemmungen zu verlieren, wurde zwar im gesamten Zelt über die *Geigerin* getuschelt, die man schon ein-, zweimal beim Einkaufen gesehen hatte, aber keiner traute sich näher heran. Noch – aber das würde sich bald ändern, da war sich Tobi sicher.

Stumm standen die beiden nebeneinander am Stehtisch, die ausgeflippte Wienerin in ihrem Designerfummel und der Computer-Nerd in kurzen Jeans und grauem Kapuzensweater. Und beide starrten auf die Tanzfläche, wo die Marienschlager Jugend grad einen Boarischen tanzte – „Komm, zeig mir no a bisserl, i will's a bisserl wissen – Rock mi heit Nacht".

Unausgesprochen hatten die beiden aber doch ihre Gemeinsamkeiten. Als Tobi sich einen neuen Spritzer bestellte, tat Janine es ihm gleich. Und als das nächste Mal Janine als Erste fertig war, bestellte auch Tobi eine weitere Mischung. Seit einer halben Stunde fiel kein Wort zwischen ihnen, gebannt schaute Janine auf den Tanzboden und wunderte sich, was auf dem Land alles möglich war.

Nach dem sechsten Spritzer hatte Tobi etwas Mut getankt und sagte zur Lady neben ihm: „Hi, ich bin der Tobi! Hast du eigentlich gewusst, dass Paul McCartney von den Beatles ‚Yesterday' geschrieben hat? Aber als ersten Text wollt er eigentlich ganz was anderes schreiben, nämlich ‚Eierspeis'."

BIOLOGIEUNTERRICHT

Hä? Was schwafelte der lange Lulatsch da? Wenn das ein Anmachspruch war, dann ein ganz mieser. Oder er war schon wieder so gut, dass er irgendwie funktionierte. Janine schaute sich den Burschen neben sich genauer an – so viel man halt sehen konnte im schummrigen Zeltfestlicht. Er erinnerte sie irgendwie an Pumuckl. Nein, vielleicht doch eher an Ed Sheeran – in Überlänge. Mit schwarzer Nerdbrille und einem roten Haarschopf, der anscheinend kaum zu bändigen war.

Tobi redete weiter: „Eierspeis, natürlich auf Englisch, ‚Scrambled Eggs, oh my Baby, how I love your legs'".

Janine bestellte noch mal beim Hias, diesmal gleich zwei Spritzer, das war ja nicht zum Aushalten. Aber eigentlich sah das lange Früchtchen ganz schnuckelig aus, fand sie. Außerdem war sie Ed-Sheeran-Fan. Der Alkohol zusammen mit den Überresten des Joints entfaltete zunehmend seine Wirkung. Sie tat das sonst nie, dafür mochte sie ihren Jerome viel zu sehr, aber die unbekannten Klänge der Volksmusik hatten etwas Sphärisches und versetzten sie in eine Art Trance. Dazu die Spritzer-Mischungen und wer weiß was noch alles – kurz, Janine wurde plötzlich spitz wie der Malteserhund vom Hofer-Bauern, bei dem sie manchmal Milch holte und der immer ihre Beine begatten wollte.

„Was ist, kannst du was anderes auch als nur blöd daherlabern?"

Tobi sah sie fragend an.

„Wollen wir da mal kurz verschwinden?"

„Was? Wohin?", fragte der ahnungslose Lulatsch verwundert.

„Ich weiß auch nicht, einfach weg! Hast du einen Vorschlag?"

Vorschlag? Hä? Der lange Ed Sheeran hatte offensichtlich keine Ahnung, warum sie jetzt rausgehen sollten, wo sich das Leben ja gerade hier im Zelt abspielte.

Da nahm Janine ihn an der Hand und zog ihn durch einen kleinen Spalt in der Zeltplane ins Freie und kurz darauf durch das offene Tor beim Nachbarn in den Heustadl vom Trummer-Bauern.

Ja – und da dürfte der in diesen Dingen noch völlig unbedarfte Tobi verstanden haben, was sie von ihm wollte.

Bis ihnen dann beim gemeinsamen Biologieunterricht plötzlich ein Dritter aus dem Heuhaufen einen Strich durch die Rechnung machte …

STADLZEIT

„Das ist der Gringo! Wa… was macht denn der da?", stotterte Tobi, nachdem er sich endlich unter dem leblosen Körper heraus hatte befreien können.

„Gringo? Wer ist Gringo?" Janine keuchte immer noch. Dass aus dem kleinen Abenteuer im Heu ein nicht wirklich mehr sehr flotter Dreier werden würde, hatte sie gewiss nicht geplant.

„Wir sagen alle Gringo zu ihm, ich weiß gar nicht, wie er wirklich heißt. Oder – warte mal – ich glaub Hubert, ja Hubert Grossinger oder so … Kennst du die verfallene Keuschen in der Postgasse? Dort ist der zu Hause – ohne Strom und ohne Wasser."

„Oh, der Arme, und jetzt hat er auch noch einen eingeschlagenen Schädel. Wenn's einmal mies läuft, dann aber ordentlich." Empathie schien nicht zu den herausragendsten Eigenschaften der ausgeflippten Wienerin zu zählen.

Aber sie hatte recht, Gringos rechte Schädeldecke sah so aus, als wäre eine Honigmelone geplatzt.

„Ein toter Spanner, das habe ich ja noch nie erlebt!", schob Janine nach, während sie ihren Lederblouson zuknöpfte.

Tobi hatte gerade noch einen letzten Blick auf die volle Pracht erhaschen können, bevor all das verdeckt wurde.

„Wir müssen das sofort Marie melden!", stammelte er.

Janine war offenbar damit beschäftigt, ihre Strumpfhose und die Stiefeletten im Heu zu suchen, und meinte lapidar: „Zwei Fragen – wer ist Marie? Und willst du wirklich so zu dieser Marie?"

Tobi musste zugeben, dass das womöglich doch keine so gute Idee war, er war immer noch fast nackt. Okay – er hatte zumindest seine Socken an, aber das war etwas zu wenig, um in Marienschlag als angemessene Bekleidung zu gelten.

„Die Marie ist bestimmt auch auf dem Fest."

„Wer ist diese Marie?", fragte Janine nochmals.

„Unsere Dorfpolizistin. Sie ist zurück aus Graz und hat ihr Büro gleich neben dem Bürgermeister."

„Was, ihr habt eine Dorfpolizistin? Das gibt's noch?"

„Ja – ich weiß auch nicht so recht, warum, aber egal …" Tobi war mittlerweile vollständig angezogen, und während beide versuchten, das Heu von der Kleidung und aus den Haaren zu bekommen, sagte Janine, dass das Ganze aber unter ihnen bleiben müsse, das sei eh klar.

„Was denn?", meinte Tobi und klang dabei etwas deprimiert.

„Ist ja nix passiert! Also zwischen uns …"

Gringo würde das bestimmt anders sehen, mit dem war einiges passiert, aber der konnte nicht befragt werden.

Tobi wusste nicht, ob er das jähe Ende bedauern oder froh darüber sein sollte. So hatte er sich sein erstes Mal nicht vorgestellt, und der leblose Gringo lag ihm schwer im Magen.

Nachdem sie durch das Stadttor ins Freie geschlüpft waren, musste er sich übergeben.

Janine bemerkte nur trocken: „Ich hoffe ja doch, das war jetzt nicht wegen mir?"

„Ha ha – lustig …"

PHASE 2

Im Zelt wurde mittlerweile Phase 2 eingeläutet. Die Menge des vernichteten Alkohols stand diametral im Gegensatz zu gesittetem Verhalten – sprich, es brodelte im Zelt, und viele Hemmschwellen sanken auf Maulwurfniveau. Ab jetzt wurde auf Teufel komm raus gesoffen und geflirtet, es wurde gegrölt und getanzt, ob auf dem Tanzboden oder auf den Tischen, egal – ab jetzt gab es alles, was zu einem richtigen Volksfest in Marienschlag halt so dazugehörte. Nicht ganz unschuldig daran war – Marie. Janine und Tobi mussten nicht lange nach ihr suchen, denn die Frau Revierinspektorin Marie Unterholzer machte gerade auf der Bühne so richtig Stimmung und sang sich die Seele aus dem Leib.

„Ich will nur, dass du glücklich bist, Marie …"

Und endgültig zum Hexenkessel wurde das Zelt, als Marie ihre Polizeijacke auszog und in die grölende Menge schleuderte. Dass sie singen konnte, wussten die Marienschlager. Und Stimmung machen auch. In den paar Monaten, in denen sie wieder im Dorf war, hatte Marie schon den Bauernball gerockt, das Feuerwehrgschnas, und beim Maifest im Nachbarort hatte es sogar einen Leichtverletzten gegeben, der in Ekstase beim Mitsingen besoffen vom Tisch gefallen war.

Nachdem der Sänger der Band vorhin die erste Zeile des derzeit extrem angesagten Songs „Marie" in die Menge geröhrt hatte, hallte ein lautstarkes „Marie, Marie, Marie" durchs Zelt. Marie war keine Spielverderberin, sie sprang – zur Überraschung der Musiker – auf die Bühne und gab Vollgas.

So kannte man sie. Marie war eine der Ihrigen, und dass sie damals nach diesem schrecklichen Unglück das Dorf über Nacht verlassen hatte und sich erst fünfzehn Jahre später wieder blicken ließ, wurde ihr von fast allen Bewohnern großzügig verziehen. Und die wenigen, die sich darüber mokierten, waren auch früher schon keine Freunde der Familie Unterholzer gewesen. Die meisten freuten sich, dass Marie wieder da war, und waren überrascht, was aus dem traurigen Mädchen von damals geworden war. Graz hatte Marie ganz eindeutig gutgetan, und der etwas machohafte Klodner-Bauer hatte bereits angekündigt, seine Frau ebenfalls für ein paar Jahre in die Steiermark schicken zu wollen.

Marie war schlank, groß gewachsen und mit ihren braunen, schulterlangen Haaren ein Hingucker für alle Männer zwischen fünfzehn und fünfundachtzig. „A Madl vom Land", wie die Marienschlager fanden, mit dem man Kühe stehlen konnte – Pferde gab es nur wenige in der Umgebung.

Janine und Tobi mussten lange warten, bis die Frau Revierinspektorin endlich Zeit für sie hatte – was bei dem derzeitigen Aufregungslevel des verhinderten Liebespaares eine echte Qual war. Es gab halt nicht wenige Lieder, in denen eine Marie die Hauptrolle spielte. „Marie, ich vergess dich nie" von den Nockis war noch relativ frisch, aber erst nach dem Uraltschinken „Marie, der letzte Tanz ist nur für dich" verließ Marie den umgebauten Traktoranhänger, marschierte unter Standing Ovations zu ihrem Tisch und soff unter dem Gejohle der Meute ihr Krügerl aus – auf einen Zug.

„Na servas, also das ist die Marie! Die sauft ja die Bauern da alle unter den Tisch!" Janine war unübersehbar beeindruckt.

„Ich geh mal rüber zu ihr, du wartest am besten da, okay?", schlug Tobi vor und schob sich durch die Menge. Als er sich bis zu ihrem Tisch durchgekämpft hatte, musste er schreien, damit ein paar Wortfetzen zur Frau Dorfpolizistin durchdrangen: „Marie, hättest du grad ein bisserl Zeit? Es ist was passiert …"

„Tobi, was machst denn du da? Und wie schaust überhaupt drein? Sag bloß, dir hat mein Auftritt nicht gefallen?" Marie lachte ihn freundlich an. Die beiden kannten sich seit einer Ewigkeit, Marie hatte auf den kleinen Tobi aufgepasst, wenn die Schneider-Mama auswärts was zu tun hatte. Damals, bevor es geschah …

„Ja – ähm nein – super hast gesungen. Aber ich würde dich draußen brauchen …"

„Gibt's schon wieder eine Rauferei? Es ist immer dasselbe mit den besoffenen Hammeln."

Marie sprang auf, und die beiden bahnten sich mühsam ihren Weg durch die Tischreihen. Überall, auf den Gängen, auf den Bänken und sogar auf den Tischen stand die entfesselte Meute, alle warfen die Arme in die Höhe und sangen frenetisch: „Wo sind die Hände, ich will sie alle sehen …"

„Ah, die Frau Schultner ist auch da", bemerkte Marie, als sie endlich aus dem ärgsten Trubel raus waren und Janine vor der Getränkebar stehen sahen.

„Du kennst sie?"

„Ja, sie hat vorige Woche vergessen, bei der Ortseinfahrt runterzubremsen, da hab ich sie mir mal vorgeknöpft."

Auweh – das konnte ja was werden mit Janine und Marie, dachte Tobi.

Janine stand mit einer Zigarette im Mund und einem Spritzerglas in der Hand zwischen drei Marienschlager Jungs und schien sich aufgeregt zu unterhalten. Einen kurzen Augenblick später klatschte sie dem Kleineren der drei, dem Glauber Schorsch, eine derartige Watschen auf die rechte Wange, dass der sich verwundert einmal um die eigene Achse drehte und einfach umkippte. Jetzt war natürlich der Bär los, die Freunde des sich langsam aufrappelnden Schorschis hatten womöglich noch nie etwas davon gehört, dass man bei Frauen nicht zurückschlagen dürfe, und sahen äußerst unentspannt aus. Zum Glück kam Marie gerade rechtzeitig und stellte sich schützend vor die wagemutige Wienerin.

„Hey, hey, hey – was ist denn da los?"

„Oh, Frau Inspektor, Sie sind's. Wir kennen uns ja! Schön, dass Sie hier sind. Aber mit denen werde ich auch alleine fertig. Ich hab den Deppen da nur um eine Zigarette angeschnorrt, und dann hat er mir auf den Arsch gefasst und gefragt, ob ich mit ihm schmusen möchte!" Janine gab sich immer noch kampfeslustig.

Die drei Burschen hörten gar nicht mehr hin, denn als sie Marie sahen, lachten sie verlegen, als könnten sie keiner Maus was antun.

„Super hast gsungen, Marie!", kam es vom Ersten.

Und der Zweite meinte: „Bist halt doch unsere Beste!"

„Wir haben damals alle für dich angerufen, als du im Fernsehen warst, bei dieser Castingshow!", sagte schlussendlich der Schorsch.

„Ja, danke!", erwiderte Marie. „Und jetzt seid's ein bisserl brav und lasst die Mädls in Ruhe. Verstanden!"

„Jawohl, Frau Inspektor!", kam es unisono von den drei Bauernburschen zurück. Und ein „Nix für ungut!" hatten sie auch noch übrig – für Janine.

I LOVE MARIE

Marie musste schmunzeln. Nach den Fernsehshows vor ein paar Jahren hatte sich manchmal sogar etwas Fanpost in ihren Grazer Briefkasten verirrt. Unter anderem eine bunte Zeichnung des damals zwölfjährigen Glauber Schorschi, wie sie den Georg hier alle nannten. Darauf war eine Frau zu sehen, die auf einem braunen Fass stand und so etwas wie ein Mikrofon in der Hand hielt. Es hätte allerdings auch ein Haarföhn sein können. Und das Fass sollte bestimmt eine Bühne darstellen. Mächtige Scheinwerfer strahlten gelbe Lichtkegel auf die Sängerin. Auch wenn nicht wirklich viele Ähnlichkeiten auszumachen waren, wusste man sofort, wer die Person auf dem Bühnenfass sein sollte, denn über den Scheinwerfern waren dicke rote Herzen gemalt, und dazwischen stand immer wieder „I love Marie". Damals war der Schorschi noch ein echter Romantiker, dachte Marie. Inzwischen dürfte diese Eigenschaft etwas verloren gegangen sein.

„So, was ist denn so wichtig, dass du's draußen mit mir klären musst? Oder war's das?", fragte Marie den Tobi.

Janine klinkte sich ein, während sie das Zelt verließen: „Das gibt's ja nicht. Was war denn das eben? Die waren ja plötzlich friedlich wie Teddybären. Haben die so einen Respekt vor Ihnen, weil Sie mehr vertragen als die Loser?"

„Na ja – ich glaub nicht wirklich, dass ich mit denen mithalten könnte. Aber ich trink halt im Dienst nur alkoholfreies Bier."

„Ha ha – wer's glaubt! Das können Sie jemandem anderen erzählen."

„Frau Schultner, mir ist völlig egal, was Sie glauben oder nicht, das ist Ihre Sache." Mit wachsender Genervtheit wandte Marie sich an Tobi. „So, was ist jetzt?"

Doch schon wieder riss Janine die Unterhaltung an sich. „Alkoholfrei? Ehrlich? Und die glauben alle … Das ist ja abgefahren. Respekt, Frau Inspektor!"

Marie ignorierte das und sah Tobi auffordernd an. Der war in den letzten Minuten immer zappeliger geworden, mittlerweile standen ihm dicke Schweißtropfen auf der Stirn, und endlich konnte er Marie erzählen, was ihn so belastete.

„Im Heustadl vom Trummer-Bauern liegt der Gringo. Mit eingeschlagenem Schädel!"

EINFACH WEG

„Was?" Marie hoffte, sich verhört zu haben. Wenn man aus dem lauten, bumsvollen Festzelt plötzlich in die Stille der Nacht stolperte, konnten einem die Ohren schon mal einen Streich spielen. Obwohl, so still war es da auch nicht. „Atemlos durch die Nacht …" hämmerte die Musik aus dem Zelt, und genauso atemlos stand Tobi vor ihr, und er sah aus, als ob er sich gleich in die Hose machen würde. Daneben diese schrille Janine Schultner, die eindeutig overdressed war für ein Zeltfest in Marienschlag. Oder eher völlig falsch gedressed, wie Marie befand. Egal – was die beiden miteinander zu tun hatten, das würde sie schon interessieren. Aber jetzt gab es Wichtigeres …

„Den Gringo habt's gefunden? Und das sagst du mir erst jetzt?"

„Ich wollte ja eh immer schon …", stotterte der Junge, und irgendwie erinnerte er Marie wieder an den dreijährigen Buben von früher, auf den sie aufgepasst hatte.

„Wie ist das passiert? Hast du was damit zu tun?" Marie war nun ganz Polizistin, sie musste das fragen.

Tobi brachte kein Wort mehr heraus und eilte aufgeregt voraus.

„Oder Sie?", fragte Marie jetzt Janine, die neben ihr ging.

„Nein! Natürlich nicht!", antwortete diese empört. „Was glauben Sie denn von mir? Wenn wir was damit zu tun hätten, hätten wir Sie außerdem wohl kaum geholt, oder?"

Da war was dran, dachte Marie. Obwohl – es gab bestimmt eine Menge ausgefuchster Verbrecher, die so handelten, um von sich abzulenken. Aber diese Kaltschnäuzigkeit traute sie den beiden nicht zu, schon gar nicht Tobi.

„Da ist ja mehr los als in Chicago. Und die Buberln im Zelt sind auch etwas übermotiviert. Danke fürs Schlichten. Doch den Bauernbazis hätt ich es schon gezeigt. Die haben sich mit der Falschen angelegt …"

„Ja, ja, ganz bestimmt", entgegnete Marie ungeduldig.

„Und danke für letzte Woche. Ich weiß, dass du – sorry – Sie mich da verschont haben …"

Janine war am vorigen Freitag eindeutig zu schnell unterwegs gewesen. Als Marie sie angehalten hatte, war die Wienerin so aufgedreht, dass sie begann, ihre halbe Lebensgeschichte zu erzählen. Marie hatte Mühe gehabt, sie zu stoppen, und Janine erklärt, dass sie ausnahmsweise ein Auge zudrücken und es bei einer Verwarnung belassen würde. Doch beim nächsten Mal werde das nicht so glimpflich ausgehen …

Marie wusste, wann eine Grenze überschritten war und man hart durchgreifen musste. Und wann eben nicht, weil es sich nämlich nur um ein klitzekleines Vergehen handelte, wo man nicht gleich ein großes Wasser draus machen musste. Die eingefleischten Marienschlager hatten ohnehin einen Bonus bei ihr, aber auch die *Zuagrasten* gehörten irgendwie zur Dorffamilie.

„Der Auftritt vorhin war echt ein Wahnsinn! Tolle Stimme! Singst du – singen Sie in einer Band?“

„Nein, nur hobbymäßig“, entgegnete Marie, die endlich über den Gringo im Heustadl reden wollte.

Doch Janine ließ nicht locker. „Ich kenn da einen Produzenten, der bringt dich – Sie – ganz groß raus …“

„Ich will gar nicht groß rauskommen, ich will jetzt wissen, was mit dem Gringo los ist.“

„Ja, sorry, aber wenn du irgendwann mal in die Musikbranche willst …“ Janine versuchte es nun gar nicht mehr mit einem *Sie*.

Marie konnte ihre Genervtheit nur noch mit Mühe verbergen. „Ja, dann melde ich mich. Und meinetwegen bleiben wir beim Du, ist ja sowieso üblich in Marienschlag. So, da sind wir …“

In dem Licht der Straßenlaterne vor dem Trummer-Stadl sah man nun deutlich das riesige Eingangstor, das fest verschlossen war. „Komisch“, sagte Tobi, „hab ich das nicht offen lassen, als wir da raus sind?“

Marie fragte nur kurz: „Wart ihr *beide* da drinnen?“

Keine Reaktion.

Okay, keine Antwort ist auch eine Antwort, dachte Marie. Sie wusste, was während des Festes in den Heustadln der Umgebung so alles passieren konnte, aber Tobi und diese überdrehte Janine?

Tobi schob die schwere Tür einen Spalt auf: „Puh, ist das finster. Ich bin mir sicher, dass ich das Licht aufdrehen lassen hab."

Während Marie vor dem Tor stehen blieb, suchte das ungleiche Paar im Stadl nach dem Lichtschalter.

„Na, willst nicht reinkommen, Frau Inspektor? Oder hast du Angst vor der Dunkelheit?", rief Janine auf die Straße hinaus. „Gleich wird's hell …"

Nur eine Sekunde später hörte Marie sie fluchen, offenbar war Janine irgendwo dagegengerannt. „Wo ist denn jetzt dieser scheiß Lichtschalter!"

„Da ist er." Tobi hatte ihn gefunden, und das Licht ging an. Doch seine Freude hielt nicht lange. „Da ist keiner! Der ist weg!"

Na, was nun, dachte Marie und marschierte in den hell erleuchteten Stadl. „Wer ist weg?"

„Das gibt's ja nicht! Wo ist er denn jetzt?" Tobi schüttelte immer wieder den Kopf, während er gemeinsam mit Janine die Heuhaufen durchwühlte.

„Weit kann er nicht sein, so tot wie er war!", meinte Janine trocken und durchsuchte jetzt auch die nebenan liegende Fahrzeughalle.

„So, Moment mal! Noch mal in aller Ruhe: Was oder wen sucht ihr genau?"

„Den Gringo! Der ist da aus dem Heuhaufen gefallen, vor einer halben Stunde!", antwortete Tobi verzweifelt.

„Und ihr seid euch sicher, dass ihr nicht ein paar Spritzer zu viel getankt habt – da kann man sich schnell was einbilden. Oder irgendjemand hat sich einen Spaß mit euch gemacht?"

„Nein! Wenn ich's dir sage, da ist er gelegen, der Gringo, mit seinem eingeschlagenen Schädel!" Tobi zeigte auf eine Stelle im Heu, wo beim besten Willen nichts zu sehen war. Schon gar kein toter Gringo.

„Mich würde interessieren, was ihr überhaupt hier gesucht habt?", fragte Marie.

„Ähm, also …", stotterte Tobi.

„Was ist denn das?", rief da Janine.

FEUERWEHREINSATZ

Die Feuerwehrsirene vom Gemeindehaus machte einen Höllenlärm, und das schon eine ganze Weile. Dreimal auf- und wieder abschwellend, so, als wollte sie Tobi etwas Zeit verschaffen, damit er sich eine gscheite Ausrede überlegen konnte. Aber die Sirene tat das nicht aus Gefälligkeit, sondern, um die Mitglieder der Freiwilligen Feuerwehr Marienschlag zu alarmieren, weil irgendwo irgendwas passiert sein musste.

Jetzt hatte Marie keine Zeit mehr, sich die haarsträubende Story vom toten Gringo anzuhören. Als Dorfpolizistin musste sie natürlich nachschauen, was da los war.

„Wir haben im Stadl eine Katze miauen gehört – so richtig schiach hat das geklungen. Drum wollten wir nachschauen …" Tobis Gestammel hörte Marie schon kaum mehr, rannte sie doch bereits auf die Straße. Hätte sie sowieso nicht geglaubt.

Die Kameraden der Feuerwehr waren allesamt beim Frühlingsfest. Da es vom Zeltplatz bis zum Gerätehaus gerade mal hundert Meter waren, hätte man annehmen können, dass die Zeit bis zur vollständigen Einsatzbereitschaft der gesamten Mannschaft nur wenige Minuten dauern würde. Leider waren aber eine Vielzahl der sonst so verlässlichen Mitglieder der Wehr bereits tief in Phase 2 des Festgeschehens eingetaucht, das heißt, sie waren erheblich unkoordiniert unterwegs, als sie zum Feuerwehrhaus wackelten.

Doch der Maier Hias hatte alles unter Kontrolle. Viele Marienschlager arbeiteten auswärts, bei Einsätzen an Wochentagen war es sauschwer, genügend Personal zusammenzubekommen. Er selbst hatte den Vorteil, dass er als Briefträger auch unter der Woche im Ort unterwegs und so immer einsatzfähig war. Daher war er auch seit fünfzehn Jahren der Chef dieser kleinen, aber feinen Feuerwehrtruppe.

Weil er heute beim Fest *hinter* dem Schanktisch mithalf und bisher nur auf ein paar unvermeidliche Mittrink-Spritzer eingeladen worden war, hatte er den Überblick und übernahm selbstverständlich die Leitung dieses Einsatzes. Der da lautete: Feuer beim Hubert Grossinger vulgo Gringo.

Die alte Keuschen vom Gringo stand in Vollbrand, die Funken flogen in alle Richtungen, und es sah spektakulär aus. Die Mannschaft war mittlerweile vollständig beim Brandort eingetroffen. Sobald es darauf ankam, waren die Mitglieder der Freiwilligen Feuerwehr Marienschlag hart im Nehmen. Selbst wenn diesmal ein paar Promille mehr als normalerweise im Spiel waren. Kommandant Maier machte sich Sorgen, dass auch die Nachbarhäuser Feuer fangen könnten, daher ließ er die Kameraden mit ihren Strahlrohren hauptsächlich auf die umliegenden Bauernhöfe zielen. Was die meisten trotz Volksfest-Phase 2 noch einigermaßen treffsicher erledigen konnten. Gringos Hütte war wohl nicht mehr zu retten, die brannte fast so schön wie das riesige Osterfeuer auf dem Sportplatz, mit dem die Marienschlager in der Osternacht das große Osterfressen einläuteten. Aber heute war nicht Ostern.

Mittlerweile hatte sich fast die gesamte Festgesellschaft vom Zelt zum Haus vom Gringo verlagert.

Marie versuchte, zum Maier Hias durchzukommen. Doch der war anderweitig beschäftigt. Während sie beim Tankfahrzeug auf ihn wartete, wurde sie Ohrenzeugin eines interessanten Gesprächs.

„War eh so eine alte Ruine, das Häusl. Gott sei Dank ist es jetzt weg!", raunzte Adele Pfropfinger der neben ihr stehenden Melania Stock zu.

„Ja, es war eine Schand. Meinst du, er war gut versichert, der Gringo?"

„Geh, der würd gar keine Versicherung brauchen. Wo er doch vorige Wochen einen fetten Lottogewinn gmacht hat. Weißt du das gar net?" Adele Pfropfinger führte nicht nur die Trafik am Ortseingang, sondern auch eine große Klappe und war als Dorftratschen so etwas wie eine Institution in Marienschlag. Wenn jemand wollte, dass es der ganze Ort wissen sollte, musste man es nur Adele zuflüstern, mit dem Zusatz: „Aber bitte, das bleibt unter uns!"

„Oh ja, ghört hab i da was. Weißt du, wie viel er wirklich gwonnen hat?", fragte Melania aufgeregt.

„So, wia der sich aufgeführt hat, bestimmt an Sechser!"

„Was – an Sechser?" Melania fing an zu schnaufen. „Aber hat der überhaupt ein Geld zum Spielen?"

„Viel hat er net, der kriecht eh am Zahnfleisch daher. Aber das lässt sich der Gringo net nehmen, jede Woche spielt er zwei Tipps. Und den Joker!"

„Und jetzt hat er wirklich gewonnen, der Hund?" Melania konnte es augenscheinlich immer noch nicht fassen.

„Ich war ja selber dabei, wie er die Lottozahlen verglichen hat. Des ist jedes Mal das Gleiche, Fernseher hat er ja keinen. Und eine Zeitung kauft er auch nie bei mir. Immer am nächsten Tag nach der Ziehung kommt er in meine Trafik und schaut sich die Zahlen an, die am Titelblattl von den Zeitungen stehn. Aber so gfreut hat er sich noch nie – wie ein Nackerter, dem man ein Gwand gibt. Ich hab so was noch nie gesehen, der ist in meiner Trafik herumgsprungen, ich hab schon Angst ghabt, dass er mir die Zigarettenpackeln alle durcheinanderhaut. Und dann hat er mich abbusselt – des war net schön, sag ich dir. Und tausendmal hat er Danke gsagt. Endlich hat er auch einmal Glück, hat er gmeint und hat Tränen in die Augen ghabt, wie er ausse ist, aus mein Trafikantenhäusl!"

Melania fasst ihre Überraschung mit einem Wort zusammen: „Oarg!"

„Na, Marie! Da tut sich was in Marienschlag! Eben noch auf der Showbühne – und jetzt brennt die oide Hüttn vom Gringo ab. Bist froh, dass du wieder daheim bist? Fad wird dir bestimmt net bei uns, gell?" Nachdem er alle Strahlrohre samt einigen leicht schief stehenden Feuerwehrkameraden neu einjustiert hatte, stand Kommandant Hias mit rußgeschwärztem Gesicht neben Marie. Er sah aus wie ein Wilderer aus einem alten Heimatroman.

„Net wirklich!" Und trotz der ernsten Lage musste Marie einfach fragen: „Sag, wann hast du dir das letzte Mal das Gesicht gewaschen, Hias?"

Der Feuerwehrhäuptling nahm es mit Humor. „Du kannst mir ja später beim Duschen helfen."

„Leider keine Zeit! Du, ich hoff nur, dass der Gringo nicht im Haus war? Weiß man schon was?"

Hias Maier war sich fast sicher, ihn gerade noch in der Nähe des Festzelts gesehen zu haben. Der Gringo warte nämlich meistens hinter der Plane des Küchenzelts, bis sich die Kochmannschaft in der Schnapsbar schnell mal eine Runde Barcadi-Cola gönne, und – schwuppdiwupp – wenn die zurückkamen, fehlten immer drei, vier Hendlhaxen vom Griller.

„Um den musst dir keine Sorgen machen, der ist ganz bestimmt net im Haus gwesn!", war sein Resümee.

„Na, dann hat er noch mal Glück gehabt, der Gringo. Hoffentlich war er versichert. Ich geh ihn mal suchen, vielleicht gibt er mir ja ein Grillhendlhaxl ab."

Auf dem Weg zum Festzelt kamen ihr Tobi und Janine entgegen. Sie schnappte gerade noch Tobis letzte Worte auf: „… und dann ist sie bei diesem Superstar-Dingsda bis in die dritte Runde gekommen …"

„Ich wusste gar nicht, dass du berühmt bist, Frau Revierinspektor!", kam es von Janine, als sie Marie bemerkte.

Seit Marie vor Jahren bei diesem Talentwettbewerb im Fernsehen mitgemacht hatte, wurde sie immer wieder darauf angesprochen. Ja, sie sang wahnsinnig gern, und irgendwann hatte eine Weihnachtsfeier in Graz in einer Karaokebar geendet. Da wurde Marie quasi entdeckt, und einige Kollegen meldeten sie bei dieser Castingshow an. Eigentlich hatte sie gar nicht hingehen wollen, aber, mein Gott, was machte man nicht alles für einen Blödsinn, hatte sie später einer Freundin erzählt. Marie schaffte es bis in die Liveshows, und man kann sich vorstellen, wie die Marienschlager geschaut haben, als da plötzlich *ihre* Marie „I love Rock 'n' Roll" aus dem Fernseher röhrte. Wenn sie auf einer Bühne stand, vergaß sie die Welt um sich, da gab es nur eines: Volles Rohr! Trotzdem war ihr der Rummel nach den Fernsehauftritten etwas unangenehm gewesen.

„Ha – berühmt? Eher berüchtigt", entgegnete Marie.

„Kühe geben viel mehr Milch, wenn sie Musik hören." Tobi hatte auch etwas zu dem Thema beizutragen.

„Danke, Tobi. Vielleicht sollte ich eine Tournee durch die Marienschlager Kuhställe machen, dann laufen die Melkmaschinen heiß …" Doch dann wurde Marie ernst: „Habt ihr den Gringo gesehen?", fragte sie das ungleiche Gespann.

„Natürlich – vorhin im Stadl!", antwortete Janine etwas trotzig.

„Ja, klar, aber da war er nicht. In seiner Hütte hat man ihn auch nicht gefunden. Zum Glück! Aber wo kann er denn sein? Denkt noch mal nach, was da genau passiert ist im Stadl. Könnt ihr am Montag um drei in mein Polizeikammerl kommen? Da reden wir über alles, okay? Sorry, ich muss zurück zum Festgelände."

Marie war in Gedanken immer noch beim Gringo. Der arme Kerl hatte kein Dach mehr überm Kopf. Merkwürdig, dass er sich nicht blicken ließ. Ob er es überhaupt mitbekommen hatte, dass seine Hütte abgebrannt war? Das konnte ihm wohl kaum verborgen geblieben sein, so groß war Marienschlag nicht. Irgendwo musste er sein. Marie würde zuallererst bei den Grillhendlhaxln nachschauen, wo er laut Hias hoffentlich zu finden wäre. Dann würde er ihr schon erzählen, was da los gewesen ist im Heustadl. Und was er sich dabei gedacht hat, die beiden so zu erschrecken. Und vor allem würde sie herausfinden, wie das mit seiner Hütte passiert war. Womöglich hatte er seinen Heizstrahler zu nahe am Vorhang geparkt? Und eine Bleibe für die nächsten Wochen würde sie ihm wohl auch organisieren müssen.

Auf dem Rückweg zum Zelt traf sie nochmals den Maier Hias. Er erklärte ihr, dass seiner Mannschaft nichts anderes übrig geblieben sei, als das Haus erfolgreich abbrennen zu lassen. Ein paar Feuerwehrkameraden mussten als Brandwache vor Ort bleiben, die restliche Meute marschierte schnurstracks zurück zum Zelt. Mittlerweile war es zwei Uhr morgens – und das Fest noch lange nicht zu Ende. Im Gegenteil, die Musikanten hatten sich bereit erklärt, eine Überschicht einzuschieben, der Würstelofen und der

Hendlgriller wurden erneut angeworfen, und das Frühlingsfest nahm wieder Fahrt auf. Phase 2,5. Gut, dass Sonntag war.

Ah ja – Marie suchte zwar überall, fand ihn aber nicht, den Gringo. Am Griller fehlten einige Hendlhaxl, und das Küchenpersonal meinte, dass das nur der Gringo gewesen sein könne, weil der die bei jedem Fest stibitzen würde. Marie war beruhigt und ging irgendwann auch schlafen. Draußen war es schon hell …

Ich hasse ihn, oh Gott, niemand kann ermessen, wie sehr ich ihn hasse. Wenn ich ihn sehe, wie er selbstgefällig daherkommt, mit seiner großen Wampen – ich könnte ihn umbringen!

SONNTAG

„Wir haben a Leich im Haus vom Gringo gefunden", bellte Feuerwehrkommandant Hias Maier ins Telefon.

Jetzt war Marie hellwach. Es war zehn Uhr vormittags, nach gerade mal drei Stunden Schlaf hatten ihre Hirnsynapsen einige Zeit gebraucht, bis sie realisiert hatten, dass das Handy Sturm läutete.

Vorher war Marie wieder von diesem Albtraum gequält worden. Auch dieser begann stets mit einem Telefonanruf, wo sie nach dem Abheben die Stimme eines schnöden Polizeibeamten hörte, der ihr mitteilte, dass ihre Eltern tödlich verunglückt seien. Ohne Anteilnahme, mit null psychologischem Einfühlvermögen. Bääm – die alles zerfetzende Wahrheit mitten ins Gesicht. Danach das große Zittern am ganzen Körper, Verzweiflung, Tränen, Wut – jede Nacht dieselben Bilder, die Marie nicht und nicht aus dem Kopf bekam.

„Marie? Bist du noch dran?" Hias Maier klang etwas besorgt. „Der Gringo …"

„Ja, ich hab es verstanden. Hat es ihn also doch erwischt. Es tut mir so leid um den armen Kerl!"

„Das war anscheinend doch net er, den i bei den Hendlhaxln gsehn hab. Und jetzt ist er tot, die arme Sau!"

Marie wusste, dass Hias das Wort *Sau* in diesem Zusammenhang nicht als Schimpfwort verwendete, das war eine ganz normale Bezeichnung am Land für jemanden, dem das Schicksal übel mitgespielt hatte.

„Wo habt ihr ihn denn gefunden?", fragte Marie traurig.

„Auf seinem alten Sofa – zumindest das, was von ihm übriggeblieben ist."

„Aber ihr hattet doch nachgeschaut, ob wer im Haus ist – oder?", fragte Marie.

„Natürlich! Aber der ist so zusammengeknuddelt unter einer grindigen Tuchent gelegen, dass ihn unser Atemschutz-Trupp net gleich gesehen hat. Die haben geglaubt, da liegt ein Polsterhaufen oder so – er war ja nur mehr Haut und Knochen, der Gringo …“, rechtfertigte Hias sich und seine Männer. „Heut in der Früh beim Kontrollgang hat man dann leider gesehen, dass das auf dem alten Sofa doch keine Bettwäsche war.“

Das hat er nicht verdient, dachte Marie. Das hat keiner verdient …

„I wollt dich net früher wecken, du bist ja auch erst in der Früh nach Hause gegangen. Dr. Specki hat ihn sich schon angeschaut, ein Balken von seiner Holzdecken dürft ihn getroffen haben, weil er einen ganz eindruckten Schädel gehabt hat. So ein Pech aber auch. Und das jetzt, wo er endlich a Glück gehabt hat.“

Gringos Lottogewinn hatte sich also rumgesprochen.

„Ja, ich hab davon gehört. Und was hast du gesagt, der Gringo hat eine Kopfverletzung?“

„Ja, aber wie gesagt, der Specki meint, dass ihm da was draufgefallen ist!“

Bei Marie läuteten die Alarmglocken. Sie sollte vielleicht doch noch heute mit Tobi und Janine sprechen. Und beim Dr. Specki, wie der Gemeindearzt Dr. Speckhammer von den meisten hier respektlos genannt wurde, würde sie auch vorbeischauen müssen.

„Wo ist der Gringo jetzt?“, fragte sie Hias.

„Dr. Specki hat ihn eingesammelt und mitgenommen, heut ist ja keiner in der Bestattung in Neukreuz. Der Doktor wohnt im alten Spar-Geschäft, das vor fünf Jahren zugsperrt wurde. Du weißt ja, wo das ist. Und da gibt’s noch den Kühlraum, den nutzt er, um das Wild frischzuhalten, wenn er mal eins beim Jagen erwischt hat. Und manchmal wird da auch a Leich zwischengelagert, wie jetzt halt der Gringo.“

„Aha? Okay.“ Marie wollte sich das nicht näher vorstellen. Eine letzte Frage hatte sie dann doch: „Habt ihr schon eine Ahnung, warum es überhaupt gebrannt hat?“

„Nein, leider net. Wir haben zwar einen Heizstrahler gfunden, aber der Gringo hat schon seit Jahren keinen Strom mehr in seinem Häusl gehabt. I muss das sowieso melden, dann kommt irgendwann a Brandsachverständiger, und der schaut sich das genauer an.“

MARIENSCHLAG

Nur eine schmale Landstraße führte hinauf in diesen idyllischen Ort, der mit seinen etwas mehr als tausend Einwohnern auf Außenstehende wie ein vergessener Fleck Einöde aus längst vergangenen Zeiten wirken mochte.

Es gab nur ein paar Gassen mit teils kostengünstig schnell-schnell, teils liebevoll renovierten Bürgerhäusern, eine Handvoll Bauernhöfe, die meisten im Nebenerwerb genutzt, eine Siedlung am Rand für die nicht in die Stadt geflüchteten Jungen und immer mehr abenteuerliche Wohngebilde für die *Zuagroasten*, die die Ruhe hier genießen wollten. Dazu eine Kirche samt dazugehörigem Kirchenwirt, einen Kindergarten, die Volksschule, Gemeindearzt Dr. Specki, einen Greißler, die Trafik von Adele Pfropfinger, eine Post und eine Raiffeisenbank – mehr gab es nicht auf knapp siebenhundert Metern Seehöhe. Ah ja – auch der Jakobsweg führte mitten durch den Ort, auf den paar Hundert Metern vom Ortsanfang bis zum Ende waren fünf Wegweiser mit der gelben Muschel auf blauem Hintergrund an die Bauernhäuser genagelt worden, damit geschätzte fünfzehn Pilger pro Jahr auch wirklich den Weg durch Marienschlag fanden. Auch wenn sich das eigentliche Ziel aller Jakobswege, Santiago de Compostela, mehr als dreitausend Kilometer entfernt irgendwo in Spanien befand, wollte man in Marienschlag ganz vorne dabei sein, sobald der Pilgerboom so richtig ausbrach. So sah das zumindest der Herr Pfarrer. Er hoffte auf viele Lämmchen, die Geld in die marode Pfarrkasse bringen würden, wenn sie dann auch im Pfarrhof übernachten. An sich träumte er ja von einer hypermodernen Pilgerherberge, die er schon mehrmals beim Bürgermeister angesprochen hatte. Aber Marienschlag war nicht gerade mit übermäßigen Steuereinnahmen gesegnet, und dem Gemeinderat war der heilige Jakob mehr oder weniger gleichgültig, und daher war der Vision des Herrn Pfarrer wenig Erfolg beschieden.

Gepilgert wurde trotzdem, einmal im Jahr, und zwar am letzten Juli-Wochenende. Da marschierte der halbe Ort nach Sankt

Kreszentia. Die Klapprigen und Altersschwachen wurden auf einen Traktoranhänger gesetzt und durften die fünfzehn Kilometer bis zur kleinen Wallfahrtskirche am Friedensberg sitzend oder sogar liegend hinter sich bringen. Der Rest der Marienschlager wanderte tapfer durch Wald und Wiesen, und dank ein paar mitgeschmuggelter Schnapsflascherln wurde die Stimmung unterwegs immer besser. In Sankt Kreszentia gab es einen Gottesdienst, und mit einem Bus ging es dann zurück nach Marienschlag. Natürlich nicht sofort, denn da lagen zwei, drei Wirtshäuser am Weg, in die man nach so einer anstrengenden Wallfahrt natürlich einkehren musste. Der Schlusspunkt wurde dann stets beim Bock Franz, beim Kirchenwirt, gesetzt. Das war eindeutig das Kommunikationszentrum Nummer eins von Marienschlag.

Und genau dort hatte man auch zum ersten Mal davon gehört, dass Marie wieder zurückkommen werde. Und diesmal erwies es sich als mehr als nur ein Gerücht, denn vor ein paar Monaten war Frau Revierinspektorin Marie Unterholzer tatsächlich in ihr kleines Polizeikammerl im Gemeindehaus gezogen. Eine eigene Polizeiinspektion gab es seit der großen Reform 2014 nicht mehr, und eigentlich hätte ihre Dienststelle in der Bezirkshauptstadt Neukreuz gelegen. Aber weil Marienschlag geradezu am Arsch der Welt lag und der Weg von Neukreuz über zwei Gebirgspässe vor allem im Winter bis zu eineinhalb Stunden dauern konnte, hatte der Bürgermeister eine Ausnahmeregelung beim Bezirkspostenkommandanten erwirkt.

So richtig offiziell war dieses Police-Home-Office zwar nicht, doch wo kein Kläger, da kein Richter. Außerdem hoffte Bürgermeister Karl Kiefer immer noch, dass das was werden könnte, mit der Marie und ihm.

GEDANKENREISE

Marie konnte sich gut an Gringo erinnern. Eigentlich an Hubert, zum Gringo war er erst später geworden. Maries Vater, Hans Unterholzer, war damals als Bürgermeister auch für die Forstverwaltung verantwortlich gewesen und hatte den Hubert sehr geschätzt. Zu Hause wurde oft über den „riesengroßen Kerl mit Handtellern wie Klodeckel" gesprochen, der als Holzknecht in den weiten Wäldern rund um Marienschlag genau der richtige Mann am richtigen Platz war.

Doch dieser Bär sah ganz zerbrechlich aus und brachte kein Wort heraus, als er mit rot geweinten Augen vor der Haustür stand und Maries schmächtige Rechte mit der mächtigen Pranke ewig lange gedrückt hielt, um ihr sein Mitgefühl auszusprechen.

Damals, an diesem dreizehnten Dezember vor fünfzehn Jahren, an dem ihre Eltern mit Papas Dienstwagen in den Teich geschlittert waren und jämmerlich ertranken.

Maries Tante Resi Spitzer und ihr Mann Kurt hatten ihr beistehen, für sie da sein wollen, sie durch die schweren Zeiten begleiten. Doch das ging gehörig schief, waren sie doch mit der Situation genauso überfordert wie Marie. Alles hatten sie probiert, sie nahmen Marie zu sich und wollten ihr ein Stück *Zuhause* geben, indem sie versuchten, den Tagesablauf ähnlich zu gestalten, wie Marie es gewohnt war. Tante Resi kochte sogar nach denselben Rezepten, wie es ihre Schwester getan hatte. Aber nicht einmal der von Marie früher so heiß geliebte Apfelstrudel, den Tante Resi genauso hervorragend aus dem Rohr zaubern konnte wie Maries Mama, konnte dem verzweifelten Mädchen etwas Licht in seine düsteren Tage bringen. Mit jedem besorgten Blick, jedem tröstenden Wort wurde Marie verschlossener und rebellischer, bis sie bald niemanden mehr an sich heranließ.

Das Dorf, in dem sie so glücklich gewesen war, fühlte sich nun fremd und leer an. Der Blick auf den Sonnberg machte sie traurig und riss tiefe Wunden in ihre Seele. Früher hatte sie es geliebt, wenn das erste Licht der Morgensonne den Berg in ein magisches

Orange tauchte und den Schnee, der oft bis in den Mai hinein lag, glitzern ließ. Oder wenn dieselbe Sonne am Abend blutrot hinter dem majestätischen Berg verschwand und dem Tag seine Farben nahm. Wie oft war sie dort mit ihren Eltern wandern gewesen. Doch nie mehr würden sie gemeinsam auf dem steilen Forstweg zur Wuchtelhütte und dann weiter zum Gipfelkreuz marschieren können. Anfangs hatte ihr Vater sie noch auf den Schultern hinaufgetragen, aber bald schon hatte sie alleine wandern wollen. Und wenn sie dann am Abend todmüde ins Bett fiel, war sie glücklich und stolz, den Weg geschafft zu haben. Und irgendwann, das hatten ihre Eltern ihr versprochen, irgendwann würden sie alle gemeinsam richtig weit wandern, vielleicht sogar den Jakobsweg, weil sie so tapfer und geländegängig sei. Ja, „geländegängig" hatte ihr Vater gesagt, und Marie hatte sich wie eine Schneeprinzessin auf diese gemeinsame Tour gefreut.

Aber alle diese Pläne, alle Träume, alles, was sie sich gemeinsam vorgenommen hatten, all das war ab diesem dreizehnten Dezember für immer verloren. Maries junges Leben war mit einem Schlag sinnlos geworden, alles in Marienschlag erinnert sie an ihre Eltern und die unbeschwerte Zeit vor diesem schrecklichen Unfall.

Und deshalb verschwand sie. Über Nacht!

Kurz zuvor hatte sie noch ihre Lehre als Verkäuferin in einem Modegeschäft in Neukreuz abgeschlossen, und dann zog sie zu einer Brieffreundin in Graz, die mit zwei anderen Mädls in einer Wohngemeinschaft lebte. Die freuten sich, dass sie die Miete jetzt durch vier teilen konnten, und verhalfen Marie zu einem Halbtagsjob in einer Boutique am Joanneumring.

Es dauerte ein paar Jahre, bis Marie wieder bereit war, am Leben teilzunehmen, womöglich hatte der beinahe schon südländische Charme der steirischen Landeshauptstadt seinen Teil dazu beigetragen. Und als sie in einer Anzeige „Komm zur Polizei!" gelesen hatte, war ihr schlagartig klar, wohin sie ihr beruflicher Weg in Zukunft führen würde.

Längst ahnte niemand mehr, wie es tief drinnen in Marie aussah. Die Menschen fühlten sich wohl in ihrer Nähe. Sie hatte eine positive, lebensbejahende Art, die ansteckend war. Wenn sie lachte, ging die Sonne auf. Und selbst der Apfelstrudel schmeckte ihr wieder. Aber nur, wenn er so gemacht war wie zu Hause, nämlich mit ganz dünn gezogenem Strudelteig, süß, mit Rosinen drinnen und Staubzucker oben drauf – das schmeckte langsam wieder nach Heimat und Geborgenheit. Und eigentlich vermisste sie auch den Sonnberg schon ganz gewaltig.

Immer öfter dachte sie an ihr Zuhause zurück, in ihrem Herzen öffneten sich so manche Fenster, die lange fest verschlossen gewesen waren.

Vor einigen Monaten war dann dieser Anruf gekommen, der ihr Leben erneut von Grund auf ändern sollte. Ein arroganter Kerl von einer Wohnbaugenossenschaft hatte sich gemeldet und ihr ein Angebot für ihr Elternhaus unterbreitet. Seine abschließenden Worte waren gewesen: „Ich rate Ihnen, nehmen Sie das an! Sie werden nie mehr wieder so viel Schotter für das alte Häusel bekommen."

Wahrscheinlich hatte er sogar recht. Onkel Kurt hatte das Haus zwar notdürftig instandgehalten, aber der Zahn der Zeit nagte daran – und das seit fünfzehn Jahren. Doch was auch immer dafür geboten wurde, niemals hätte Marie ihr Elternhaus verkauft. Und schon gar nicht an so eine Firma.

Denn ein paar Monate vor dem Unfall ihrer Eltern war ebenfalls eine Baugenossenschaft in Marienschlag vorstellig geworden. Eine windige Firma aus Polen hatte mehrere Hektar Feldland kaufen wollen. Allerdings nur unter der Bedingung, dass die Gemeinde dieses Gebiet später in Bauland umwidmen würde.

Maries Vater hatte als Bürgermeister sein Veto eingelegt, was bei den Immobilienhaien nicht gut ankam. Und auch einige Marienschlager Bauern nahmen ihm das übel, denn sie hatten sich schon die Hände gerieben angesichts der hohen Verkaufspreise, die sie so wohl nie mehr wieder würden erzielen können.

Vor drei Monaten war Marie also wieder ins Haus ihrer Eltern gezogen. Dass im Bezirk Neukreuz zufällig ein Dienstposten frei war, hatte ihre Entscheidung zusätzlich beschleunigt. Und dass ihr alter Schulfreund Karli Kiefer inzwischen der Bürgermeister von Marienschlag war und beim Leiter der Bezirksinspektion Neukreuz für Marie eine kleine Außenstelle in ihrem Heimatort durchgesetzt hatte, war ein ganz besonderes Zuckerl.

Tante Resi und Onkel Kurt hatten die Rückkehr *ihrer* Marie mit einer Flasche Zirbenschnaps gefeiert. Aber dem guten!

GRINGO

Maries Ermittlungen bei Dr. Specki ergaben nicht viel Neues. Der Dorf-Dottore führte sie in den Kühlraum, wo neben einer halben Wildsau und zwei Rehkitzen der Gringo in einem schwarzen Leichensack darauf wartete, am nächsten Tag von der Bestattung abgeholt zu werden. Nur widerwillig zippte Dr. Specki den Sack auf und zeigte Marie die Kopfverletzung an der halb verbrannten Leiche.

„Dem ist bestimmt der Holzplafond auf den Schädel gefallen. Da war er dann bewusstlos und hat gar nicht mitgekriegt, dass er mit seinem Heizstrahler sein Haus abgefackelt hat. Und sich selbst dazu. Da, schau her, die Hand schaut aus wie ein Grillhendlhaxl …"

Nachdem der Leichensack wieder zugemacht worden war, packte der Mediziner die halbe Wildsau wieder daneben und meinte lapidar, dass er die heute noch zerlegen müsse.

Marie ließ den Dorf-Dottore in dem Glauben, der Heizstrahler im stromlosen Gringo-Häusl hätte den Brand verursacht haben können, und verabschiedete sich rasch.

„Tobias – du hast Besuch! Komm, zieh dich an!", rief Helga Schneider ins Zimmer ihres *Kleinen*, nachdem Marie vor der Tür aufgetaucht war und ihr erklärt hatte, dass sie kurz mal mit Tobi sprechen wolle.

„Hat er was ausgefressen, mein Tobias? Hat er beim Fest gerauft? I sag dir gleich, der ist unschuldig! Die anderen Buben sind immer so bös zu ihm. Wenn er sich gewehrt hat, dann war das Notwehr!"

„Nein, keine Angst – dein Tobias ist ein Braver, das weiß ich eh. Gar nix war, ich wollte ihn nur fragen, ob er gestern was gesehen hat. Ich muss ja klären, wie es zu dem Feuer beim Gringo gekommen ist – und jetzt frag ich mich halt durch bei den Festbesuchern."

„Na, dann bin ich ja beruhigt. Der arme Gringo! In der Kirchen habn's schon gsagt, dass sie ihn tot gfunden haben. Und das jetzt, wo er die ganzen Millionen gewonnen hat."

Aha, dachte Marie, man ging also fix von *Millionen* aus, obwohl niemand wusste, wie hoch der Gewinn wirklich war.

Marie sah sich um. Helga arbeitete als Friseurin in Grünberg, gut fünfzehn Kilometer entfernt. Gut bezahlt war so ein Job bestimmt nicht. Dem Haus der Schneiders würden ein paar Renovierungsarbeiten guttun. An den Wänden hingen Tapeten aus der Steinzeit mit riesengroßen Mustern, die an die Hippie-Ära erinnerten und vermutlich bald wieder modern sein würden. Auch die Möbel waren prähistorisch und hatten schon bessere Zeiten gesehen. Aber es war sauber und ordentlich. Wenn sie ehrlich war, erinnerte es sie an ihr Elternhaus. Bei ihrer Rückkehr hatte sie das Gefühl gehabt, die Zeit wäre stehen geblieben. Irgendwann vor hundert Jahren.

Nach den ersten Sentimentalitätstränen hatte Marie sich an die Arbeit gemacht – selbst war die Frau. Mittlerweile war sie Stammkundin beim OBI in Neukreuz, und immer, wenn es die Zeit zuließ, hörte man sie hämmern, bohren, sägen und was sich halt sonst so ergab, wenn man ein Haus von Grund auf sanieren musste.

Weil Tobias immer noch nicht aufgetaucht war, kamen die beiden Frauen ins Plaudern.

„Schön, dass du wieder da bist, Marie." Helga lächelte. „Weißt noch, wie du auf den Tobias gschaut hast?"

„Natürlich, der war damals schon so ein lieber Kerl. Und das ist er jetzt auch noch", stellte Marie fest.

Gemeinsam schwelgten sie in Erinnerungen. So viel war passiert in den letzten Jahren. Marienschlag hatte sich verändert, viele Junge waren weggezogen, und immer mehr auswärtige Familien hatten entdeckt, wie schön es hier war. Die Siedlung am Ortsrand mit den *Zuagroasten* wurde immer größer. Da die Höfe nicht mehr so viel abwarfen, arbeiteten viele Einheimische jetzt in einem der Industriebetriebe in der Umgebung und mussten pendeln. Hier in Marienschlag gab es nur mehr einige wenige Landwirte, die von ihrem Betrieb leben konnten, und der Trummer-Bauer war der größte von ihnen.

„Ja, der Trummer Sepp, der wollte immer schon der Größte und Beste sein", stellte Helga fest. „Hast du seinen neuen Traktor gesehen? Ich will net wissen, was der gekostet hat. Grad, dass er noch in den Stadl reinpasst, so riesig ist der …"

Den Stadl kannte Marie bereits. Und sie konnte sich auch an das Monstrum von Traktor erinnern, das in der Fahrzeughalle neben dem Heuhaufen abgestellt gewesen war. Genau an jenem Heuhaufen, wo gestern angeblich der Gringo rausgefallen war und die beiden Turteltauben erschreckt hatte.

„Weißt du eigentlich, was der Hubert gemacht hat die letzte Zeit? Ich hab das alles nicht mitbekommen. Ich weiß nicht mal, warum alle zu ihm Gringo gesagt haben. Was ist denn mit dem passiert, dass er so abgestürzt ist und in der alten Keuschen von seiner Mutter gewohnt hat? Der war doch früher immer so ein gutmütiger Mensch, der zu allen freundlich war und den alle gemocht haben …"

„Ja, bei dem ist leider einiges schiefglaufen. Aber da warst du net da, des kannst du ja gar net wissen. Der Hubert war mal a richtig fescher Mann. Dem sind alle Mädls nach. Er war a sehr fleißig und hat den Bauern im Wald gholfen. Aber irgendwann hat er an Baum umgschnitten und dabei den Zenz Franz erschlagen. Einer von de zwei hat wohl net aufpasst. Das hat den Hubert so aus der Bahn geworfen, dass er für ein paar Jahre einfach verschwunden ist. I kann mi no erinnern, wie fertig seine Muatta war."

„Und wann ist er zurückgekommen?"

„Er war vier Jahre weg, und plötzlich ist er wieder dagstanden. Aber da war sei Muatta schon ein Jahr unter der Erd. Des hat ihm endgültig den Rest gebn, glaub i. Seither hat er im alten Haus von der Grossingerin glebt und hin und wieder was gearbeitet für die Bauern bei uns. Aber in der Keuschen hat er nie was gmacht, also nix renoviert, oder so. I glaub, seit ein paar Jahren hat er net einmal mehr an Strom dort."

„Wo war er denn die vier Jahre, weiß man das?"

„Angeblich irgendwo in Südamerika. Deswegen sagn ja alle Leute Gringo zu ihm. I weiß zwar net, was das bedeutet, aber irgendwas wird's scho mit Südamerika zu tun haben", schloss Helga Schneider ihre Ausführungen.

Endlich schien auch Tobi wieder unter den Lebenden zu weilen. Seine roten Haare standen in alle Richtungen, als er aus seinem Zimmer kam. „Hi, Marie, was gibt's?", sagte er betont lässig. Aber an seinem angespannten Blick konnte Marie sehen, dass er sich nicht so recht wohlfühlte, wahrscheinlich, weil er nicht wusste, was sie seiner Mum alles erzählt hatte.

„Hallo, Tobi – na, geht's gut? Ich hab ein paar Fragen wegen gestern. Hab deiner Mutter schon gesagt, dass du nichts angestellt hast, sie hat schon befürchtet, du hättest ein paar Festgäste niederprügelt." Marie lachte Tobi ins Gesicht, und so konnte sich der baumlange Kerl in seiner viel zu kurzen Hose etwas entspannen.

„Ich fang heute an, die Leute zu befragen, die gestern beim Fest waren. Und du warst doch da – oder?"

„Natürlich war ich dort. War lustig."

Tobis Mutter schien zufrieden und widmete sich wieder der Hausarbeit.

„Lass uns in den Garten gehen, es ist so schön draußen", meinte Marie, und schon waren sie außer Sicht- und vor allem Hörweite von Tobis Mum.

SCHÖNER WOHNEN

„Also, Tobi, was war da gestern genau mit dir und dieser Geiger-Janine?", fragte Marie.

„Ähm – da war nichts, ich kenn die gar net!" Noch gab sich Tobi etwas wortkarg. Aber Marie hatte die Gabe, den Menschen zuzuhören, sie ernst zu nehmen und die richtigen Fragen zu stellen, viele konnten dann gar nicht anders, als ihre Lebensgeschichte vor ihr auszubreiten. Und so wusste Marie schon bald, was am Vortag geschehen war zwischen Tobi und Janine – beziehungsweise nicht geschehen war –, und dass die beiden beim Trummer-Bauern keine Katze jämmerlich miauen gehört hatten, sondern dass Janine dem unschuldigen Tobi hatte zeigen wollen, wie man heutzutage einen modernen Aufklärungsunterricht gestalten konnte.

Tobi schien regelrecht erleichtert zu sein, mit jemandem über seine ersten Erfahrungen mit dem anderen Geschlecht reden zu können. Und vor allem über den Moment, als mit einem Mal der Gringo aus dem Heuhaufen auf ihm landete.

„Der ist genau auf mich draufgefallen! Ich hab mir fast in die Hose gemacht!", erzählte Tobi. Er stutzte. „Wenn ich eine anghabt hätte …"

Marie verkniff sich ein Grinsen, denn sie sah, dass dem armen Kerl nicht nach Lachen zumute war.

„Ich hab keine Luft gekriegt, wie wenn er mich in den Schwitzkasten genommen hätte, war das."

Tobi zitterte jetzt am ganzen Körper. „Dann hab ich ihn mit aller Kraft weggedrückt, der hat gestunken, sag ich dir. Kein Wunder, der hat ja nicht mal ein Wasser in seiner Hütte … ähm – gehabt."

Tobi war mit seinen Nerven am Ende. Die ganze Nacht habe er nicht schlafen können, erzählte er weiter, weil immer der Gringo mit seinem eingeschlagenen Schädel auftauchte, sobald er die Augen schloss.

Marie kannte das …

„Was meinst du, Tobi, gehen wir zur Janine?" Nach kurzem Nachdenken willigte der Junge ein, und sie machten sich gemeinsam auf den Weg in die Waldgasse 12.

Janine wirkte etwas überrascht, dass ihr gestriger Leider-doch-nicht-Lover gemeinsam mit der Frau Revierinspektorin vor der Haustür stand.

„Hallo, Janine, hast du etwas Zeit für uns?", kam es von Marie.

Janine stand vor ihnen in einem weißen Trainingsanzug mit einem großen Bären auf der Brust und den Buchstaben GA. Tobi dachte vermutlich an C&A, aber Marie wusste, dass diese Sportbekleidung von Armani war und ungefähr das Zehnfache von den C&A-Klamotten gekostet hatte.

„Schicker Aufzug! Dürfen wir kurz reinkommen?", fragte Marie, weil auf der Gasse gerade der Trummer-Bauer senior mit seinem Rollator und seiner Vierundzwanzig-Stunden-Hilfe vorbeiwackelte. Und das konnte dauern.

„Äh, ich – äh – ich hab nicht aufgeräumt. Könnten wir das eventuell später machen?" Janine sah abwechselnd von Marie zu Tobi, der verlegen auf den Boden blickte.

„Nein, sorry, das muss jetzt sein – bitte! Soll ja nicht jeder mitkriegen, was gestern im Stadl passiert ist, oder?"

„Okay. Bitte sehr …"

So ein Vorzimmer kannte Marie nur aus Schöner-Wohnen-Zeitschriften. Es war riesengroß, exquisit eingerichtet mit dunklem Nussholz, kombiniert mit Elementen aus Edelstahl und dezenten Stoffeinsätzen. Eine monumentale Marmortreppe führte in den ersten Stock. Geld schien hier keine Rolle zu spielen.

Allerdings lag ein eigentümlicher Geruch in der Luft, der sich verstärkte, als man in das nicht minder spektakuläre Wohnzimmer trat. Marie hatte den süßlichen Duft natürlich rasch identifiziert, auch wenn Janine schnell versuchte, einen qualmenden Joint in eine Blechkiste zu entsorgen.

„Keine Angst, ich bin nicht hier wegen dem Kiffen. Du kannst in deinem Haus machen, was du möchtest. Ich würde nur gerne wissen, wie das gestern genau abgelaufen ist. Ihr wisst ja bestimmt schon, dass im abgebrannten Haus vom Gringo nun seine Leiche gefunden wurde."

Die beiden starrten sie fassungslos an. Marie hatte das im Gespräch mit Tobi nicht erwähnt, da sie davon ausgegangen war, dass seine Mutter ihm das längst erzählt hätte.

„Aber der war doch schon …" Janine schüttelte langsam den Kopf.

„Und stellt euch vor, wie er gefunden wurde – mit eingedrücktem Schädel!"

Janine und Tobi sahen einander entgeistert an. Während Tobi völlig perplex „Wirklich?" murmelte, hatte sich Janine schnell gefangen: „Na, haben wir dir's nicht gesagt?"

„Unser Doktor Specki meint, die Kopfverletzung stammt von einem Holzbalken, der ihm von der Zimmerdecke auf den Schädel gefallen ist. Wenn ihr den Gringo aber schon vorher mit eingeschlagenem Schädel entdeckt habt, ist da ja wohl irgendwas faul."

„Ja, aber wie kommt der tote Gringo vom Stadl in seine Keuschen?" Tobi schien völlig verwirrt.

Marie konnte das gut nachvollziehen. „Zuerst einmal muss ich wissen, ob ihr hundertprozentig bezeugen könnt, dass es der Gringo war, der im Heu über euch hergefallen ist. Und dass er zu diesem Zeitpunkt schon am Kopf verletzt war."

„Natürlich war er's!", entgegnete Tobi.

Janine kannte Gringo nicht, aber sie versicherte hoch und heilig, dass der aus dem Heu gepolterte Mann eine klaffende Schädelverletzung gehabt und nicht mehr wirklich lebendig ausgeschaut habe.

„Ja, dann muss ich noch mal zu Dr. Specki. Der ist davon überzeugt, dass der Holzbalken schuld war. Er ist halt kein Rechtsmediziner …", überlegte Marie laut.

„Rechtsmediziner? Brauchst du einen? Ich kenn da einen in Wien. Ein guter Freund von uns, der Chrisi, der ist Rechtsmediziner. Vielleicht könnte der mal bei eurem Dr. Specki vorbeischauen? Der ist eine respekteinflößende Person, der bringt euren Dottore sicher dazu, dass er ihn mal über die Leiche lässt."

Marie wusste nicht so recht. Es sich mit Dr. Specki zu verscherzen, war gemeinhin keine gute Idee. Doch wenn Gringo tatsächlich schon vor dem Brand tot gewesen war, könnte es Mord gewesen sein. Und bei Mord müsste sie die Zentrale in Neukreuz einschalten. Die würden dann ebenfalls einen Rechtsmediziner anfordern, aber bis der sich das Ganze anschauen könnte, das würde bestimmt einige Tage dauern, so langsam, wie die Uhren am Land hier liefen. Insofern war die Idee mit Janines Chrisi vielleicht gar nicht so schlecht. Was ihr Postenkommandant dazu sagen würde, wusste Marie allerdings schon. Daher war es klüger, das Ganze *auf dem kurzen Dienstweg* abzuhandeln, ihr Chef würde das noch früh genug erfahren.

„Okay – ruf ihn mal an, deinen … Chrisi. Wie heißt der denn wirklich?"

„Dr. Christian Mayerhofer, glaub ich. Für uns ist er der Chrisi, wenn wir gemeinsam unterwegs sind. Ich sag dir, wenn der gut drauf ist, hängt er uns alle ab, wenn es ums Feiern geht. Und ja, bevor du fragst, er ist ein echter Rechtsmediziner beim Landeskriminalamt in Wien."

„Perfekt – zum Feiern gibt es zwar bei uns jetzt nicht viel, aber her mit ihm. Ich werde inzwischen mit Dr. Specki reden, der wird nicht begeistert sein, aber schaumamoi …"

Und schon wählte Janine die Nummer ihres Freundes, leider besetzt.

„Okay", sagte Marie. „Ruf mich bitte an, wenn du was von deinem Chrisi hörst. Ich glaube, wir haben es jetzt. Oder gibt es da noch was, was ihr mir sagen wollt?" Marie schaute abwechselnd Tobi und Janine an, aber beide sahen demonstrativ in die Luft, und so beschloss Marie, ihre Fragestunde zu beenden.

Oder doch nicht ganz. „Eine Frage hätte ich noch. Die hat aber nichts mit dem Fall zu tun. Euer Haus, Janine, auf dem Grundstück hat doch mal die Brenner Kathi mit ihrem Mann gewohnt. Habt ihr den Grund von einer Familie Brenner gekauft? Oder hat der inzwischen schon jemand anderem gehört?" Die Brenners hätten damals vom geplanten Kauf der Immobilienhaie profitiert, den nicht zuletzt Maries Vater verhindert hatte.

„Das weiß ich nicht, das ist alles über Gregor gegangen, einen guten Freund vom Jerome. Der ist Makler und hat den Platz hier gefunden. Ich wollte da ja nie her, da hat es ausgeschaut, ich sag's dir. Eine uralte, verfallene Ruine von einem Bauernhof, da musste erst mal alles geschliffen und planiert werden, bis der Markus beginnen konnte, unser Haus zu bauen."

Marie fragte nicht nach, wer denn jetzt wieder dieser Markus war. Sie nahm einfach an, das war ein Stararchitekt aus Wien und ein sehr guter Freund der Familie. Der Geiger und seine Janine waren bestens vernetzt, wie es aussah.

„Aber ich kann mich mal schlaumachen, wenn es dich interessiert?"

„Ja, falls es mal passt. Hat keine Eile …"

Dann verließen Marie und Tobi das prunkvolle Haus. Marie sah, wie Tobi Janine noch einen verliebten Blick zuwarf, der von dieser aber nicht mit demselben Gefühlsausdruck erwidert wurde. Sie empfand etwas Mitleid mit dem armen Jungen, als der sich mit hängendem Kopf auf den Weg nach Hause machte.

MARIE ERMITTELT

Marie ging schnurstracks in ihr Polizeikammerl im Gemeindehaus, um einen ersten Bericht in ihren PC zu tippen. Kaum hatte sie den abgeschlossen, leuchtete Janines Nummer auf ihrem Handy auf.

„Hi, Marie, mein Dr. Chrisi ist ein Schatz. Er kommt heute noch. Er hätte mich eh schon lange nicht mehr gesehen. Um fünfzehn Uhr könnten wir uns bei Dr. Specki treffen."

Das waren mal gute Nachrichten. Jetzt musste Marie die ganze Sache nur noch mit dem Dorfdoktor besprechen. Also Anruf bei Dr. Speckhammer.

Wie nicht anders zu erwarten, war der alles andere als erfreut, einen Rechtsmediziner über *seine* Leiche zu lassen. Er habe alles im Griff, und dieser *gspritzte Kollege aus Wien*, wie er ihn am Telefon betitelte, würde auch nix Neues rausfinden, da sei er sich ganz sicher. Außerdem sei heute sein freier Tag, am Sonntag gehe das ja gar nicht. Marie musste all ihre Überredungskunst aufbringen. Erst als sie Dr. Specki am Telefon erklärte, dass dieser Christian, soviel sie wisse, noch nicht so lange beim LKA in Wien arbeiten würde, quasi noch in Ausbildung wäre und daher jede Gelegenheit nützen wollte, mit echten Toten zu arbeiten, und dass er vom erfahrenen und sehr kompetenten Gemeindearzt Dr. Speckhammer gewiss vieles lernen könnte, willigte Specki ein.

Kurz vor drei Uhr war Marie beim Dorfdoktor, gemeinsam wartete man auf Dr. Speckis Kollegen. Maries kleine Notlüge flog allerdings sofort auf, als Janine ein paar Minuten später mit einem honorig aussehenden Mittfünfziger mit gepflegtem grauem Vollbart und einer Mähne à la George Clooney bei Dr. Specki eintraf und dieser sich als Universitätsprofessor DDr. Christian Mayerhofer vorstellte.

Dr. Specki raunte Marie ein leises „Aha, ein Newcomer also!" zu, aber er war nun mal da, und jetzt konnte man auch nichts mehr machen. „Helft mal mit!" DDr. Mayerhofer schaute demonstrativ aus dem Fenster, also musste Marie dem Gemeinde-Dottore beistehen, den Leichensack mit dem Gringo aus dem Wildbret-Kühlraum zu tragen und auf den großen Diagnosetisch in der Mitte der Ordination zu legen.

„Wow", sagte Janine, „ich habe noch nie eine verbrannte Leiche gesehen … Eigentlich habe ich überhaupt noch nie einen Toten gesehen."

„Möchtest du nicht nach Hause gehen? Ich ruf dich an, wenn wir hier fertig sind", schlug Marie vor. Als potenzielle Zeugin durfte sie bei der Obduktion an sich nicht anwesend sein.

Aber der Doppeldoktor Mayerhofer sagte rasch: „Von mir aus kann Janine ruhig dableiben. Außerdem brauche ich eine Assistentin, meine hab ich leider in Wien vergessen."

Also gut, dachte Marie. Wenn es denn sein soll. Janine hatte den Rechtsmediziner organisiert, sollte sie zur Belohnung auch dableiben dürfen. Vorschriftsgemäß war die gesamte Aktion ohnehin nicht.

Jetzt standen alle um den großen Tisch herum und sahen DDr. Mayerhofer zu, wie er zuerst seinen riesigen Koffer mit allen möglichen Gerätschaften, Flüssigkeiten und Reagenzgläsern entfaltete, um sich dann mit einem „Na, gemmas an!" an die Arbeit zu machen – wobei ihn ein süßlicher Duft umhüllte, den Marie schon aus Janines Wohnzimmer zu kennen glaubte.

DDr. Mayerhofer hantierte mit Pinzetten, Tupfern und Scheren an der halb verbrannten Leiche herum, dass Dr. Specki fast die Augen herausfielen. Bestimmt hatte er so etwas in seinem Medizinstudium auch gemacht, aber als Landarzt brauchte man diese detaillierten Analyseschritte am Körper eines Patienten wahrscheinlich recht selten. Da ging es eher um einschneidende Stützstrümpfe, blaue Zehen vom Gummistiefeltragen oder auch um nicht wirklich lebensbedrohliche Krankheiten wie Husten, Schnupfen oder Dünnschiss. Verbrennungen gab es höchstens mal, wenn jemand beim Überspringen des Osterfeuers die Distanz falsch eingeschätzt hatte, aber auch das kam nur sehr selten vor.

Dr. Specki war also interessiert bei der Sache, aber sein leicht blasierter Blick ließ wenig Zweifel daran, dass er felsenfest davon überzeugt war, der Kollege aus Wien würde nichts anderes finden, als er nicht ohnehin schon festgestellt hatte.

Und so zuckte der Dorfarzt tatsächlich zusammen, als der Wiener Doppeldoktor ein sonores „Aha" losließ und mit der Pinzette einen kleinen Teil aus dem Hinterkopf des Gringo zupfte. Und noch einen. Und dazu wieder ein „Aha". DDr. Mayerhofer machte es spannend. Er nahm die Teile, schüttete eine bunte Flüssigkeit aus seinem Chemiekasten in ein Laborglas und brummte ein drittes Mal „Aha". Diesmal kam sogar noch etwas nach: „Hab ich es mir doch gedacht! War das ein Eisenbalken, der auf den Armen gedonnert ist? Eher nicht, oder?"

Marie übernahm die Antwort: „Nein, das kann nur Holz gewesen sein. Gringo, sorry, Hubert Grossinger hat in einem uralten Haus mit einer massiven Holzdecke gelebt."

„Dann muss mir mal einer erklären, wie die winzigen Eisenspäne in den Schädel vom Leichnam gekommen sind. Ich weiß, dass diese alten Decken meist ohne Eisennägel verarbeitet wurden, außerdem müsste ein Nagel einen tieferen Eindruck hinterlassen. Da, schaut mal her", er wies die Umstehenden an, näherzukommen, „dieser fünf Zentimeter lange Schlitz im Schädelknochen, da, wo ich die Eisenstücke lokalisieren konnte, der muss letal gewesen sein. Das sieht so aus, als ob ihm jemand mit der scharfen Seite eines Krampens oder einer Schaufel ordentlich eins übergezogen hat."

Jetzt bemerkten es die anderen auch. Und ihre Ehrfurcht vor DDr. Mayerhofer stieg und stieg.

Nachdem sie etwas nachgedacht hatte, übernahm Marie das Wort: „Ich habe eine Idee. Das muss nicht unbedingt eine Schaufel gewesen sein, oder?"

„Nein, natürlich nicht. Worauf wollen Sie denn hinaus, Frau Kollegin?"

„In der Küche im Haus vom Hubert steht ein gusseiserner Herd. Mir ist der heute früh aufgefallen, er hat das Feuer fast unbeschadet überlebt. Vielleicht ist er gestolpert, auf den Ofen gekippt – und es war ein Unfall?"

„Das wäre natürlich möglich. Allerdings würde das allein nicht zu diesem massiven Schädelbruch führen. Um sich dieses Verletzungsmuster zuzuziehen, müsste der – wie heißt er? Gringo? – schon von einer passablen Höhe mit dem Kopf voraus da draufgeknallt sein", gab DDr. Mayerhofer zu bedenken.

Nach einer allgemeinen Nachdenkpause meldete sich Dr. Specki zu Wort. Er war immer stiller geworden, weil er vermutlich begriffen hatte, dass seine Einschätzung der Todesursache etwas voreilig gewesen sein könnte. „Tschuldigung, wenn ich mich da einmische, aber ich war mal vor einem Jahr beim Gringo, weil dem seine Hand geblutet hat wie Sau. Tschuldigung – sagt man nicht, war aber so. Ich hab ihn erst suchen müssen. In seinem schäbigen Schlafzimmer war er nicht und auch nicht in der Küche. Dann hab ich die Luke über dem Herd entdeckt, da hat er runtergeschaut, der Gringo. Er hat mir dann eine Leiter runtergelassen, ich bin raufgekraxelt, und erst dann hab ich ihm die Hand verbinden können. Vielleicht ist er da runtergefallen, mit dem Schädel auf den Herd gekracht, und aus die Maus. Tschuldigung."

„Sehr gut, Herr Kollege", brummte DDr. Mayerhofer. „Und Sie müssen sich nicht andauernd dafür entschuldigen, dass Sie den Toten hier nicht ordentlich untersucht haben."

Autsch, das hatte gesessen. Die beiden Ärzte würden wohl keine Freunde mehr werden.

Dr. Specki drehte sich wortlos um, stellte sich in eine Ecke und schaute mit verschränkten Händen grimmig in den Raum. „Tschuldigung, wollte ja nur helfen …"

DDr. Mayerhofer hörte das nicht mal, er war mit Gringo beschäftigt. „Ein Sturz aus drei Metern Höhe auf eine Eisenkante hätte mit großer Wahrscheinlichkeit zum Exodus geführt."

„Aber Gringo wurde in seinem Bett gefunden", warf Marie ein.

„Und außerdem war er zwei Stunden vorher …"

Marie unterbrach Janines Einwand mit einer raschen Handbewegung, sie wollte nicht, dass Dr. Specki vom Heustadl-Fiasko von Tobi und Janine erfuhr und am nächsten Tag das ganze Dorf darüber diskutierte. Es gab so schon viel zu viel Gerede.

„Wäre es möglich, dass er sich noch in sein Zimmer geschleppt hat und erst dort gestorben ist?", fügte Marie deshalb schnell hinzu.

„Unwahrscheinlich! Mit dieser Verletzung kannst du gar nichts mehr machen. Ich glaube, er hat nicht mal leiden müssen. Aus die Maus, wie der Herr Kollege so schön gesagt hat. Tschuldigung!" Noch einmal rührte der Wiener Arzt in Dr. Speckis offenen Wunden.

„Na dann – Mord oder nicht Mord?" Marie wollte es jetzt wissen.

„Nun, ich kann mir schon vorstellen, dass da jemand die Finger im Spiel hatte. Der Herd hat das Feuer überstanden, sagen Sie, Frau Revierinspektorin? Wenn wir uns den mal anschauen könnten, wissen wir vielleicht mehr."

Gute Idee, befand Marie. Und so marschierte der ganze Tross zu Gringos abgebrannter Hütte, wo mitten drinnen einsam der alte Herd thronte.

DDr. Mayerhofer zog erneut seine Utensilien hervor, und tatsächlich, an einer Stelle der Herdplatte waren dunkle Flecken zu erkennen. Er entnahm ein paar Proben, packte diese in ein Reagenzglas und sagte lapidar: „Ich schau mir das Ganze im Labor in Wien an. Einige Gewebeproben hab ich mir von eurem Hubert mitgenommen, ich hoffe, er ist mir nicht böse. Spätestens am Dienstag wisst ihr dann, ob sein Schädel auf dieser Herdplatte aufgeplatzt ist. Und dann muss ich auch schon wieder. So schön ist es da bei den Gscherten am Land auch wieder nicht, dass ich ewig dableiben möchte." Lächelnd zwinkerte er Marie zu.

Dr. Specki sah das nicht und fühlte sich gewiss in seiner ersten Aussage bestätigt: *Ein gspritzter Wiener.*

Frau Revierinspektorin Marie war gänzlich anderer Meinung. Der Rechtsmediziner hatte ausgezeichnete Arbeit geleistet und war ihr noch dazu sympathisch. Sie mochte die Wiener generell, und dieser DDr. Mayerhofer war ein urtypisches Exemplar –

leichter Grantler, raue Schale, aber mit Herz, Verstand und vor allem mit viel Schmäh ausgestattet.

Marie überlegte kurz, ob sie jetzt nicht doch ihrem Vorgesetzten in Neukreuz, dem Postenkommandanten Hans Schlurf, von der Sache erzählen sollte. Sie hatte ihn natürlich darüber informiert, dass in einem abgebrannten Haus in Marienschlag ein Toter gefunden worden war. Und die Kollegen in Neukreuz waren auch schon dabei herauszufinden, ob Hubert Grossinger, vulgo Gringo, Verwandte hatte, die man benachrichtigen müsste. Mehr wollte Marie allerdings erst einmal nicht preisgeben, besser den Ball noch eine Weile flach halten. Es gab keine eindeutigen Beweise, dass Gringo durch Fremdeinwirkung gestorben war. Obwohl, die Sache im Stadl ... nun, sie würde es herausfinden, da war sie sich ganz sicher.

APFELSTRUDEL UND ZIRBENSCHNAPS

„Hast schon ghört, der Gringo hat im Lotto gewonnen?"

„Geh, was du nicht sagst, der arme Hund spielt Lotto?"

„Ja, manchmal, hat die Adele gsagt. Du – des war gar net so wenig, bestimmt ein paar Tausend Euro."

„Dass der Gringo im Lotto gewonnen hat, weißt du eh – oder?"

„Nein – wie viel denn?"

„An die hunderttausend Euro werden's scho gewesen sein, hab i ghört."

„Was – gibt's ja net. Was macht der alte Depp mit so viel Geld?"

„Weißt schon des vom Gringo? Was der alles im Lotto gwonnen hat?"

„Unser Gringo? Der aus der alten Keuschen in der Postgassen? Wie viel denn?"

„Der hat richtig abgräumt – von einer Million wird net viel abgehen, habn's gsagt."

„Der hat ja nix – drum fehlt ihm ja auch nix. Braucht der des Geld wirklich?"

„Du, da Gringo hat an Lottosechser gmacht!"

„Hab's schon ghört. Na hoffentlich hamma alle was davon, es solln ja ein poar Millionen sein."

„Du glaubst gar net, was du alles hörst, wenn du auf deine Malakofftorten warten musst." Resi Spitzer war etwas außer Atem, weil sie zu Fuß beim Kirchenwirt gewesen war. Sie war nimmer die Jüngste. „Schön, dass du da bist, Marie! Leider hat der Kurti gestern den ganzen Apfelstrudel vernascht. I hab eh gschimpft mit ihm, aber glaubst denn, dass des was nutzt. Drum war i schnell beim Bock Franz oben und hab was Süßes gholt."

„Aber das wär ja nicht notwendig gewesen, Tante Resi."

„Eh net – eigentlich hätt er gehn müssen, der verfressene Kerl." Sie schaute schmunzelnd zu Onkel Kurti, der am Tisch ein Kreuzworträtsel löste, als ob ihn das Ganze nichts angehen würde.

„Wir freun uns jedes Mal, wenn du kommst. Da musst du schon was Gutes zum Essen kriagn. Sonst fällst uns noch vom Fleisch, Marie."

Die Sonntagnachmittage waren für den Besuch bei Onkel Kurti und Tante Resi reserviert. Die beiden waren zuckersüß. Und sie waren immer da für ihre Nichte. Marie war für sie wie eine eigene Tochter – die ihnen selbst nie vergönnt war. Nach dem Unfall von Maries Eltern hatten sie alles versucht, ihrer Nichte ein harmonisches Zuhause zu bieten. Dass das nicht geklappt hat, war nicht ihre Schuld, das wusste Marie längst.

Heute war das schon etwas schrullig gewordene Paar Maries erste Anlaufstation, ihr Rückzugsort, wenn die Welt draußen aus den Angeln krachte. Sie konnten zuhören und hatten gute, wenn auch oft unkonventionelle Ratschläge. Einer davon war, dass man auch mit einem Lachen jemandem die Zähne zeigen konnte. Von Onkel Kurti war der Spruch, dass eine gscheite Frau ihrem Mann immer folgen solle – und zwar genau dorthin, wohin sie möchte. Und dass man mit einem Zirberl, wie sie ihren selbst gebrannten Zirbenschnaps liebevoll nannten, die meisten Probleme der Welt lösen könne, da waren sich beide einig.

Normalerweise – also wenn Onkel Kurti zuvor keine Heißhungerattacken geplagt hatten – gab es Apfelstrudel und Milch mit Honig. Für Marie. Onkel und Tante mischten sich Zirbenschnaps in die Milch. Wie auch heute. Und statt dem Strudel stand eine halbe Malakofftorte auf dem Tisch.

„Dem Zirberl haben wir's zu verdanken, dass wir so alt geworden sind. Willst net auch einen, Marie?", fragte Tante Resi.

„Nein, danke. In der Torte ist eh Rum für drei drinnen, da krieg ich auch meine Promille zusammen." Marie lachte. „Und jetzt sag mal, Tante Resi, was hast du denn noch so alles ghört beim Wirt droben?"

„Alle haben über dem Gringo seinen Gewinn gredt, und immer mehr sind sie geworden, die Euros." Tante Resi wunderte sich sehr über ihre Marienschlager, und sie wollte sich gar nicht ausdenken, was nicht noch alles passieren könnte – wegen der *paar*

Netsch, wie sie es ausgedrückte. „Die Gier is a Hund! Hab i immer schon gsagt. Leider!"

Die stille Post funktionierte perfekt in Marienschlag.

„Dann ist auch noch die Adele gekommen", fuhr Tante Resi fort. „Na, die hat sich aufgeführt! Der Gringo hat den Schein in ihrer Trafik ausgefüllt, hat's gsagt. Und daher – und da sei sie sich ganz sicher – hätt er sie ganz bestimmt an den Millionen beteiligt. Hat's gsagt."

„Na geh …" Jetzt mischte sich Onkel Kurti ein. „Warum hätt denn der Gringo der alten Giftschleudern was von seinem Geld geben sollen? Die spinnt ja …"

„Sie sieht des halt so. Der Gringo war a so ein guter Mensch – hat's gsagt. Der hat ja gwusst, dass sie ihn immer verteidigt hat, wenn die andern Marienschlager über ihn glästert haben. Hat's gsagt."

„Dass i net lach!" Onkel Kurti musste trotzdem lachen.

„Die hat ihn doch überall madig gmacht, die blöde Blunzen, die blöde. I an seiner Stell hätt ihr überhaupt nix gebn."

„Geh, red net immer so schiach, Kurti. Hat sich ja eh erledigt, keiner kriagt was vom Gringo, weil das ganze Geld wahrscheinlich mit abbrennt ist, gestern Nacht. Oder, Marie?"

„Schaut ganz danach aus. Viel ist nicht übergeblieben vom Gringo seinem Haus."

„Ha – des bin i ihr vergönnt, der oiten Trafikfunsen. Nix, aber scho gar nix kriagert die von mir!"

„Kurti!" Diesmal genügte ein Wort und ein scharfer Blick, und der Kopf vom Onkel Kurti war vier Zentimeter über seinem Kreuzworträtsel. Aber leise hörte man noch einmal: „Gar nix!"

„Da haben sich viele was ausgrechnet, net nur die Adele. Vor ein paar Tagen hat's sogar eine Gemeinderatssitzung gebn, wegen dem Gringo. Mit dem Hias, dem Feuerwehrhäuptling, der Kotscharik vom Musikverein war auch dabei, und noch ein paar andere. Die wollten wahrscheinlich das Geld vom Gringo unter sich aufteilen."

„Ehrlich? Das hab ich nicht gewusst!"

„I hab's auch nur mitkriegt, weil i in der Früh nach der Kirchen ghört hab, wie der Pfarrer mit der Adele drüber gredt hat. Der Pfarrer war auch dort …", wusste Tante Resi zu berichten.

„So – jetzt ist es aber genug mit der Tratscherei vom Gringo." Onkel Kurti wurde es offenbar zu viel. „Über dich reden die Leut im Übrigen schon fast genauso oft. Was war denn los beim Fest?"

„Da muss es ordentlich rundgangen sein." Tante Resi lachte. „Wir waren ja schon seit dem Nachmittag dort und sind dann leider um achte gegangen. Weißt eh, die Alten ghören ins Bett. Außerdem hat der Kurti schon an ganz schönen sitzen ghabt."

„Na, na – so arg war's auch wieder net!", protestiert Onkel Kurti. „Aber i muss sagen, es tut mir schon leid, dass wir nimmer da waren. Du hast am Tisch oben gsungen, habn's gsagt?"

„Na ja, hat halt grad passt", antwortete Marie knapp.

„Also i find das super! Auf des trinken wir jetzt aber ein Zirberl miteinander, wir drei – gell? Aber den guten …" Onkel Kurti räumte die Zeitung weg und stellte drei Stamperl auf den Tisch.

MARIECHEN UND BÄRLI

„Servus Marie! Na, heute in Zivil unterwegs? Dabei find ich deine Uniform immer so heiß. Aber egal, du schaust auch so ganz gschmackig aus! Ich hätt eh grad Zeit …"

Bürgermeister Karl Kiefer, von vielen im Dorf meist einfach Bürgerkarli gerufen, stand vor dem Gemeindehaus und zog an einer Marlboro. Er war ein Mann der klaren Worte und kam meist gleich zur Sache.

„Geh, Karli, siehst du überhaupt scharf ohne Brille, du alte Blindschleichen?"

Die beiden hatten schon als Kleinkinder miteinander gespielt, und seit dieser Zeit hatten sie sich gegenseitig auf der Schaufel. Das mit der Brille war nicht gelogen, Karl Kiefer war sehr eitel und setzte seine Sehhilfe nur auf, wenn es sich gar nicht vermeiden ließ.

„Bei dir bin ich immer scharf, Mariechen!"

Marie musste schmunzeln. Karl war der einzige Mann, der so etwas zu ihr sagen durfte. „Na, das ist aber schön, *Bärli*!"

Karli Kiefer war ihre große Liebe gewesen – mit dreizehn. Das hatte damals nicht lange gehalten, aber sie blieben beste Freunde. Karli war damals klein und pummelig, wie man sich ein Bärli halt so vorstellte. Erst später schoss er in die Höhe und sah jetzt ganz passabel aus, wie auch Marie fand. Okay – passabel war womöglich sogar untertrieben, seine pechschwarzen Haare, der Dreitagebart und die drahtige Figur verliehen ihm etwas Südländisches, vielleicht auch Geheimnisvolles, und die meisten Frauen flogen auf ihn. Und das wusste er. Kurz – heute erinnerte nichts mehr an das Bärli von damals. Bis auf seine große Klappe, die war noch genauso wie früher.

Ihrem Bärli hatte Marie damals als einem der Wenigen verraten, dass sie nach Graz ziehen würde. Mein Gott, was der alles versucht hatte, sie zu halten, aber keine Chance. Marie hatte ihre Entscheidung getroffen, und Karl hatte sie nicht mehr davon abbringen können.

Als er vor ein paar Monaten erfahren hatte, dass Marie zurückkommen und sich auf den Polizeiposten Neukreuz versetzen lassen wollte, hatte er alle Hebel in Bewegung gesetzt, um sie direkt nach Marienschlag zu lotsen. Mittlerweile war er Bürgermeister geworden, räumte im Gemeindehaus eigenhändig einen zugemüllten Raum neben seinem Büro aus – und seither war Frau Revierinspektorin Marie Unterholzer immer in seiner Nähe. Wenn er ehrlich war, hoffte er immer noch, dass aus ihnen beiden mehr werden könnte als nur gute Freunde. Beim Faschingsumzug vor ein paar Wochen hatte es auch ganz danach ausgesehen. Da wurde hektoliterweise Zwetschkener ausgeschenkt, Mariechen neckte Bärli, Bärli Mariechen, alles war so vertraut, der viele Alkohol – bis sie irgendwann in einer Seitengasse landeten und dort schmusten, als wären sie die verliebten Teenager von damals.

Aber das war's dann auch gewesen, mehr lief nicht. Bärlis Herz war trotzdem in Hochstimmung gewesen. Bis zum nächsten Tag, als ihm Marie weismachen wollte, dass sie sich an nichts mehr erinnern könne. Aber Karl hatte trotzdem nicht aufgegeben. Irgendwann stand er mit einer Einladung vor Marie – zwei Nächte im Romantikhotel. Doch Marie war keine Romantikerin.

„Geh, Karli – spinnst du? Ein Romantikhotel? Was willst denn mit dem? Wir zwei – wie soll das denn funktionieren? Das ist nix für uns! Es passt doch so, wie es ist."

Man kann sich vorstellen, wie enttäuscht er war. Dabei hatte er alles so schön geplant gehabt. Aber er hatte die Hoffnung immer noch nicht aufgegeben.

„Wo kommst denn überhaupt her, Mariechen?", fragte der Bürgermeister.

„Ich war bei Tante Resi. Und der Onkel Kurti hat dann wieder mit seinem Zirberl angefangen – du kennst ihn eh …"

Karli Kiefer wusste, was sie meinte. Er war ein paarmal schon versackt im Spitzer-Haus. Wenn der Kurt den Zirberl holte, *aber den guten*, wie er immer zu sagen pflegte, gab es kein Entkommen.

„Und du? Hast du unter der Woche nichts getan, dass du jetzt auch am Sonntag im Büro sein musst?" Marie grinste.

„Dein Bürgermeister ist immer für dich da! Und tatsächlich hab ich viel zu tun nach dem depperten Lottogewinn vom Gringo. Und jetzt ist er tot auch noch, der arme Teufel."

Mit Betroffenheitsmiene erklärte er Marie, wie arm er dran sei, weil alles an ihm hängen bliebe. Und dass er am Sonntag mehr wegschaffen könne als sonst die ganze Woche, weil nicht dauernd das Telefon läuten würde, seine Sekretärin eine Unterschrift haben wolle oder der Woodoo-Fredl ihn wieder mal mit immer derselben Geschichte quälen würde.

Marie sah ihn fragend an. „Was hast du denn mit dem Lottogewinn vom Gringo zu tun? Und wer bitte ist der Woodoo-Fredl?"

„Der macht mir seit drei Tagen die Hölle heiß. Kennst du den nicht? Das ist der Alfredo Cavallo, er nennt sich selbst einen spiritistischen Geistheiler und wohnt unten in der Bachgassen."

„Was will der von dir?"

„Von mir eigentlich nichts. Vom Geld vom Gringo will er einen Batzen haben."

„Was geht ihn das Geld vom Gringo an?"

„Na ja …" Jetzt geriet Karli etwas ins Stottern. „Vielleicht bin ich nicht ganz unschuldig. Ich bin grad im Wirtshaus gesessen mit dem Maier Hias und ein paar anderen, als uns die Adele vorige Woche das mit dem Lottogewinn vom Gringo erzählt hat. Und da haben wir dann so blöd dahergeredet, dass uns der Gringo eigentlich die ganze Zeit auf der Taschen gelegen wär. Und dass es jetzt an der Zeit wär, dass er uns was zurückgibt, wenn er eh Millionär ist."

„Was heißt Millionär?", unterbrach ihn Marie. „Weiß denn irgendjemand, wie viel er überhaupt gewonnen hat?"

„Nein, des weiß keiner, aber was man hört, war es eine ganze Menge. Auf jeden Fall haben wir am Donnerstag eine Gemeinderatssitzung abgehalten …"

„Was? Wegen dem Gringo seinem Geld? Das euch gar nicht gehört?"

„Ja. War vielleicht eh keine so gute Idee. Gut, dass die nicht öffentlich war, da gibt's nicht einmal ein Protokoll darüber. Ich sag's dir, da ist es ganz schön rundgegangen. Wir hatten des ja schon im Wirtshaus ausgemacht, deshalb war ja auch der ganze Stammtisch dabei. Und die Adele, schließlich hat der Gringo das Los bei ihr kauft. Und sie hat dann auch den Cavallo mitgebracht, diesen damischen Hund. Der gibt keine Ruhe mehr seither und ist jeden Tag bei mir im Büro."

„Wer war denn sonst noch alles dabei, bei dieser Sitzung? Und um was ist es eigentlich genau gegangen? Ich kann mir nicht vorstellen, dass da alle …"

„Mariechen!", unterbrach sie der Bürgermeister. „Ich darf leider nichts sagen, nicht einmal dir. Das wurde einstimmig so beschlossen. Tut mir leid, aber so sind die Statuten."

„Statuten? Wenn es nicht einmal ein Protokoll dazu gibt? Karli, du bist ein fester Esel! Weißt du, was da rauskommen kann, wenn man die Leute so aufwiegelt? Vor allem ist der Gewinn ja ganz allein die Angelegenheit vom Gringo. Oder besser gesagt, *war* es seine Sache …"

„Ja, aber ich hab alles im Griff. So arg ist es wieder auch nicht!", wollte sich Karli Kiefer verteidigen. Doch ganz wohl war ihm nicht bei der Angelegenheit. „So – ich muss jetzt weiterarbeiten. Für dich, Mariechen, und für meine Gemeindeschäfchen." Er gab Marie ein Busserl auf die Wange und marschierte in das Gemeindehaus.

Das „Du bist ein richtiger Ochs, Bärli!" von Marie hörte er nur mehr ganz leise …

Die Gier is a Hund! – Tante Resi hatte recht, dachte Marie im Weitergehen. Unglaublich, was in Marienschlag zurzeit passierte. Und seltsam, dass sie von der Gemeinderatssitzung nichts erfahren hatte. Anscheinend hielten die Marienschlager dicht, wenn es ums große Geld ging.

„Hallo, Marie! Was machst denn du noch so spät auf der Straße?" Die Frau Inspektor war in Gedanken gewesen und hatte gar nicht bemerkt, dass sie am Haus der Schneiders vorbeiging. Tobi stapelte Holzscheiter in einen Korb. Es war ziemlich kalt für die Jahreszeit.

„Hi, Tobi! Na, alles gut bei dir?“ Und weil sie in Gedanken noch beim Gespräch mit dem Bürgermeister war, fügte sie hinzu: „Sag, hast du was von der Gemeinderatssitzung gehört, die am Donnerstag war?“

„Nein – was war denn?“

„Ah, eh nichts. Angeblich haben die da über den Gewinn vom Gringo verhandelt. Da wär ich gerne dabei gewesen …“, murmelte Marie mehr zu sich selbst.

„Wenn du Glück hast, kannst du das“, entgegnete Tobi.

„Was kann ich …“

„Na, dabei sein bei der Gemeinderatssitzung!“

„Und wie soll das funktionieren, die war am Donnerstag.“

„Ja, weiß ich doch. Aber ich hab denen mal geholfen, den Videoserver aufzusetzen. Da wird jede Sitzung automatisch aufgezeichnet. So als Film – verstehst?“ Tobi war in seinem Element. „Und zufällig hab ich die Zugangsdaten …“

„Was hast du? Sag nicht, du kannst dir alle Sachen anschauen, die in der Gemeinde passieren? Darfst du das?“

„Na, alles nicht …“ Tobi geriet ins Stottern. „Ich … ich hab ja eh keine Zeit dafür, außerdem interessiert es mich gar nicht, was die da drinnen machen …“

„Du weißt, dass ich davon nichts weiß! Sonst müsste ich das sofort melden und dich für die nächste Zeit ins Gefängnis stecken.“

Tobi wurde blass. Aber Marie erlöste ihn mit einem Lächeln. „Mach dir keine Sorgen, ich verrat dich nicht!“

„Soll ich vielleicht …“, fragte der Junge vorsichtig.

„Ja, vielleicht …“ Marie grinste verschmitzt. „Du hast meine Mail-Adresse, oder?“

„Natürlich – ich habe alle Adressen!“ Jetzt war Tobi wieder ganz stark und lachte Marie ins Gesicht.

„Na dann – schönen Abend. Und grüß mir deine Mama!“

„Mach ich! Ciao!“

GEMEINDERATSSITZUNG

Kling! Nachdem Marie drei Stunden lang Zaunlatten gestrichen hatte, war sie in der Badewanne fast eingeschlafen. Sie hatte sich ein Achterl Zweigelt eingeschenkt und wollte es sich mit einem Buch über den Jakobsweg gemütlich machen. Seit sie zurück in Marienschlag war, geisterte die Idee immer öfter durch ihre Gedanken, den Rucksack zu packen, alles hinter sich zu lassen und einfach loszumarschieren. Wie oft ging sie an den gelb-blauen Markierungsschildern vorbei, die den Weg durch Marienschlag weisen sollten. Mit jedem Tag schien die Sehnsucht nach dem Jakobsweg zu wachsen, es war, als würde der Weg sie rufen.

Aber jetzt rief sie etwas anderes, nämlich ihr Notebook.

22:30 Uhr – Post von Tobias Schneider.

„Liebe Frau Inspektor! Wie besprochen … Tobi"

Kurz und knapp war der Text, aber umso länger und aufschlussreicher der Anhang – das Video der Gemeinderatssitzung von Donnerstag.

„Liebe Freunde! Und natürlich Freundinnen, so viel Zeit muss sein." Bürgermeister Karl Kiefer eröffnete die Sitzung. Marie wusste, dass er kein Fan des Genderns war, aber bei offiziellen Versammlungen ließ es sich nicht vermeiden. Und das Gelächter der Damen und Herren an den Tischen im großen Saal des Gemeindehauses zeigte, dass diese sprachliche Gleichbehandlung von Mann und Frau in Marienschlag noch nicht ganz angekommen war.

Es gab zwei Kameraeinstellungen – einmal den Bürgermeister in Großaufnahme und dann die Sesselreihen seiner Schäfchen. Wie es aussah, waren alle Vorsitzenden der örtlichen Vereine, die meisten Geschäftsleute und sogar der Herr Pfarrer bei dieser erweiterten Gemeinderatssitzung dabei.

Nachdem er die Anwesenden begrüßt hatte, erklärte der Bürgermeister die Lage. „Wie wir alle wissen, hat unser sehr geschätzter Mitbürger, der Gringo Hubert, einen gscheiten Lottogewinn gemacht. Er hat uns nicht verraten, wie viel er denn wirklich gewonnen hat, aber unsere Recherchen haben ergeben, dass es sich um mehrere Hunderttausend Euro, wenn nicht sogar mehr als eine Million handeln dürfte. Und – um es auf den Punkt zu bringen – wir alle haben den Gringo die letzten zehn Jahre unterstützt, er hat sich immer auf uns verlassen können. Und daher wär's an der Zeit, dass er etwas zurückgibt an uns alle, jetzt, wo er wahrscheinlich eh nicht weiß, was er mit seinem vielen Geld alles anfangen soll."

So viel Beifall hatte er selten, dachte Marie. Selbst die Mitglieder der oft so destruktiven Oppositionspartei klatschten begeistert in die Hände.

„Jawohl!"

„Richtig, Bürgerkarli!"

„Genauso isses!"

Es gab unzählige Rufe, die den Bürgermeister in seiner Meinung bestärkten. Nur der „Wir sind das Volk!"-Schrei war vielleicht nicht ganz angebracht in diesem Fall, aber wie auch immer.

„Ich würde mal gerne eure Meinung hören, nur fürs Protokoll. Obwohl – es gibt kein Protokoll. Was wir heute hier besprechen, bleibt unter uns. Verstanden?"

Nachdem die Anwesenden mit lautem Murren zugestimmt hatten, fuhr der Bürgermeister fort. „Wir haben ja eh schon beim Kirchenwirt darüber diskutiert. Mit dem Hubert seinem Gewinn könnte man so viel tun für unser schönes Marienschlag – also, her mit euren Vorschlägen", startete er die Diskussion.

Der Feuerwehrhauptmann Hias Maier meldete sich als Erster zu Wort. Er warf in den Raum, dass jetzt die Gelegenheit gekommen sei, endlich ein neues Kommandofahrzeug für die Freiwillige Feuerwehr Marienschlag anzuschaffen. Zusätzlich zum bestehenden VW, der immerhin schon vier Jahre alt war, wäre dieser neue Mercedes Allrad eine ideale Ergänzung. Der hätte allen „Schnickschnack", den man halt so brauche, und dazu noch ein Bose-Dolby-Sound-System, um den Kameraden bei der Heimfahrt von den kräftezehrenden Einsätzen wenigstens „den Gabalier oder die Fischer in einer gscheiten Qualität" gönnen zu können.

Hansi Bauer, Obmann und Trainer des Sportclubs Marienschlag, der in der letzten Saison immerhin zwei Spiele in der dritten Liga Alpenvorland hatte gewinnen können, plädierte für neue Kühlschränke und eine moderne Schankanlage. Die vorhandenen Geräte kämen bei den Unmengen von Bier, die man bei den Heimspielen des SCs benötige, schwer an ihre Grenzen. Der Pfarrer träumte von seiner Pilgerherberge, der Obmann des Musikvereins war bescheidener und würde das Geld in ein Tonstudio und eine neue Couchlandschaft im Probelokal investieren, und die Ortsbäuerin hätte gerne ein MacBook inklusive WLAN-Beamer, um bei ihren Vorträgen über Kuhhaltung und Milchwirtschaft nicht immer den schweren Overhead-Projektor mitschleppen zu müssen.

Mit Fortdauer der Diskussion wurden die Vorschläge gewagter und exklusiver. Es mochte ja durchaus sein, dass der Gringo den Dreifach-Jackpot gewonnen hatte, der vor zwei Wochen geknackt worden war. Mit diesen sechs Millionen ließen sich die Wünsche der Dorfgemeinschaft locker realisieren.

Irgendwann musste der Bürgermeister die Diskussionsrunde mit einem energischen „So – aus jetzt!" beenden, was gar nicht so einfach war, wollte doch der Herr Pfarrer gerade dem Maier Hias erklären, warum man zusätzlich zur Pilgerherberge aus Dankbarkeit hinter dem Friedhof noch eine Kapelle errichten solle.

„Bei so vielen Wünschen bleibt am Ende nichts mehr für die Gemeinde übrig." Der Bürgermeister lachte. Und er setzte nach: „Unser Amt braucht dringend einen neuen Anstrich, die Fenster sollten bald ausgetauscht werden, mein Büro von Grund auf erneuert, und am Dach sind einige Ziegel locker." Anscheinend hatte er gehofft, die Sache mit seinem Büro gut versteckt zu haben unter all den anderen an sich nicht notwendigen Arbeiten am Gemeindehaus, aber das war ihm nicht wirklich gelungen.

Der Obmann des Kleintierzüchtervereins, der gerade eine neue Zufahrtsstraße mit eigenem Parkplatz für das vier mal vier Meter große Clublokal gefordert hatte, meinte mit kaum verhohlener Entrüstung: „Hey, ich glaub, bei dir sind nicht nur die Ziegel locker. Du hast doch eh ein neues Büro, sogar mit eigenem Häusel. Das allein ist schon größer als unser ganzes Vereinshaus."

„Wie auch immer", entgegnete der Bürgermeister, „darum geht's jetzt nicht. Wichtig ist, den Gringo davon zu überzeugen, dass er es uns schuldig ist, einen Teil seines Gewinns mit uns zu teilen. Er lebt ja – um es mal so zu sagen – in einfachen Verhältnissen, der braucht eh nicht viel."

„Jawohl!"

„Richtig, Bürgerkarli!"

„Her mit der Marie!"

„Wir sind das Volk!"

In der zweiten Kameraeinstellung sah Marie jetzt, von wem dieser unpassende Ruf kam – das musste Alfredo Cavallo sein. Marie hatte nach ihrem Gespräch mit dem Kiefer Karli kurz Tante Resi angerufen, die für gewöhnlich bestens über alles informiert war, was im Dorf so passierte. Von ihr hatte sie erfahren, dass der Italiener vor etwa fünf Jahren durch Marienschlag gepilgert war und sich vor der Trafik der Adele Pfropfinger den Knöchel verstaucht hatte. „Mamma mia, wenn das kein Zeichen ist?", soll er zur Adele gesagt haben. Sie hat ihn dann „gesund gepflegt", und so war er hier hängen geblieben. Die Adele hatte ihn im schon seit Jahrzehnten leer stehenden Schuhgeschäft ihrer Tante, dem Schusterhaus, untergebracht. Dort hatte er ein paar Monate später eine Praxis als spiritueller Geistheiler eröffnet. Immer wieder kamen „verirrte Seelen" zu ihm, wie sie Cavallo beim Kirchenwirt selbst nannte, denen er allein durch die Kraft seiner Hände die irrsten Geister – und damit bestimmt auch eine Menge Geldscheine – austrieb.Man hatte mit *Woodoo-Fredl* schnell einen passenden Namen für ihn gefunden, manche nannten ihn auch *Krawallo* oder einfach nur *Der Italiener*. In Marienschlag hielt man seine Heilmethoden grundsätzlich für Blödsinn, aber der eine oder andere ging dann doch schon mal zu ihm, und manche bildeten sich sogar ein, dass sie danach tatsächlich weniger Schmerzen verspürten. Wie auch immer, auf jeden Fall war Alfredo Cavallo offenbar bei dieser aufgestockten Gemeinderatssitzung, weil Adele den stets in Schwarz gekleideten Heiler mitgebracht hatte.

Der Bürgermeister fuhr fort: „Ich war gestern beim Gringo und wollte mal drüber reden, wie er das denn sieht."

„Und, was hat gsagt?", kam es vielfach retour.

„Nix – er will nix davon wissen! Er hat gemeint, es hat sich bisher keine Sau um ihn gekümmert, und jetzt können ihm auch alle gestohlen bleiben!"

„Der undankbare Hund, der elendige!", gehörte noch zu den harmlosesten Wortmeldungen, die in der neu entfachten Diskussion fielen. Jetzt ging es so richtig rund im Sitzungssaal.

Bürgermeister Karl Kiefer übernahm erneut das Ruder und setzte nach: „Aber ich sag's euch, das letzte Wort ist da noch nicht gesprochen. Gringo hat mir zwar gesagt, ich soll mich schleichen, aber das hat er bestimmt nicht so gemeint. Der will sich halt bitten lassen, um dann am Ende als Gönner unserer Gemeinde dazustehen. Also ich verspreche euch, ich werde nicht lockerlassen, wir werden ihn schon noch knacken!"

Nach einigen heftigen Wortmeldungen beendete der Bürgermeister die Sitzung und lud die gesamte Meute auf einen Umtrunk beim Kirchenwirt ein.

Marie schüttelte ungläubig den Kopf. Die gesamte Dorfelite war versammelt gewesen und hoffte darauf, nein, vielmehr rechnete fix damit, dass sie einen Teil von Gringos Lottosechser bekommen würde – nach allem, was man bisher für ihn getan hätte.

Nur – was war für ihn eigentlich getan geworden? Marie überlegte. Bisher war er allen ziemlich gleichgültig gewesen, im Gegenteil, die meisten zogen über ihn her und lästerten, dass er nix mehr auf die Reihe brächte und schon lange dem Staat, dem Land und vor allem auch dem Dorf auf der Tasche läge. Dass der Gringo in der Marienschlager Dorfhierarchie plötzlich vom alleruntersten Nobody zum geschätzten VIP aufgestiegen war, hatte nur einen Grund: seinen Lottogewinn.

Vor lauter Aufregung hatte Marie ihr Glas Rotwein vergessen. Aber es schmeckte ihr jetzt überhaupt nicht mehr, also schüttete sie es weg – was sie noch nie zuvor getan hatte. Doch das Video ging ihr nahe. Sie wollte nur noch ins Bett, um das alles schnell zu vergessen. Einschlafen war allerdings lange Zeit nicht möglich. Als es ihr endlich doch gelang, kamen zwar keine Dämonen aus der Vergangenheit, dafür geisterte der Gringo durch Maries Albträume. Und hinter ihm eine blutrünstige Meute, angeführt vom Bürgermeister und der gesamten Marienschlager Dorfelite, die mit Heugabeln den armen Kerl in seine abgewrackte Hütte hetzten und diese dann anzündeten.

So oft liest man in der Zeitung, dass der und der überraschend gestorben ist. Einfach so, von heut auf morgen. Aber es trifft immer die Falschen. Wo ist denn so ein Unfall oder ein Krebs, wenn man ihn mal wirklich braucht? Ich wüsste wen, um den es überhaupt net schade wäre …

MONTAG

Marie liebte den Morgen. Je früher, desto besser. Außer, sie hatte die Nacht durchgemacht, wie am Wochenende beim Frühlingsfest. Das kam allerdings nicht allzu oft vor.

Das Licht ließ Marie stets an. In der Früh genoss sie es, dass die Finsternis der Nacht auch vor dem Fenster endlich vorbei war und sich der Tag langsam seine Farben zurückholte, die Vögel frisch-fröhlich die Sonne begrüßten und das Leben ganz langsam erwachte, ohne schon hektisch zu sein.

Der junge Tag war ihre Zeit. Und heute hatte sie besonders viel davon. Denn das Video der Gemeinderatssitzung war durch ihre Träume gegeistert, sodass ab vier Uhr an Schlaf nicht mehr zu denken gewesen war. Also ging sie joggen, um sich die vielen Apfelstrudel wieder vom Leib zu trainieren.

Nun war es halb sechs und Marie auf dem Weg zu ihrem Büro. In den Ställen wurden die Kühe gemolken, ein vielstimmiges „Muh" vermischte sich mit dem monotonen Geräusch der Melkmaschinen. Diese Soundkulisse hatte sie schon als Kind geliebt.

Weil die Tür beim Striedinger-Stall offen stand, marschierte Marie einfach hinein. Der Stall sah völlig anders aus als früher, als sie als kleines Mädchen hier Milch und Eier hatte holen dürfen. Viel größer, freundlicher und heller. Damals war es ein regelrechtes Abenteuer gewesen, sich in dem dunklen Stall knapp an den eng nebeneinander stehenden Milchkühen vorbeizuschleichen, um zum *Mülikammerl* zu kommen. Wenn niemand da war, warf Marie ein paar Schilling in eine Blechkassa und füllte sich aus einem Stahlkessel ihre Milchkanne. Alles auf Vertrauensbasis. So kannte Marie ihr Dorf, da dürfte sich in letzter Zeit einiges geändert haben.

Vielleicht konnte sie die Gelegenheit gleich mal für erste Ermittlungen nutzen, dachte sie, als sie den etwas verschlafen dreinblickenden Kühen ein freundliches „Guten Morgen!" vor die Hörner rief.

„Ja, Marie, was machst denn du da um diese Zeit?", hörte sie die Striedinger Hermi, die vermutlich gerade dabei war, irgendwo in der Tiefe des Kuhstalls die Saugstutzen der Melkmaschine auf die Euter einer Resi, Mitzi oder Marina zu stülpen.

„Ich fang heut früher an mit meinem Dienst. Und weil ich grad vorbeigekommen bin, hab ich mir gedacht, ich schau mal rein zu dir.“

„Das ist aber schön!“ Hermis Gesicht tauchte hinter einem wedelnden Kuhschwanz auf und lachte zu Marie herüber.

„Na, immer noch selbst im Stall? Mit dem Geld vom Gringo könnt ihr bald in der Früh länger schlafen, weil ihr euch dann locker ein paar Angestellte leisten könnt's, die eure Kühe melken …“ Besonders raffiniert war die Frage nicht, aber Marie wollte rausfinden, ob sich der Gewinn vom Gringo auch hier schon rumgesprochen hatte.

„Ha! Der Gringo, der arme Teufel! Der hat ja niemandem etwas getan. I weiß net, warum die alle was von ihm wollen …“

„Was wollen sie denn von ihm?“

„Vorgestern war der Woodoo-Fredl da und hat gemeint, dass die Millionen vom Gringo uns allen gehören. Wenn wir auch was davon abkriegen wollen, sollen wir den Wisch unterschreiben, den er mitghabt hat.“

„Was ist denn da drinnen gestanden?“

„So eine Art Petition oder wie das heißt. I hab ja nur kurz drübergelesen, irgendwas hat er da hingeschmiert, dass jeder, der es unterschreibt, einen Teil von den Millionen einfordert. Weil bisher ja alle immer für den Gringo da gewesen wären …“

Jetzt wurde es interessant. „Und, was habt's gemacht, du und dein Pauli?“

„Na, was werden wir schon gemacht haben? Rausgeschmissen hamma den Deppen. Der braucht sich gar net aufpudeln, hab i mir dacht.“

Hermi wirkte nachdenklich. „Aber vor zwei Tagen hat er noch glebt, der Gringo. Schon ein bisserl komisch, oder?“

„Was willst denn damit sagen, Hermi?“

„Nix – i will gar nix sagen. Nur dass mir des leidtut mit dem Gringo!“

Marie setzte nach. „Ich nehm an, der Woodoo-Fredl war auch bei den anderen Leuten im Dorf. Weißt du, hat des wer unterschrieben?"

„Ja, fix, der Maier Hias, von dem weiß ich's ganz bestimmt, weil mir sein Weiberl, die Gusti, des gsagt hat. Und unsere Ortsbäuerin, die Freiner Burgl. Die war sogar gestern selber bei uns und hat gmeint, dass wir da alle mittun sollen. Weil der Gringo das Geld ja eh nimmer braucht, jetzt, wo er tot auch noch ist. Obwohl man ja gar net weiß, ob man des Geld je finden wird. Hoffentlich ist nicht der Lottoschein mit dem Haus abbrennt, oder sogar die Millionen, hat's gsagt.

I hab ihr was erzählt – nämlich, dass wir des sicher net unterschreibn und sie sich schämen soll, dass sie einem Toten auch noch sein Geld wegnehmen will."

„Und dann?", wollte Marie wissen.

„Dann ist sie beleidigt raus bei der Tür und hat gmeint, wir werden alle noch schön schaun."

„Na bravo – da geht's ja um bei uns in Marienschlag." Marie wunderte sich immer mehr, dass sie nichts davon mitbekommen hatte. Aber sie war ja auch permanent im Einsatz, seit Freitag war sie mit dem Sanieren ihres alten Gartenzauns beschäftigt, dann kam das Fest und dann das Feuer …

„Vielen Dank, Hermi. Und liebe Grüße an den Pauli!"

„Richt ich gern aus! Wenn du was wissen willst, komm einfach vorbei. Wie geht's eigentlich deinem Häusl? Du machst ja alles selber, wie man hört …"

„Wird schon. Ist halt viel Arbeit, aber es macht mir einen Riesenspaß. So, jetzt muss ich weiter. Pfiat di, Hermi. Und danke noch mal!"

Das waren Neuigkeiten! Gestern Abend das Video, jetzt die Hermi, Marie musste sich erst mal sammeln. Schon arg, was sich in ihrem Marienschlag gerade so abspielte.

AUFREGUNG AM JAKOBSWEG

Es waren noch etwa zweihundert Meter bis zum Gemeindehaus, als ihr wieder einmal Pilger begegneten, ein Pärchen mit Wanderstöcken und jeweils einer riesengroßen Muschel auf ihren Rucksäcken marschierte mit einem „Guten Morgen!" und einem „Buen Camino!" vorbei, dem üblichen Pilgergruß.

„Euch auch einen guten Weg! Wie weit habt ihr's denn noch?"

Die beiden blieben stehen, und die Frau sagte lachend: „Wenn es mein Heinzi schafft, sind wir schon noch eine Weile unterwegs."

Heinzi protestierte. „Ha, Herta, so ein Blödsinn! Wenn die Frau Inspektor gsehen hätt, mit wie vielen Cremes ich dich gestern Nacht eingeschmiert hab und wie ich dich heute früh aus dem Bett hieven hab müssen, dann …"

„Ja, ja, passt schon, das interessiert ja niemanden", unterbrach ihn seine Frau. „Wir sind am österreichischen Jakobsweg unterwegs, ein paar Hundert Kilometer sind's schon noch …"

„Aber so wie es aussieht, seid ihr trotzdem gut drauf, trotz der vielen Schmerzen", stellte Marie fest.

Jetzt lachten beide, und ihre Augen leuchteten.

„Ich schwör dir", antwortete Herta, „es tut dir alles weh, vor allem am Anfang. Du glaubst gar nicht, wie viele Stellen es am Körper gibt, von denen du vorher nicht gewusst hast, dass du sie überhaupt hast. Es zwickt und brennt überall, auf den Fußsohlen, am Rücken, du hast Blasen auf den Fersen und zwischen den Zehen – und trotzdem: Wenn dich der Pilgervirus einmal befallen hat, kriegst du den nie mehr los!"

Jetzt musste Heinz auch was sagen: „Wir waren ja schon ein paarmal in Spanien und Portugal unterwegs, das gehört alles dazu. Da ist natürlich viel mehr los, da musst du oft schon um zwei am Ziel sein, damit du noch einen Platz in der Herberge kriegst. Und wenn du dann in der Nacht einen Terrorschnarcher im Schlafraum hast, kommen dir schon manchmal ganz unchristliche Gedanken, und du wünschst dem einen akut auftretenden Dünnschiss, damit er den Rest der Nacht am Häusl verbringen muss."

„Geh, Heinzi, sei nicht immer so grauslich. Aber trotzdem ist es schön in den Herbergen, man kommt mit so vielen anderen Pilgern ins Gespräch, man kocht und isst miteinander, singt …"

„Wenn ich vorher wüsste, ob da so ein Schnarchautomat dabei wäre, würd ich dem was ins Essen mischen. Aber egal – wenn du dann nach ein paar Hundert Kilometern in Santiago de Compostela ankommst, hast du alle Schnarchnasen und Schmerzen vergessen. Da bist du nur glücklich und demütig, dass du so etwas Schönes erleben darfst. Wenn du dann noch das Glück hast, das Weihrauchfassl in der Kathedrale zu sehen, das sie angeblich seit Hunderten Jahren hin- und herfliegen lassen, damit der Geruch der Pilger erträglicher wird, dann ist alles gut. Da gibt's niemanden, der keine Tränen in den Augen hat, das kann ich dir sagen …"

Langsam begannen auch Maries Augen zu leuchten. Heinzi und Herta waren wie eine lebendig gewordene Jakobswegmuschel. Marie spürte ein Kribbeln in der Magengegend und dachte, so fühlte es sich also an, das Jakobswegvirus. Sie konnte das Verlangen und die Sehnsucht in jeder Faser des Körpers spüren – und in diesem Augenblick beschloss sie, das Abenteuer zu wagen. Nicht irgendwann, sondern noch in diesem Jahr. Wenn es sein sollte, würde sich auch die Gelegenheit ergeben, da glaubte sie ganz fest daran. So lange hatte sie geträumt von diesem Weg und ob sie ihn wohl schaffen würde, aber ihre Zweifel lösten sich gerade spektakulär in Luft auf.

„So, jetzt müssen wir weiter, Heinzi!"

Aber ihr Mann musterte Marie aufmerksam. „Wenn dich das interessiert, Frau Inspektor, ich geb dir meine Karte. Du kannst uns gerne ankurbeln, wenn du auch mal den Weg gehen willst."

Marie las: *Herta und Heinz Marschierer – offizielle Pilgerbegleiter.* Das gibt's ja nicht, war das ein Künstlername?

Heinzi meinte nur trocken: „Bei dem Namen bleibt uns ja gar nix anderes über als zu wandern und zu pilgern, oder? So, aber jetzt: Buen Camino!"

Und weg waren sie. Marie fühlte ein wohliges Gefühl im Herzen, als sie weiter Richtung Gemeindehaus marschierte.

Rechts tauchte die Volksschule auf. Marie dachte zurück an die Zeit, als sie jeden Tag auf diesem Weg unterwegs gewesen war – fast immer an der Seite ihres Papas. Er brachte sie am Morgen zur Schule und ging dann weiter in sein Büro im Gemeindeamt, später holte er sie wieder ab, und die beiden marschierten Hand in Hand nach Hause. Damals hatte es nur zwei Klassenzimmer gegeben, die erste und zweite Klasse waren in einem Raum und die dritte und vierte im anderen. Geturnt wurde auf dem Schulhof oder auf der Wiese neben dem kleinen Teich hinter dem Gebäude, und wenn es mal richtig heiß war, durften die Kleinen auch mit den Füßen im Wasser plantschen. Heute gab es durch die *zuagroasten* Jungfamilien wieder etwas mehr Kinder im Dorf, und natürlich hatte jede Stufe ihr eigenes Klassenzimmer. Trotzdem gab es seit geraumer Zeit die Befürchtung, dass die *Zahlenklauber* im Land aus Kostengründen die kleine Dorfschule irgendwann einfach zusperren würden und auch die Volksschulkinder mit dem Bus nach Neukreuz würden fahren müssen.

Der Morgen war kühl und still, als Marie über den Zebrastreifen vor der Schule die Hauptstraße überqueren wollte. Es war kein Auto zu sehen. Kein Wunder um diese Tageszeit. Doch als sie den ersten Schritt auf den Fußgängerübergang gesetzt hatte, hörte sie plötzlich das Aufheulen eines Motors, dann ein schrilles Quietschen von Reifen und ein tiefes, dumpfes Röhren, das stetig näher kam. Maries Blick wanderte in Richtung der scharfen Kurve, keine vierzig Meter entfernt, aus der ein mächtiger schwarzer SUV mit viel zu hoher Geschwindigkeit direkt auf sie zuraste. Der Fahrer machte keine Anstalten zu bremsen. Für einen Bruchteil einer Sekunde war Marie wie gelähmt, doch ihr Körper reagierte instinktiv und warf sich zur Seite, wo sie mit dem Kopf auf dem Randstein aufschlug. Der SUV schoss an ihr vorbei, ohne zu bremsen, und verschwand quietschend in der nächsten Kurve.

Marie saß auf dem Gehsteig, das Herz klopfte ihr bis unter die Schädeldecke, und vom Gesicht tropfte etwas Blut auf ihre frisch gewaschene Polizeiuniform. Sie sah sich um, ob die beiden Pilger noch in der Nähe waren – oder eine andere Spur irgendeines Lebewesens, das Zeuge dieser Attacke – und genau so war es ihr erschienen – geworden war. Hatte sie da jemand umbringen wollen? Oder zumindest einen Denkzettel verpassen wollen? Maries Gedanken spielten Räuber und Gendarm.

Aber als plötzlich eine ausgewachsene Kuh mit einem schwarzen Stofffetzen im Maul aus einer Seitengasse polterte, vergaß Marie kurzfristig, was gerade geschehen war. Und dann kam ihr sogar ein Grinsen aus, denn die Kuh wurde verfolgt von Janine im rosaroten Pyjama, die verzweifelt schrie, dass sie das Vieh abstechen werde, wenn es nicht sofort anhalten würde. Es war ein Bild zum Niederknien. Marie rannte auf die Kuh zu, wackelte mit den Händen wie eine Fluglotsin, und im selben Augenblick stoppte das Tier, schnaubte einmal kurz durch – und ließ sich von der Frau Revierinspektorin genüsslich am Hals kraulen. Dabei nahm ihr Marie sanft den schwarzen Fetzen aus dem Maul, der sich bei genauerem Hinsehen als Janines Lederblouson vom Vortag entpuppte. Das Ding war pitschnass, besonders das Vorderteil mit einem dreieckigen Emblem, auf dem groß PRADA stand, hatte die Kuh extrem gut eingespeichelt.

„Ich bring sie um! Ich bring das verdammte Vieh um!" Janine war völlig aufgebracht. Als sie das Lederjackendilemma sah, stiegen ihr vor Zorn Tränen in die Augen. „Ich hab nach dem blöden Fest meine Sachen auf die Terrasse gehängt, weil sie so gestunken haben – und dann dort vergessen. Heut schau ich aus dem Fenster und seh, wie die depperte Kuh im Garten steht und mein Gewand abschnuppert. Die hat einfach den Zaun durchbrochen, das Mistvieh, das elende. Als ich sie vertreiben wollte, hat sie sich meine Jacke geschnappt und ist davongaloppiert."

„Geh schau, Janine, das ist doch Leder. Das kann man bestimmt trockenwischen, mit einem Mittel einlassen, und dann ist es wieder wie neu."

„Glaubst du denn, ich zieh das noch mal an? Das hat die grausliche Kuh im Maul gehabt. Das kann ich nur mehr in den Müll schmeißen. Oder ich spende es der Caritas."

„Na, die werden eine Freude haben …"

„Was machst du mit der blöden Kuh? Willst du sie zu Tode streicheln?"

Ja, Marie liebte die Tiere – genauso wie die Menschen –, und sie hätte noch stundenlang die Kuh kraulen können, die es sichtbar genoss. Aber irgendwann musste auch mal Schluss sein.

„Nein, die bringen wir jetzt zurück, wo sie hergekommen ist."

„Was? Wie soll das gehen, ohne … Leine?"

„Du kannst ja vor der Kuh herlaufen und sie mit deiner Lederjacke nach Hause locken."

„Ha, ha, sehr lustig."

Marie stellte sich neben die Kuh, klatschte ihr sanft mit der flachen Hand auf eine Stelle neben dem Schwanz, und schon trabte das Tier gemächlich zurück in Richtung Weide. Janine trabte mit, sie hielt ihre Lederjacke mit zwei Fingern, als wäre das teure Stück radioaktiv verseucht. Es waren immer noch keine Menschen zu sehen, wenn jetzt zum Beispiel die Adele vorbeikommen würde, dann wäre Janines Almauftrieb im Pyjama Ortsgespräch Nummer eins für die nächsten Wochen.

„Was hast du eigentlich gemacht? Du blutest ja …"

Erst jetzt hatte Janine offenbar die Wunde auf Maries Stirn bemerkt.

„Ah, das ist halb so schlimm. Da war plötzlich so ein schwarzer SUV, der wollt mich über den Haufen fahren …"

„Was? Wann war das?"

Also erzählte Marie drauflos, und Janine hörte sich fassungslos die ganze Geschichte an.

„Der hat dich umbringen wollen, ist dir das eh klar?"

„Ich weiß nicht, vielleicht war der einfach nur besoffen."

„Ja, ja, am frühen Morgen …"

„Oder es sollte eine Warnung sein. Vielleicht hat wirklich jemand was dagegen, dass ich mir den Tod vom Gringo näher anschaue …"

„Ganz bestimmt!" Janine bekam ganz rote Wangen vor Aufregung. „Wahrscheinlich ist der Gringo tatsächlich ermordet worden, weil irgendjemand seine Millionen absahnen wollte. Und dann wollte er das Ganze wie einen Unfall aussehen lassen, und jetzt hat er Angst, dass du ihm in die Quere kommen könntest."

„Du weißt aber schon, dass wir da in Marienschlag sind und nicht in Chicago …"

„Verbrecher gibt's überall!", gab Janine zu bedenken.

Als sie gemeinsam die Waldgasse hinaufgingen, kam ihnen der Klodner Hans entgegen. Es gab also doch Leben um diese Zeit auf den Gassen in Marienschlag.

„Oh, da ist sie ja! Lieserl, du alte Ausreißerin. Wo habt ihr sie gfunden? Zum Glück sind ihr die anderen Kühe net nachglaufen …" Und dann setzte er nach: „Wow, der steht dir gut, der rosarote Pyjama …"

So, jetzt wussten Marie und Janine auch, wie die Kuh an ihrer Seite hieß. Marie erklärte dem erleichterten Klodner-Bauern, dass es Lieserl bis zur Schule geschafft habe. Dass sie von Janine dorthin gejagt worden war, ließ sie unerwähnt.

„Ich hoffe, sie hat nix angestellt? Sie ist ja a ganz a Liebe, aber manchmal haut's ihr die Sicherungen durch."

„Nichts angestellt ist gut", mischte sich Janine ein. „Sie hat mir meinen Lederblouson von der Terrasse geklaut und wollte ihn, was weiß ich, fressen, oder so … Schauen's einmal, es ist über und über eingetrenzkert, das kann ich wegschmeißen."

„Geh, des ist doch aus Leder. Abwischen, da gibt's bestimmt was zum Einsprühen, und schon ist es wieder wie neu! I hab da so ein Mittel für meine Gummistiefel, das bring i dir vorbei."

„Nein, sicher nicht!" Janines Gesicht färbte sich wieder dunkelrot. „Sag deiner blöden Kuh, wenn ich sie noch mal bei mir im Garten erwische, steche ich sie ab mit dem Küchenmesser. Oder vergifte es, das blöde Vieh. Oder beides …" Sie rannte los und ließ die Kuh, Marie und den Klodner Hans einfach stehen. „Ich hasse die Lieserl! Alle Kühe! Das ganze Dorf!" Das war Janines Verabschiedung, bevor sie im rosaroten Pyjama durch die Terrassentür im Haus verschwand.

„Aha? Was war denn das jetzt? Ist die Frau a bisserl unentspannt?"

„Sie hat's halt nicht so leicht, hier ganz allein auf dem Land …“, merkte Marie trocken an.

„Egal, ich hab auf jeden Fall den Zaun wieder repariert. Und jetzt komm, Lieserl – und lass die Frau Nachbarin in Ruhe. Pfiat di, Marie … Was ist denn das für eine Wunde auf deiner Stirn, ich hoffe, das war nicht die Lieserl?“

„Nein, alles gut. Ciao, Hans!“

Hans Klodner drehte sich um und marschierte zum Gatter. Und seine Lieserl trottete brav hinter ihm her.

Was war das für ein Morgen!, dachte Marie, während sie zum Gemeindehaus ging. Sie ließ sich alles noch einmal durch den Kopf gehen. Was wäre, wenn Janine recht hatte? So ganz undenkbar war es nicht, dass der Gringo wegen seiner Millionen erschlagen worden war. Und dann hatte vielleicht wirklich jemand seine Hütte angezündet, um das zu vertuschen. Niemandem wäre etwas aufgefallen, wenn nicht der Gringo zuvor schon mit eingeschlagenem Schädel aus dem Heuhaufen beim Trummer-Bauern gefallen wäre. Wie konnte das möglich sein? Fragen über Fragen, aber so viel war sicher:

Die Gier is a Hund! Und die war schon oft ein eindeutiges Motiv für ein Verbrechen gewesen …

NEWS

In ihrem Polizeikammerl klopfte sich Marie den Straßenstaub aus der Uniform und machte sich frisch. Hinter dem winzigen Waschbecken war ein mikroskopisch kleiner Spiegel montiert, dort sah sie sich die Verletzung über dem rechten Auge an und entschied, dass es kein Pflaster brauchte. In ein paar Tagen würde man nichts mehr davon sehen.

Eine halbe Stunde später bequemte sich auch der Bürgermeister dazu, ins Amt zu kommen. Er sah, dass Maries Bürotür offen stand, und begrüßte seine Lieblingspolizistin mit „Guten Morgen, Mariechen!" Er musterte sie und meinte mit besorgter Miene: „Was ist denn dir passiert? Hast du jemanden niedergeschlagen, und der hat sich gewehrt?"

„Können wir kurz nach draußen gehen?"

„Klar, wenn du willst."

Auf dem Platz vor dem Gemeindehaus war keine Menschenseele zu sehen. „Da ist es viel besser, drinnen ist ja schon die Kathi, ich möcht nicht, dass die was mitkriegt." Kathi Gottschinger, die Sekretärin des Bürgermeisters, stand im inoffiziellen Tratschweib-Ranking von Marienschlag auf Platz zwei.

„Das kann ich verstehen. Also, Mariechen, was gibt's?" Er hängte sich bei ihr ein und wollte den Weg Richtung Park einschlagen.

Marie zog den Arm zurück. „Sei mir nicht bös, Herr Bürgermeister, aber dazu bin ich heut nicht in Stimmung."

„Oh, so förmlich? Ich glaub, ich muss mich wieder mehr um meine Polizistin kümmern. Was ist denn los?"

„Ich bin nicht *deine* Polizistin! Auch wenn du das vielleicht gerne hättest." Maries Ton wurde etwas bestimmter. „Ich muss dir was sagen – das muss aber unter uns bleiben, Karli! Versprochen?"

„Geh, du weißt doch, dass du dich hundertprozentig auf mich verlassen kannst", antwortete der Bürgermeister mit gespielter Empörung.

Ja, das wusste Marie. Wenn es um dienstliche Belange ging, waren sie ein eingespieltes Team, der Herr Bürgermeister und seine Polizistin. Marie musste schmunzeln, weil sie sich daran erinnerte, wie sie gemeinsam diesem präpotenten Linzer Anwalt vor ein paar Wochen gezeigt hatten, wo der Bartl den Most herholt. Dr. Haubner hieß er, und er war der neue Jagdpächter in Marienschlag. Und damit gehe selbstverständlich einher, dass er besondere Rechte haben müsse, dachte der glatzerte Kerl, der mit seinen ein Meter fünfundsechzig und hundertdreißig Kilo gleich breit wie hoch war. Zu diesen besonderen Rechten zählte er das Befahren der Wasserleitungstrasse. Unter diesem Weg waren die Rohre für die örtliche Wasserversorgung verlegt, weshalb er abgesperrt war und nur in besonderen Fällen von den Behörden des Wasserverbands benutzt werden durfte. Dr. Haubner scherte sich den Teufel drum und fuhr immer wieder mit seinem schwarzen Land Rover Defender durch den Acker vom Fichtl Schorsch – und damit vorbei an der Absperrung. Dann bretterte er auf der besagten Trasse weiter – nur weil er sich damit einen Umweg von ganzen fünfhundert Metern ersparen wollte.

Schließlich war es dem Schorsch zu bunt geworden, und er bat Marie, da was zu tun. Die versuchte es zuerst auf die sanfte Art, doch als Dr. Haubner sie bei einem Treffen als Polizisten-Tussi titulierte, die wohl nicht wisse, mit wem sie es zu tun habe, fackelte sie nicht lange und steckte dem hoch angesehenen Rechtsanwalt Dr. Haubner ein geschmalzenes Strafmandat unter die Wischerblätter seines Revierfahrzeugs. Mehr hatte es nicht gebraucht. Der Anwalt rauschte am nächsten Tag fuchsteufelswild zum Bürgermeister, um den darüber aufzuklären, ob er seine – wörtlich – „abgehobene Polizei-Göre" nicht im Griff habe. Ohne zu wissen, was da genau los war, machte der Bürgermeister dem Ungustl klar, dass *seine* Polizistin sehr wohl selbst wisse, was sie tue, und er gar nichts unternehmen könne bezüglich der Bitte, nein, des Verlangens von Dr. Haubner, die Anzeige postwendend rückgängig zu machen. Und dann ließ der Herr Bürgermeister den aufgebrachten Anwalt wissen, dass man sich in Marienschlag die Gesetze nicht einfach zurechtschneidern könne, wie man es wolle. Er sei eh noch glimpflich davongekommen, denn für Polizistenbeschimpfung sei eine deutlich höhere Verwaltungsstrafe vorgesehen, aber das müsse man einem erfahrenen Rechtsanwalt wie ihm bestimmt nicht sagen. Erst danach hatte Karl Kiefer von Marie erfahren, was der Grund der Anzeige war, aber da hatte Dr. Haubner seine Strafe schon überwiesen. Seit dieser Zeit war der Anwalt scheißfreundlich zu Marie, wenn sie einander über den Weg liefen. Aber Marie wusste, dass das nur gespielt war.

Der Bürgermeister stand also voll und ganz hinter *seiner* Marie. Das wusste sie, und sie vertraute ihm. Und aus diesem Grund wollte sie ihn in die bisherigen Ermittlungsergebnisse einweihen. Bärli Kiefers Augen wurden größer und größer, als Marie ihm von dem Rechtsmediziner aus Wien erzählte, der die Theorie aufgebracht hatte, dass der Unfall vom Gringo eventuell doch kein Unfall gewesen sein könnte. Sie informierte ihn auch über ihre heutige Stadlunterhaltung mit der Striedinger Hermi und dass der Woodoo-Fredl anscheinend die Leute gegeneinander aufhetzte. Und zum Schluss erwähnte sie noch den schwarzen SUV, der sie vorhin am Zebrastreifen vor der Schule ins Visier genommen hatte.

Der Bürgermeister sah sie an, als könne er nicht glauben, was Marie gerade gesagt hatte. Und dann zog er sie in seine Arme. Und Marie ließ es geschehen. Aber nur kurz, dann löste sie sich aus seiner Umarmung und lächelte ihn an: „Danke, Bärli, ich leb ja noch. Also, alles gut …"

Bärli Bürgermeister sah das anders. „Gar nix ist gut. Das war eindeutig ein Mordversuch. Das nächste Mal hast du vielleicht nicht nur einen Kratzer überm Auge." Und dann schrie er förmlich in den menschenleeren Park: „Das kann ja alles net wahr sein!"

„Was kann net wahr sein?"

„Alles – das alles kann net wahr sein! Zuerst gewinnt der Gringo ein paar Millionen, dann brennt seine Keuschen ab, mit ihm – und dann wird er auch noch ermordet! Und das Ärgste ist, dann will auch noch jemand dich umbringen. Das alles in unserem Marienschlag. Das ist schon a bisserl viel in einer Woche, oder?"

„Ich glaube, der hat mich nicht umbringen wollen, nur etwas –
sagen wir – verunsichern."

„Hast du dir die Nummer merken können?"

„Nein, leider nicht. Aber es war ein Riesengerät von SUV. Ganz
in Schwarz!"

„Da gibt es ein paar in der Umgebung. Diese Dreckschleudern
haben sich voll durchgesetzt in den letzten Jahren."

„Bei manchen versteh ich es aber schon. Die meisten SUVs haben Allrad, und damit bist du in unserem Gelände viel sicherer
unterwegs, vor allem im Winter." Die Frau Polizistin sah es von
der pragmatischen Seite.

„Du hast schon recht, aber dass viele Jäger damit im Wald rum-
gondeln, ist schon etwas komisch. Irgendwie sind diese SUVs
zum Statussymbol geworden. Der Haubner hat übrigens auch so
eine Protzkarre."

„Ja, genau. Und noch dazu in Schwarz." Marie kam ins
Überlegen. „Es könnte natürlich schon der Dr. Haubner gewesen
sein, heute früh. Aber das ist alles so schnell gegangen …"

„Der ist im Übrigen ein guter Freund vom Woodoo-Fredl. Der
Haubner ist ja seit der Sache damals sowieso net gut auf uns zwei
zu sprechen, und jetzt wird er mitbekommen haben, dass du dich
in den Fall vom Gringo einmischst. Der Dr. Specki ist übrigens
auch ein Spezi von ihm, vielleicht hat ihm der das gsteckt mit
dem Rechtsmediziner aus Wien …"

„Kann gut sein. Der Woodoo-Fredl ist scharf auf das Geld, und
der Dr. Haubner will vielleicht auch seinen Anteil. Und unser
Dorf-Dottore ist genauso mit von der Partie, denn der geht mit
dem Haubner auf die Jagd. Ob sie jetzt was mit dem Tod vom
Gringo zu tun haben oder nicht, der Haubner wollte mir wahrscheinlich zeigen, dass es gefährlich sein könnte, wenn ich da weiter rumschnüffle. Das würde doch Sinn ergeben, oder?", kombi-
nierte Marie laut vor sich hin. „Meine Kollegen aus Neukreuz
haben mich vorhin übrigens darüber informiert, dass sie keine
Verwandten vom Gringo haben ausfindig machen können."

„Wirklich? Dann scheiden seine Erben ja mal als Mörder aus …"

„Geh, Karli! Erstens – es ist überhaupt nicht bewiesen, dass es tatsächlich Mord war, bitte vergiss das gleich wieder. Und zweitens – weiß man inzwischen, wie viel der Gringo wirklich gewonnen hat?"

„Das weiß eigentlich keiner", antwortete Karl. Doch dann kam er ins Stutzen. „Oder vielleicht doch? Die Svetlana, die Pflegerin vom alten Trummer Sepp, die könnt das wissen!"

„Die Svetlana? Was hat denn die mit dem Gringo zu tun?"

„Ich war heute früh Marlboro kaufen bei der Adele."

Na, das war ja eine wichtige Information, dachte Marie. Bei den vielen Tschickstummeln, die sich im Aschenbecher von ihrem Bärli jeden Tag so ansammelten, war er bestimmt öfters in der Trafik.

Aber dann wurde es doch überraschend interessant, denn die Adele habe ihn zur Seite genommen und ihm zugeflüstert, dass sie am Donnerstag gesehen habe, wie der Gringo um zehn in den Bus zum Bahnhof Neukreuz gestiegen sei. Und zwar nicht allein, sondern mit der Svetlana. Zurückgekommen seien die beiden erst am späten Nachmittag. Die hätten in der Zeit bestimmt auch nach Wien in die Lottozentrale fahren können, wusste Adele noch zu berichten.

„Hat die Adele noch was gesagt?", wollte Marie wissen.

„Ja, ich habe sie dann gefragt, ob der Gringo vielleicht einen Koffer mitgehabt hat, als sie zurückgekommen sind."

„Du glaubst doch nicht, dass die ihm so schnell den ganzen Gewinn in einen Koffer packen und einfach mit nach Hause geben?"

„Natürlich nicht. Aber wer weiß das schon? Hat ja noch keiner von uns einen Lottosechser gemacht! Auf jeden Fall hat die Adele zuerst gemeint, dass sie sich an keinen Koffer erinnern kann. Aber je mehr sie nachgedacht hat, desto unsicherer war sie – und zum Schluss war sie felsenfest davon überzeugt, dass da doch einer war."

Marie musste lachen. „Also ich glaube, dass die Adele nur mal wieder aufmerksamkeitsgeil war und dir was Spektakuläres liefern wollte, die Dorftratschen, die alte. Aber komisch ist es natürlich schon, dass der Gringo plötzlich mit der Svetlana unterwegs war."

„Ja, find ich auch."

„Ich werde mal mit der Svetlana reden", sagte Marie schnell. Sie merkte, dass sich in den Gehirnwindungen vom Bürgermeister was zusammenbraute. „Und du machst mal gar nichts, Karli. Bitte versprich mir das!"

„Ja, ja – bin ja eh ganz brav." Der sonst so souverän auftretende Bürgermeister wirkte etwas frustriert. „Jetzt haben wir den Gringo endlich so weit gehabt, dass er einen Teil seiner Millionen für, für …", er suchte nach dem richtigen Wort, „… *soziale* Zwecke spenden wollte. Und jetzt ist er tot."

„Wollte er das wirklich?", fragte Marie mit unschuldigem Blick. Das Video hatte ganz was anderes gezeigt.

„Na ja, vielleicht noch nicht ganz. Aber ich hätt ihn noch überzeugen können, da bin ich mir sicher." Nachdenklich sah er sie an. „Was verdient so eine Pflegerin eigentlich? Das wird nicht die Welt sein. Die kann das Geld bestimmt gut brauchen. Also – je mehr ich überleg …"

„Pass auf, Karli, was du sagst! Eine ungerechtfertigte Anschuldigung kann schnell nach hinten losgehen. Das ist jetzt Aufgabe der Polizei. Und die Polizei bin ich! Du machst keine voreiligen Sachen, verstanden? Und bitte – es soll niemand wissen, dass der Gringo möglicherweise nicht eines natürlichen Todes gestorben ist. Ist ja überhaupt nix bewiesen. Und um die Svetlana kümmere ich mich, okay?"

Marie hatte zunehmend den Eindruck, dass der Bürgermeister mit seinen Gedanken jetzt ganz woanders war. Wie in Trance stammelte er: „Ja, ja, mach du nur …" Dann ließ er Marie einfach im Park stehen und eilte zurück Richtung Gemeindehaus. Wenigstens brachte er auf Maries „Bis bald, Bärli!" noch ein kurzes „Ciao, Mariechen!" raus, aber das war es dann auch schon.

Er hatte offenbar anderes zu tun …

SVETLANA

Marie machte sich auf den Weg zu Svetlana. Kurz hatte sie sich überlegt, ob sie nicht doch ihren Postenkommandanten Hans Schlurf informieren sollte, den Gedanken allerdings rasch verworfen. Wer weiß, was der alles aufführen würde, wenn da auch nur der Hauch eines Verdachts bestünde, dass Gringos Tod nicht mit rechten Dingen zugegangen sein könnte. Der war eh so ein Gschaftlhuber, am Ende würde er ihr noch „Verstärkung" schicken, weil er ihr nicht zutraute, den Fall selbst zu lösen. Oder, noch schlimmer, er würde selbst kommen. Nein, da war es besser, erst einmal herauszufinden, was wirklich geschehen war.

Marie hoffte, ihr Karli-Bärli würde keinen Blödsinn machen und nicht gleich brühwarm weitererzählen, was sie ihm im Vertrauen gesagt hatte. Und sonst auch niemand. Janine und Tobi wussten von ihrem Verdacht, und auch Dr. Specki. Aber die hatten versprochen, das für sich zu behalten. Wobei sie sich nicht sicher war, ob nicht Dr. Specki bereits geplaudert hatte …

Auf dem Weg zum Trummer-Hof wählte sie die Nummer ihrer neuen Pilgerfreunde, der Marschierers. Als sie den Namen auf der Visitenkarte las, kam sie wieder leicht ins Schmunzeln, manchen wurde der Beruf schon in die Wiege gelegt.

Heinzi hob ab und schien verwundert. „Du hast es offenbar ganz schön eilig. Willst du gleich mit uns mitpilgern? Wenn du dich beeilst, holst du uns eh noch ein, wir machen es uns grad gemütlich beim Teich und essen eine kleine Jausen."

„Oh ja, da hätte ich gute Lust, aber im Moment geht's leider noch nicht", erwiderte Marie. „Stattdessen habe ich eine dienstliche Frage. Ist euch, als ihr vorhin durch Marienschlag gewandert seid, ein schwarzer SUV aufgefallen?"

„Ja, der ist wie ein Narrischer an uns vorbeigerauscht, wir haben grad noch zur Seite springen können. So ein Depp, ein damischer. Eigentlich sollten wir ihn anzeigen, aber den Stress wegen so einem Idioten tun wir uns nicht an …"

„Habt's ihr zufällig die Autonummer?"

„Net die ganze, aber angefangen hat's mit einem L – ein Linzer also …"

„Sehr gut! Vielen Dank, ihr habt mir sehr geholfen! Jetzt möchte ich euch nicht länger aufhalten. Buen Camino!"

Das große Eingangstor des Trummer-Hofs stand sperrangelweit offen. Marie betrat den asphaltierten Vorplatz, an den Seiten standen große Pflanzentröge aus Waschbeton, aus denen riesige Oleander- und Bougainvillea-Stauden in den Himmel ragten. Strohreste lagen auf dem Boden, und es roch nach Kühen. Sie mochte diesen Geruch, der sie an ihre Kindheit erinnerte. Marie hatte es geliebt, in den Ferien die Kühe von Onkel Kurt und Tante Resi auf die Weide zu treiben. Sie hatte also keine Angst vor diesen „Bestien", wie sie manchmal in Boulevardzeitungen bezeichnet wurden, weil wieder eine damische Familie mit Hund von diesen ach so wilden Raubtieren über die Alm gejagt worden war.

Rechts vom Hof war das Wohnhaus, links ein paar Wirtschaftsgebäude und der Stall und geradeaus die riesige Halle, die als Geräteschuppen und Heustadl diente. Dahinter ragte der imposante Siloturm auf, der mit seinen zehn Metern fast so hoch war wie der Marienschlager Kirchturm. Das mächtige Schiebetor des Heustadls war offen, genauso ein Tor gab es auch auf der hinteren Seite, und durch eben jenes hatten Janine und Tobi vor zwei Tagen den Stadl zum Biologieunterricht betreten. Wo ihnen dann der Gringo einen Strich durch die Rechnung gemacht hatte.

„Griaß di, Marie! Na, was führt denn dich zu uns?" Die Trummer-Bäuerin Helene kam aus der Waschküche über den Hof und lachte Marie freundlich ins Gesicht. Sie war eine Erscheinung, fast einen Meter achtzig groß und kräftig gebaut. Man sah sofort, dass Helene so richtig anpacken konnte, was auf einem Riesenhof wie diesem auch notwendig war. Die Trummers hatten keine Kinder, es waren immer wieder mal Helfer aus der Slowakei da, aber den Großteil der Arbeit musste die Bäuerin bewältigen. „Dich hab i ja scho ewig net gsehn! Aber i hab ghört, dass du am Fest wieder gsungen hast. I hab ja keine Zeit ghabt, außerdem mag i den Rummel net so. Geht's dir gut? Was ist denn da passiert, überm Aug?"

„Servus, Helene, ja, danke, passt eh alles. Ist nur ein Kratzer! Sag, ist eure Svetlana daheim?" Marie wollte keine Zeit verlieren.

„Was willst du denn von der? Komm erst mal rein, drin redt es sich leichter. Magst du an Kaffee?"

„Ja gerne."

„I hab heute leider keinen Apfelstrudel, nur an Gugelhupf …"

„Passt schon, danke – Kaffee reicht."

Als sie die große Stube betraten, saß dort der Altbauer, der Trummer Sepp, in seinem Rollstuhl und nuschelte: „Jo wo isch denn heit die Schwetlana?"

„Geh, Papa, i weiß ja auch net, wo die wieder ist", versuchte Helene ihren Schwiegervater zu beruhigen. Und weiter in Richtung Marie: „Seit gestern ist sie weg – einfach so."

Marie stutzte. „Hat sie das öfters gemacht? Dass sie über Nacht nicht heimkommt?"

„Nein, eigentlich nicht."

Und der alte Trummer-Bauer gab seinen Senf dazu. „Jo wo isch denn heit die Schwetlana?"

Das Telefonklingeln unterbrach die Befragung.

Helene nahm ab. „Griaß di, Karli. Nein, die Svetlana ist net da. I weiß net, wo sie ist. Ja was ist denn heut los, alle wollen die Svetlana." Und nach einer kurzen Pause: „Ja, wenn du willst, i geb dir Bescheid, wenn sie wieder daheim ist."

Aha, dachte Marie, der Herr Bürgermeister ist auch auf der Suche nach Svetlana. Vielmehr eher nach den angeblichen Millionen. So viel zu „keinen Blödsinn machen" …

„Entschuldigung, des war der Bürgerkarli, der möcht auch was von der Svetlana. Ist schon komisch, dass da plötzlich so ein Theater ist um sie. Hat's was ausgfressen, das Mädl?"

„Nein, eh nicht. Ich hätte nur ein paar Fragen an sie. Sie wurde in der letzten Zeit öfter mal mit dem Grossinger Hubert gesehen."

„Mit dem Gringo? Ja, das ist mir auch aufgfallen. Der arme Kerl – jetzt ist er tot."

So ganz nahm Marie der Helene das Mitleid nicht ab.

„Der hat sie sogar einmal da auf userm Hof besucht. Wir haben grad frühgstückt, der Franzl und i. Wir haben uns noch denkt, no – was will denn der da, der war ja noch nie bei uns."

„Und was hat er wollen?", fragte Marie.

„I weiß es net, mit der Svetlana ist er dann fort!"

„Ist das öfter vorgekommen?"

„Nein, das wär mir aufgfallen …"

„Weißt du, wo sie hingegangen sind?"

„Übern Hof und ausse beim Tor, mehr hab i net gsehn."

„Ist dir das nicht komisch vorgekommen?"

„Ja, schon, aber was hätt i machn solln? Da Franzl hat sich auch gwundert."

„Wo ist er eigentlich, dein Franz?"

„Ah, der hat Bauernbundsitzung. Weißt eh, wie er ist, der Herr Multifunktionär. Mit an Oarsch auf zehn Kirtag …"

„Kann ich das Zimmer von der Svetlana sehen?"

„I weiß net, ob i des darf."

„Ja, das darfst du schon, ich bin ja die Polizei." Marie lächelte.

„Na gut, dann schau dich schnell mal um, aber net lang, weil am End kommt's gleich heim, und dann hamma den Salat!"

Svetlanas Zimmer war aufgeräumt und ordentlich, abgesehen davon, dass der Verputz von den Wänden bröckelte und die Fenster dringend einen neuen Anstrich benötigt hätten. Es war nicht gerade eine Luxussuite, in der Svetlana hausen musste. Aber das war so üblich, für die Unterkunft der Pflegerinnen wurde im Allgemeinen nicht viel Geld ausgegeben, war doch die eigentliche Pflege sehr teuer, und kaum jemand konnte sich das wirklich leisten.

Da Marie nichts Aufschlussreiches entdecken konnte, ging sie zurück in die Stube.

„Wie ist sie denn so, die Svetlana?", wollte sie wissen.

„Jo wo isch denn heit die Schwetlana?" Auch der Trummer Sepp hatte eine Frage, leider immer dieselbe.

„Ja mei, eh eine ganz Nette! Sie schaut halt auf den Papa. Und er ist zufrieden. Die Svetlana hat mir mal erzählt, dass sie schon in Rumänien immer gern an Bauern als Mann ghabt hätt, aber sie hat keinen Gscheiten gefunden. Sie war froh, dass sie da bei uns untergekommen ist. Sie mag halt die Viecher – und den Papa hat's auch ganz gern."

„Danke, Helene. Bitte gib mir gleich Bescheid, wenn sie wieder auftaucht. Für eine Vermisstenanzeige ist es noch zu früh, denke ich", stellte Marie fest.

„Ja, brauchst dir keine Umständ machen, die wird schon wiederkommen. Blöd ist halt nur, dass jetzt i die ganze Arbeit mit dem Papa hab."

„Jo wo isch denn heit die Schwetlana?" Der alte Trummer Sepp war im Sprechroboter-Modus.

„Dankbarkeit kennt er überhaupt net", flüsterte Helene, „und ein alter Grantscherm ist er obendrein. Aber was soll i machen …"

„Ja, es bleibt halt viel zu oft an den Frauen hängen. Ich wünsch dir alles Gute, Helene! Und bitte vergiss nicht, melde dich bei mir, wenn die Svetlana wieder da ist."

Marie winkte noch mal dem alten Sepp zu und marschierte nachdenklich hinaus in den Hof. Das Verschwinden von Svetlana bereitete ihr doch etwas Sorgen.

KRISENSITZUNG

„Madonna mia! Svetlana hat unser Geld gestohlen, da bin ich mir ganz sicher!", bellte Alfredo Cavallo in den Gemeindesaal. „Ich habe sie schon ein paarmal gesehen, sie hat eine schwarze Seele!"

Ob diese kurzfristig einberufene Sitzung eine gute Idee gewesen war? Bürgermeister Karl Kiefer war nicht mehr überzeugt davon. Er verstand nicht, warum sich der Woodoo-Fredl so aufpudeln musste. Sollte einer, der vorgab, täglich mit Geistern zu tun zu haben, nicht in sich ruhen, über den Dingen stehen und Harmonie ausstrahlen? Cavallo war das genaue Gegenteil, und das gefiel Karl Kiefer ganz und gar nicht.

Die Dorfgrößen waren fast vollständig versammelt. In Marienschlag wusste man, wann es Prioritäten zu setzen galt. Vor zwei Stunden erst hatte sie der Bürgermeister angerufen. Doch in Zeiten wie diesen war man sogar bereit, die Mittagspause auf ein Minimum zu verkürzen, um sich hier und jetzt abzustimmen, wie weiter vorgegangen werden sollte.

Gleich nach der Begrüßung hatte der Bürgermeister seine Elite-Schäfchen darüber informiert, dass die 24-Stunden-Pflegerin des alten Trummer Sepp, die Svetlana, in den letzten Tagen oft mit dem Gringo gesehen worden war. Bevor er weiterreden konnte, war auch schon der italienische Geisterbeschwörer aufgesprungen.

Und der war noch nicht am Ende. „Die Svetlana hat den Gringo auf dem Gewissen!", brüllte er mit hochrotem Kopf.

Jetzt war es vorbei mit lustig, es wurde laut im Saal, und die ehrenwerten Vertreter der Dorfelite quasselten wie aufgescheuchte Hendln wild durcheinander.

„Ruhe! Ja seid's jetzt alle wahnsinnig wordn?" Es wurde etwas leiser im Saal. Dass der Bürgermeister zu schreien begann, war man nicht gewohnt.

„Niemand hat gesagt, dass die Svetlana es war, die den Gringo umgebracht hat!" Im selben Moment wusste Karl Kiefer, dass das ein Fehler gewesen war.

Mit einem Mal herrschte vollkommene Ruhe im Saal.

„Also ist der Gringo umbracht worden?"

Der Bürgermeister hätte den Maier Hias würgen können. Auch wenn der eigentlich nichts dafür konnte, nein, er, Karl Kiefer, war selbst schuld, dass Gringos Tod jetzt in einem völlig anderen Licht dastand. Dabei hatte er Marie versprochen, nichts von ihrem Verdacht zu sagen. War ihm nicht recht gelungen.

Jetzt war die Hölle los. Hunderte Fragen prasselten auf ihn ein, und Alfredo Cavallo holte schon tief Luft zum nächsten großen Auftritt. „Und ich sage euch, wir müssen …", brüllte er förmlich in die Menge.

„Nix müss ma, Herrgott noamoi!" Was zu viel war, war zu viel, jetzt war's endgültig vorbei mit der Beherrschung beim Bürgermeister. Nicht nur dem Woodoo-Fredl verschlug es die Sprache, es wurde schlagartig still im ganzen Saal.

„Das gibt's ja net. Herr Krawallo, schaun's Ihren roten Fetzenschädl an," schnauzte der Bürgermeister den Italiener an, „wenn's no weiter so einen Schmarrn verzapfen, dann explodiert der Ihnen, und wir haben eine Riesensauerei da im Gemeindeamt."

„Mamma mia! No Krawallo! Cavallo!", schrie der Italiener zurück.

„Ist mir egal, wie Sie heißen! Setzen's Eahna hin und halten's Ihren Schlapfn!" Wenn der Bürgermeister aufgeregt war, war es vorbei mit seinen Versuchen, Hochdeutsch zu reden. Aber „Hinsetzen" hatte der Italiener doch verstanden.

„So, und ich sag euch gleich", langsam fand Karl Kiefer wieder zu einer Sprache zurück, die auch Cavallo verstehen konnte, „dass mir keiner von euch draußen was rumerzählt. Es ist überhaupt nix bewiesen, dass den Gringo wer umgebracht hat! Marie hat nur eine Andeutung gemacht, dass sie in alle Richtungen ermittelt. Also bitte, sagt's nix, sonst ist der Bär los, wenn die Leut glauben, dass wir in Marienschlag auch noch einen Mörder rumlaufen haben! Verstanden?"

Obwohl man direkt sehen konnte, wie die vielen Fragezeichen über den Köpfen der Anwesenden herumschwirrten, kehrte langsam doch wieder so etwas wie Normalität ein, und der Bürgermeister fuhr mit der Sitzung fort. „So, zurück zum Anfang. Habt's ihr auch mitbekommen, dass die Svetlana in der letzten Woche oft mit dem Gringo zusammengesteckt ist?", fragte der Bürgermeister.

„Ja, natürlich! Aber das hab ich dir eh heut in der Früh schon erzählt."

„Danke, Adele, glaubst du, i bin schon total matschig im Kopf? So verkalkt bin i zum Glück noch net, dass i net weiß, über was wir zwei heut beim Marlboro-Kaufen gredt haben. Aber die anderen wissen vielleicht noch nix davon. Also, du kannst ihnen gerne sagen, was du weißt."

Also erzählte Adele den versammelten Gemeindebürgern, dass sie vorigen Donnerstag den Gringo und die Svetlana gemeinsam gesehen hatte.

„So schlecht ist das vielleicht gar nicht", merkte der Herr Pfarrer an. „Da gibt's noch Hoffnung, dass die Svetlana das Geld hat. Ich hab schon befürchtet, dass es mit abgebrannt ist, mit dem Gringo." Offenbar hatte der Gottesdiener schon schwarzgesehen für seine Pilgerherberge. „Der Herr sei mit uns – äh – mit ihm!"

„Das wär ja wirklich blöd gwesen", hörte man jetzt vom Hansi Bauer. „Da gwinnt der ein paar Millionen und fackelt dann sein Haus ab. Aber der Gringo war ja noch nie der Hellste!", legte der Präsident des Sportclubs nach, der es geschafft hatte, die Hauptschule in der zweiten Klasse zu verlassen, weil er dreimal sitzen geblieben war.

Ja, man fasste wieder Hoffnung in Marienschlag. Vor einer Stunde noch hatten die Dörfler traurig und niedergeschlagen gewirkt. Ein Außenstehender hätte womöglich vermutet, das wäre deswegen gewesen, weil einer der ihren auf tragische Weise ums Leben gekommen war. Natürlich war man betroffen, und der eine oder andere verspürte tatsächlich Mitleid mit dem Gringo, aber in erster Linie bedauerte man sich selbst, weil sich die Aussicht auf das große Geld mit einem Schlag in Rauch aufgelöst hatte. Doch jetzt war wieder alles anders.

Mit diesem Silberstreif am Horizont der Lottomillionen wurden die Gespräche heftiger und leidenschaftlicher. Und je länger die Diskussionen andauerten, desto mehr war man der Meinung, dass die Svetlana die Millionen längst bei sich gehabt hatte, als die Keuschn vom Gringo abgebrannt war. Und wer weiß, vielleicht hatte sie ihm sogar das Geld gestohlen, sein Haus angezündet und ihn umgebracht. Aber die würde sich wundern, die hatte die Rechnung ohne die Wirte gemacht. Und die Wirte diskutierten gerade wieder kreuz und quer durcheinander, als gäbe es kein Morgen.

Der Bürgermeister versuchte, die Horde zu bändigen. Keine Chance. Bis er nur mehr einen Ausweg wusste.

„FEUER!!!"

Was? Wo? Plötzlich war es still im Saal.

„Hearst, ihr Wahnsinnigen, man kann ja gar nimmer mit euch reden. Entwarnung! Es ist kein Feuer nirgendwo. Aber anders geht es einfach nicht, dass ihr mir wieder zuhört!", polterte der Bürgermeister.

„Geh, Karli, hat's net schon genug gebrannt? Da macht man keinen Spaß damit!", schimpfte der Feuerwehr-Postler Maier.

„Ja, aber das war ja die alte Hütten vom Gringo – um die war's eh net schad!", merkte Ruperl Kotscharik, der Obmann der Trachtenkapelle, unbekümmert an. Manche Gemeindeschäfchen schauten doch etwas betroffen drein.

„Eine Frage habe ich schon noch – wer hat die blöde Idee mit der Unterschriftsliste ghabt?", wollte Karl Kiefer wissen.

„Das war ich!", antwortete Alfredo Cavallo mit kaum verhohlenem Stolz. „Dr. Haubner hat auch gemeint …"

Weiter kam er nicht, denn jetzt stieg dem Bürgermeister das Blut in den Kopf, und er schnauzte ihn an: „Wer hat Ihnen erlaubt, so eine hirnrissige Aktion zu starten? Das war überhaupt net abgesprochen. Wir haben am Donnerstag ausgemacht, dass keiner was wissen soll – und dann gehen Sie im ganzen Dorf herum mit dieser depperten Listen und machen die Leute rebellisch!"

„Aber der Dr. Haubner …", wollte Cavallo sich rechtfertigen.

„Lassen's mich mit dem Dr. Haubner in Ruh. Der glaubt auch, er hat die Weisheit mit dem Löffel gfressen. Den Dr. Haubner geht das überhaupt nix an, was wir da machen. Haben's das verstanden? I sag's Ihnen, hören's auf mit dem Blödsinn!" Dieser esoterische Vollheini machte ihn schon wahnsinnig, wenn er ihn nur anschaute, mit seiner schwarzen Hose, dem schwarzen Rolli, schwarzem Mantel, wahrscheinlich trug der Typ auch schwarze Unterhosen. Keine Haare am Kopf, und dann noch dieser Blick, stechend blaue Augen, wie einer, der grad aus dem Irrenhaus ausgebrochen war, schaute er einen an. Ein Italiener mit blauen Augen und Glatze, wo gab es denn so was? Und jetzt wiegelte dieser Depp das ganze Dorf auf.

Langsam fing sich der Bürgermeister wieder, und etwas leiser sagte er in Richtung des Geistheilers: „Haben Sie das verstanden, Herr Krawallo?"

„Stupido! Sie wissen ganz genau, wie ich heiße!" Alfredo Cavallo funkelte ihn böse an und hob dramatisch die rechte Hand, als würde er dunkle Mächte beschwören. „Ich spüre es – Ihre Aura ist voller negativer Energie. Und Ihre Chakren, Mamma mia, alles blockiert."

„Wissen Sie was, Sie können mich mal mit Ihren Weisheiten. Ob Sie das verstanden haben, hab ich gefragt?"

Nach einer kleinen Pause flüsterte der Italiener ganz sanft: „Aber sicher habe ich alles verstanden. Sehr gut sogar, Signore Bürgermeister!"

Karl Kiefer war natürlich nicht entgangen, wie sehr sich der feine Herr Geistheiler zusammenreißen musste, trotzdem sagte er in versöhnlichem Tonfall: „Na, dann passt's ja. Ich weiß, dass das für uns alle eine angespannte Situation ist, drum müssen wir umso mehr zusammenhalten. Ich schlage vor, wir suchen jetzt mal die Svetlana. Ich hab heute bei den Trummers angerufen, sie ist seit gestern verschwunden. Unser Außenposten in der Trafik, die Adele, hat ja direkten Blickkontakt zur Bushaltestelle. Da hat sie die Svetlana in den letzten zwei Tagen auch nicht gesehen. Wenn sie nicht nach Rumänien abgehaut is, muss sie noch irgendwo in der Umgebung sein. Haltet's die Augen offen, vielleicht fragt's auch a bisserl herum, des gibt's ja nicht, dass wir sie nicht finden!"

„Diese Mörderin!", schrie plötzlich wieder Alfredo Cavallo. Lang hatte seine Sanftmut nicht angehalten.

„Herr Cavallo – bitte! Ich hab's schon einmal gesagt, es gibt keinerlei Beweise. I sag's Ihnen noch einmal im Guten – hörn's auf damit! Sonst haben Sie schneller, als Sie bis drei zählen können, eine Klage wegen Verleumdung am Hals." Er wandte sich an alle seine Schäfchen. „Also bleibt's ruhig. Wer Svetlana findet, meldet sich bei mir. Macht's keinen Blödsinn, wer weiß, vielleicht hat sie ja überhaupt nix mit der ganzen Sache zu tun. Aber das weiß man erst, wenn wir sie haben – also, auf geht's!"

Topmotiviert verließ die Dorfelite das Gemeindeamt, jeder fühlte sich zum Sherlock Holmes geboren, und man war sich einig, dass man in Kürze wissen würde, wo sich die Svetlana versteckt hielt.

Karl Kiefer war bewusst, dass Marie nicht glücklich sein würde, wenn sie erfuhr, was da gerade geschehen war. Aber jetzt konnte er ohnehin nichts mehr ändern, und insgeheim hoffte natürlich auch er selbst, dass Svetlana und die Millionen bald gefunden wurden.

KAFFEEPLAUSCH

Weil der Besuch bei der Striedinger Hermi in der Früh so aufschlussreich gewesen war, beschloss Marie, ihre Ermittlungen in Marienschlags Häusern und Bauernhöfen fortzusetzen. Und so erfuhr sie rascher von der Chaossitzung des Bürgermeisters, als Lucky Luke schießen konnte – obwohl der schneller als sein Schatten war, wie man wusste. Als Kinder hatten Marie und Karli die Comics regelrecht verschlungen.

Genau so ein Heftl lag da auf dem Schuhkasten im Vorraum der Postl Vreni, die im Pyjama die Tür aufgemacht hatte.

„Oh, entschuldige, Vreni. Ich war gerade in der Nähe und hab mir gedacht, ich schau mal vorbei bei dir. Hab ich dich aufgeweckt?"

„Na. Jo. Kein Problem, i war eh schon munter, das Telefon hat mich schon zweimal aus dem Bett gläut. Weißt, i hab bis sechse in der Früh Dienst ghabt im Spital in Neukreuz, da schlaf i dann immer a bisserl länger." Vreni war mit ihren dreißig Jahren immer noch solo. Nicht, dass es Marie interessiert hätte, aber dem Getratsche im Dorf kam man nicht aus, und wenn ein fesches Mädl in so einem hohen Alter noch keinen Freund hatte, dann redeten die Leute darüber. War ja bei Marie nicht anders.

„Du liest immer noch Lucky Luke?" Sie kannte Vreni schon ewig, vor dem Unfall hatten sie gemeinsam die Discos und Zeltfeste der Umgebung unsicher gemacht.

„Natürlich, des sind die besten Heftln, die's gibt!", antwortete die Vreni. „Schön, dass du einmal vorbeischaust. Willst einen Kaffee? Und i hab gestern zufällig einen Apfelstrudel gemacht, genauso einen, wie du ihn magst."

Es wussten mittlerweile wirklich alle im Dorf, womit man der Marie eine Freude machen konnte.

„Gern! Wenn's keine Umstände macht! Ich wollte eigentlich nur wissen, ob du den Gringo in letzter Zeit gesehen hast, vielleicht mit der Svetlana, der Pflegerin vom Trummer-Bauern?"

„Net schon wieder. Grad vorher hat mich der Kotscharik angerufen und wollt das Gleiche wissen. Und zwei Minuten später da

Maier Hias. Den hab i dann gefragt, was denn los is. Und der hat mir gesagt, dass er eigentlich net drüber reden darf, aber sie haben grad eine Gemeinderatssitzung gehabt, und es ist ganz geheim, es geht nämlich ums Geld, das der Gringo gewonnen hat. Die Svetlana hat da auch die Finger drinnen, aber mehr darf er mir wirklich net verraten, hat er gemeint. Und jetzt kommst du auch noch daher …"

Der Karli war doch wirklich ein Vollochse. Marie war enttäuscht und besorgt zugleich. Gerade hatte er ihr noch versprochen, nichts zu unternehmen, und ein, zwei Stunden später berief er so eine saublöde Sitzung ein, wo sich die Leute gegenseitig aufstachelten und nichts rauskommen konnte, außer ein Pallawatsch.

„Gibt's ja nicht! Sind die alle völlig übergeschnappt?" Marie rollte mit den Augen.

„Ja, hab i denen auch gesagt. Und dass i gar nix weiß! So – Marie, aber jetzt trink ma den Kaffee, der tut dir sicher gut. Und gleich kommt der Apfelstrudel."

Kaffee und Apfelstrudel waren jetzt genau das Richtige. Und so saßen die beiden bei ihrem Kaffeeplauscherl und machten das, was man zu diesem Anlass halt so machte – sie tratschten über Gott und die Welt.

„Wie du deine Figur hältst, bei den Mengen Apfelstrudel, die du verputzt." Lachend legte Vreni noch ein Stück Strudel auf Maries Teller.

„Soll man gar keine Freude im Leben haben?" Marie lächelte. „Aber ich muss eh aufpassen. Jetzt geht's noch, das Wandern am Wochenende hilft mir a bisserl."

„Wo bist denn immer unterwegs?"

„Meist am Sonnberg. Weißt eh, da war ich früher schon immer wandern, mit meinen Eltern." Seit sie zurück nach Marienschlag gekommen war, konnte Marie wieder über die Zeit vor dem Unfall reden, ohne dass sie sofort in tiefe Depressionen fiel.

„Ja, ich kann mich erinnern, ihr habt mich ja auch ein paarmal mitgenommen. Wolltet ihr net sogar mal den Jakobsweg gehen, damals? Das geht ja jetzt nimmer …" Plötzlich stockte sie. „Sorry, Marie, ich wollte nicht …"

„Passt schon, Vreni! Das Leben muss weitergehen, und es ist jetzt schon so lange her." Marie lächelte. „Und", fuhr sie fort, „ich sag dir jetzt was, was noch niemand weiß: Ich werde diesen Jakobsweg gehen, das habe ich für mich beschlossen! Ich werde in der Dienststelle in Neukreuz einen längeren Urlaub anmelden, ich hoffe, die machen mir keine Probleme …"

„Wirklich? Das ist ja super. Nein, die werden schon mitspielen, in Neukreuz, da bin i mir sicher! Mei – deine Eltern wären stolz auf dich."

„Ja, die werden mit mir mitgehn, irgendwo im Himmel da droben – da glaube ich ganz fest dran." Jetzt wurden Maries Augen doch etwas feucht, und sie stocherte am Teller herum.

Und weil Vreni diese Stille vermutlich nicht stören wollte, versank auch sie in ihrem Apfelstrudel. Doch irgendwann hielt sie es nicht mehr aus. „Hemmungsloser Sex soll ein gutes Training sein, das fördert die Kondition und hilft beim Abnehmen, hab ich wo gelesen", schoss es förmlich aus ihr heraus.

Jetzt musste Marie herzhaft lachen. „Dann müsst ich aber derzeit hundert Kilo haben."

„Also läuft nix mit dem Bürgerkarli?" Vreni war etwas jünger, aber sie wusste natürlich, dass Marie und der Kiefer Karli früher ganz eng miteinander gewesen waren. „Wird das eigentlich noch mal was? Es gibt ja viel zu wenig Kinder im Dorf", wollte sie wissen.

„Geh, wie kommst denn jetzt da drauf? Da war ja nie was Fixes. Wie schaut's denn überhaupt bei dir aus, Vreni?"

„Was? Mit dem Bürgermeister? Ach so, so generell meinst, ja, eh, na …" Die Krankenschwester fing zu stottern an und wurde rot wie eine ganze Paradeiserstauden.

„Na, na, ruhig bleiben, Vreni. Es geht mich ja eh nix an. Aber jetzt sag bloß – du und da Karli? Ihr zwei …" Marie ahnte, warum die Vreni keinen ordentlichen Satz mehr rausbrachte.

„Ja, sei mir net bös – das ist schon lange her, da warst du noch in Graz, da waren wir ein paarmal aus. Viel mehr war da net …"

Das „viel mehr" konnte alles bedeuten.

„Geh, Vreni, du kannst machen, was du willst, und der Karli auch. Ihr zwei hätt's ja eh gut zusammengepasst, warum ist das denn nicht mehr geworden?"

„Du kennst ihn ja eh. Dem rennen die Weiber reihenweise nach, das ist echt arg. Ich glaub, der war bei mir schon zweigleisig unterwegs."

„Du meinst, der Karli hat neben dir eine andere gehabt?"

„Ja, i bin mir ziemlich sicher. Aber das Ärgste war, dass er …" Vreni kam wieder ins Stocken.

„Was ist? Was war das Ärgste?" Jetzt wurde Marie wirklich neugierig.

„Ah nix, ist net so wichtig …"

„Geh, Vreni. Du weißt ja, ich bin die Polizei. Außerdem bin ich deine Freundin, mir kannst du alles sagen. Also, was war's, ich sag nix weiter, da kannst dir sicher sein."

„Ja, aber es ist so peinlich!"

„Vor mir muss dir nix peinlich sein, Vreni. Das weißt doch."

„Ja eh … aber …"

„Also, Vreni, warum ist das nix geworden zwischen euch?"

„Als er mitten im schönsten Schnacksln auf einmal *Marie* zu mir gsagt hat, hab i ihn rausgeschmissen!"

BELEGE SAMMELN

„Liebste Marie, ich habe gehört, euer Bürgermeister erzählt überall herum, dass der Gringo ermordet worden ist? Ist da was dran?"

Gerade als sich Marie von Vreni verabschiedet hatte, läutete ihr Telefon. Hans Schlurf und „liebste Marie" – das bedeutete nichts Gutes.

„Marie? Was ist? Warum weiß ich das nicht?"

„Ja! Nein! Ich weiß auch nicht, warum er das sagt. Dabei haben wir ausgemacht, dass niemand etwas erfahren soll, solange nichts bewiesen ist", versuchte Marie, die Geschichte zu erklären.

„Solange was nicht bewiesen ist? Willst du mir was erzählen, Marie?", schnauzte der Postenkommandant in den Hörer.

Und so musste sie wohl oder übel ihren Vorgesetzten über den momentanen Ermittlungsstand informieren. Und auch darüber, dass ein Freund einer Bekannten, der zufällig Rechtsmediziner war, gerade zufällig in Marienschlag auf Urlaub war und dass der, weil er halt gerade zufällig etwas Zeit hatte, sich die Leiche vom Gringo angeschaut hatte. Dass in ihrer hastig zusammengeschusterten Erklärung ein bisschen oft der Zufall eine Rolle spielte, fiel Marie natürlich auf, aber in der Eile fiel ihr nichts Besseres ein.

„Was? Einfach so? Hearst, wie lange bist du jetzt bei der Polizei? Du weißt, dass das nicht geht. Zumindest hättest du mir das vorher sagen müssen?", polterte der Postenkommandant. „Da reden wir noch drüber! Und außerdem – die Beweislage ist sehr dünn, nur weil es ein dahergelaufener Wiener Arzt vermutet, muss das noch lange kein Mord sein!"

„Ja, eben. Und das war der Grund, warum ich es noch für mich behalten habe. Ich wollte erst mal schauen, ob an der ganzen Sache überhaupt was dran ist."

„Für mich schaut das eindeutig nach Unfall aus", hörte Marie den Postenkommandanten sagen. „Und ich möchte gar nicht dran denken, was denn passieren würde, wenn's keiner wär. Dann müsste ich alles ans LKA melden, und ich sag dir, Marie, dann ist es vorbei mit der Ruhe hier. Ein paar von denen sind eh ganz in

Ordnung, aber da gibt's ein paar arrogante Klugscheißer, die ich hier lieber nicht sehen möchte."

Hans Schlurf hatte offenbar mal schlechte Erfahrungen gemacht mit den Kollegen von der Mordkommission. „Du weißt selbst, dass du da einen ganz schönen Bock geschossen hast mit deinem eigenmächtigen Vorgehen. So was gehört im Vorfeld abgeklärt. Ich bin dein Boss, verstanden?"

Ja, weiß ich, dachte Marie, aber du bist auch ein kleiner Wichtelschas, wer weiß, was da alles rausgekommen wäre, hätte ich dich vorher schon informiert. Laut sagen wollte sie das allerdings lieber nicht.

Ihr Chef war noch nicht fertig. „Ich würd sagen, wir lassen das Ganze mal auf kleiner Platte köcheln. Schau dich um, vielleicht kriegst du noch was raus. Aber bitte lass mich halt ab und zu wissen, wo du grad dran bist. Das macht man nämlich normalerweise so, Frau Revierinspektorin!"

Marie bemerkte natürlich, dass ihr Chef stinksauer war. Aber sie wusste auch, dass er nicht nachtragend war.

„Und gib mir sofort Bescheid, sollte an dem Verdacht doch was dran sein. Bis dahin hast du meine offizielle Erlaubnis zum, zum – ähm – Belegesammeln. Verstanden, Marie? Belege sammeln! Mehr nicht! Ist das angekommen, Marie?"

„Belege sammeln! Jawohl, Herr Oberpostenpräsident!", rief Marie erleichtert ins Telefon.

„Geh, Marie, lass das! Verarschen kannst einen anderen."

„Du, liebster Chef, leg bitte noch nicht auf!"

„Was gibt's denn noch?"

„Ich möchte dich nur kurz mal fragen, ob ich mir im Sommer fünf, sechs Wochen freinehmen kann – so als unbezahlten Urlaub oder so …"

„Waaas? Hearst, Marie, du bist erst ein paar Wochen bei mir und suchst um unbezahlten Urlaub an? Nein, sicher net, des wär ja noch schöner. Was willst denn überhaupt machen so lange? Den Jakobsweg vielleicht, oder was?"

„Ja."

„Was ja?"

„Ich möchte pilgern. Am Jakobsweg."

„Geh, Marie, jetzt verarschst du mich schon wieder. Das war ja nur ein Schmäh von mir. Wer geht denn freiwillig auf den Jakobsweg? Da hatschst du dir die Füße blutig, schwitzt wie Sau und schlafst mit hundert stinkenden Schnarchnasen in einer versifften Herberge. Was soll das bitte bringen? Vergiss den Blödsinn sofort wieder! Pfiat di."

Und aufgelegt. So richtig erfolgreich war diese Anfrage nicht gewesen, aber Marie würde nicht lockerlassen, das war völlig klar.

WASCHTAG

Maries Laune besserte sich, als sie die bunte Wäsche im Garten der Schneider Helga sah. Es war ein sonniger Tag. Kleiderschürzen, Leiberl und Unterhosen hingen wild durcheinandergewürfelt auf der gelben Leine, der Wind wehte sanft durch die Wäsche und verlieh dem Moment ein wenig Frieden und Leichtigkeit.

„Marie, grüß dich, was machst denn du da?" Helga Schneider kam um die Ecke, als Marie gerade die Nase in eine von Helgas kunterbunten Kleiderschürzen drückte und den Geruch in sich aufsog.

„Entschuldigung, Helga, ich mag den Duft von frischem Waschmittel."

„Ja, das kann i verstehn – mir geht's genauso. Vor allem, wenn man weiß, wie die Sachen vorher gmüffelt haben. Es ist kaum zu glauben, dass der Gestank eh wieder rausgeht … Und was willst denn sonst da, außer an unserm Gwand zu schnüffeln? Oh – hast du dich anghaut? Oder muss ich ein anderes Waschmittel kaufen, weil die Wäsche so hart ist?", fragte sie schmunzelnd.

„Deine Wäsche kann nichts dafür. Ist nur ein Kratzer. Ich war grade in der Nähe und hab mir gedacht, ich schau mal rein. Ist der Tobi noch in der Schule?"

„Nein, nix Schule heute, der Bus nach Neukreuz ist ohne ihn losgfahren. Er hat sich in der Früh net wohlgfühlt und ist daheim blieben. Und grad vorhin ist er endlich mal raus aus seinem Zimmer, er hat gsagt, dass er spazieren geht. Der muss wirklich krank sein, freiwillig ist er noch nie *spazieren* gangen. Im Gegenteil, i muss ihn immer stampern, damit er an die frische Luft kommt!"

„Man weiß nie, was der Jugend alles so einfällt." Marie grinste. „Ich muss dann auch weiter." Doch dann zögerte sie: „Was ich dich schon immer fragen wollte: Ich weiß, es geht mich nix an – aber du hast mir nie gesagt, wer der Papa vom Tobi ist? Es wird ja wohl oder übel einen geben müssen …"

Kurz war es mausestill zwischen all den frisch gewaschenen Sachen, die so himmlisch rochen. „Natürlich gibt es einen, oder glaubst du, den Tobias hat der Heilige Geist gebracht?", erwiderte Helga mit ernster Miene. „Aber ich möchte da net drüber reden. Du weißt, der ist vor Tobis Geburt gestorben. In der Drachenwand abgestürzt. So ist das Leben. Aber wir zwei sind bisher gut zurechtgekommen, und da wird sich auch nix ändern."

„Da bin ich mir sicher! So, jetzt aber …"

Einmal noch roch Marie an einer türkis-gelb-roten Kleiderschürze, und dann verabschiedete sie sich. „Vielleicht rennt mir der Tobi ja noch über den Weg. Sonst soll er sich mal bei mir melden. Kannst ihm das bitte ausrichten, wenn er wieder daheim ist?"

„Natürlich. Und komm einfach vorbei, wenn du wieder mal an meiner Wäsch schnuppern willst. Dann kriegst auch einen Kaffee – oder ein Schnapserl …"

HEIMWEH

Marie konnte sich denken, wohin Tobi *spazieren* gegangen war. Genau dahin marschierte sie jetzt auch, nämlich zum Haus der Schultners.

Janine Schultner öffnete die Tür. Ihre Augen waren rot unterlaufen. Hatte sie geweint?

„Janine? Was ist los mit dir? War die Lieserl wieder auf deiner Terrasse?"

„Komm rein, Marie. Es ist eh schon alles egal."

„Was ist egal? Reden hilft, glaub mir's, ich weiß das." Marie nahm Janine in die Arme, sie blieben in der Tür stehen, und die verzweifelte Wienerin tropfte ihre Tränen in den Hemdkragen von Maries Uniform.

„Lass uns reingehen, und dann erzählst du mir, was passiert ist", schlug Marie vor.

Und da – also doch. Tobi saß auf der Wohnzimmercouch und wirkte auch nicht gerade glücklich. Im ganzen Haus lag wieder dieser süßliche Geruch, stärker noch als beim letzten Mal. Auf dem Tisch standen massenweise leere Flaschen – Rotwein, Whiskey und Bier –, in den beiden übervollen Aschenbecher hatten keine Tschickstummeln mehr Platz, darum lagen jede Menge davon über den Tisch verstreut.

„Was ist denn hier los?"

„Ich hab nix damit zu tun", sagte Tobi schnell. „Als ich gekommen bin, hat's schon so ausgeschaut."

„Ich halt das Ganze nimmer aus!", quoll es aus Janine heraus. Und das waren nicht nur Worte, die da quollen, Janine hatte offenbar schon jede Menge getankt. „Mein ach so berühmter Göttergatte lässt sich all over the world bejubeln und spielt den großen Star, und ich verkomm da in diesem Kaff! Der glaubt, weil er mir da eine Villa hergestellt hat, die größer ist als das Graceland vom Elvis, spiel ich das brave Hausmütterchen, während er um die Welt fliegt und sich feiern lässt. Ich will nimmer. Ich will zurück nach Wien. Weg aus dem blöden Dorf, ich will …"

Janine warf sich auf die Couch und heulte die Stoffkissen voll.

Mit Graceland hatte Janine nicht ganz unrecht. Der Stil war zwar gänzlich anders, minimalistische Architektur, aber sehr luxuriös. Geld dürfte bei dem riesengroßen Anwesen keine Rolle gespielt haben. Die hypermoderne Villa war in den Hang hineingebaut worden, schon allein die abgesetzte Doppelgarage mit angebautem Carport und Geräteschuppen war größer als ein durchschnittliches Einfamilienhaus in Marienschlag. Die zweistöckige Fassade bestand aus einer Mischung aus glattem Beton, Glas und warmem Holz, bodentiefe Fenster ließen viel Licht ins Innere. Die mächtige Terrasse aus hellem Naturstein, auf der elegante Loungemöbel standen, ging im hinteren Bereich nahtlos in einen gepflegten Garten mit einem überdimensionierten Biotop über. Marie wusste von Janine, dass zusätzlich zum wöchentlichen Putzdienst aus St. Jakob alle zehn Tage ein Gartendesigner vorbeikam, der die Sträucher in Form hielt, das Gras mähte und das Biotop mit dem integrierten Schwimmbereich betreute. Eigentlich lebte Janine hier im Paradies. Aber das Paradies konnte einsam sein, wenn man sich nicht wohlfühlte darin …

„Schau, Janine, ich kann mir gut vorstellen, wie's dir geht. Mir ist damals in Marienschlag auch alles zu eng geworden, zu altbacken, die Leute zu hinterwäldlerisch und was weiß ich noch alles – drum hab ich das Nest auch mit achtzehn verlassen. Ich hab wegmüssen. Aber irgendwann hab ich dann doch wieder Heimweh gekriegt. Weil dieses Altbackene und Hinterwäldlerische grad in der heutigen Zeit ein Segen sein kann. Die Ruhe tut oft gut. Obwohl – so richtig ruhig ist es ja gar nicht, wie man in den letzten Tagen gesehen hat. Und die Leute, ja mei, die Leute sind zwar a bisserl rau, aber du weißt beim Großteil, wie du dran bist, weil sie geradeheraus sagen, was sie denken. Und du kannst dich auf sie verlassen. Auf die meisten zumindest."

„Die Leute sind mir egal. Ich will zurück nach Wien. Ich will wieder was erleben und nicht versumpern in diesem Drecksnest. Da stinkt's überall, im Geschäft hast eine Auswahl wie nach dem

Krieg, und wenn ich mal fein essen gehen will, kann ich mir höchstens ein fettes Schnitzel mit gemischtem Salat beim Kirchenwirt holen."

„Und – ist des so schlecht?" Marie musste etwas schmunzeln. Dabei wusste sie, was Janine meinte. Wer jung und voller Tatendrang war und das rastlose Treiben in der Stadt gewohnt war, hatte schlechte Karten auf dem Land. Und zu allem Überfluss saß sie auch noch ganz allein in der großen Villa.

Kaum hatte sie diesen Gedanken zu Ende gedacht, heulte Janine wieder los. „Und dann lässt mich der Arsch einfach allein, der depperte! Der kann sich seine Geige sonst wohin stecken, wenn er zurückkommt von seiner Tournee, bin ich weg da."

Janine hatte eine noch halb volle Weinflasche gefunden und leerte den Inhalt in einen Cognacschwenker. Dann fing sie zu singen an: „Es wird a Wein sein, und mia werdn nimmer sein."

Tobi schien sich still und heimlich aus dem Wohnzimmer schleichen zu wollen, aber der Frau Revierinspektorin entging dieser Fluchtversuch nicht, sie deutete ihm energisch, dass er sich wieder hinsetzen solle.

Janine hatte inzwischen den ganzen Roten auf einen Zug ausgeleert und lallte: „War eh nur ein Glaserl …"

„So geht das nicht weiter!" Entschlossen räumte Marie die Flaschen weg, dämpfte alle noch glosenden Zigarettenstummeln aus und entsorgte die Aschenbecher im Mist. „So – und jetzt ist Schluss mit dem blöden Selbstmitleid. Ich weiß, dass es nicht einfach ist für dich, Janine. Aber du bist eine starke Frau, na ja, eigentlich ein verrücktes Hendl, egal – mach das Beste draus. Nur – das Saufen und Kiffen ist ganz bestimmt nicht das Beste, da findest du sicherlich was anderes. Ich brauche dich mit einem klaren Kopf. Euch beide!" Sie schaute Janine und Tobi nacheinander lange in die Augen.

„Wir drei haben doch einen Fall – oder nicht?"

„Wir haben einen Fall? Welchen Fall?" Auch Tobi schien nicht so recht zu wissen, was Marie meinte.

„Wenn der Gringo bei eurem …, ähm, im Stadl nicht aus dem Heu gefallen wäre, hätte man ihn einfach als Brandleiche zu den

Akten gelegt. Ihr habt das Ganze erst ins Rollen gebracht. Ich hätte nie erfahren, was auf der Gemeinderatssitzung los war, und ein Gerichtsmediziner wär niemals so schnell nach Marienschlag gekommen."

Janine und Tobi wirkten immer noch ratlos.

„Na geh, ist das so schwer zu verstehen? Ich bin mir jetzt ziemlich sicher, dass der Tod vom Gringo und der Brand kein Zufall waren. Aber um das zu beweisen, brauche ich euch."

„Du brauchst uns? Um den Mordfall Gringo zu lösen? So wie im Fernsehen? Du meinst, wir sind jetzt ein Team?" Janine hatte es endlich begriffen.

Marie nickte verschwörerisch und sah abwechselnd zu Janine und Tobi.

Janine war wie ausgewechselt. Ihre gerade noch vom Alkohol benebelten Augen wirkten mit einem Mal klar, und die blasse Gesichtshaut bekam wieder etwas Farbe. Ihr Zustand wechselte innerhalb von Sekunden von schleichender Resignation in leicht überhebliche Selbstsicherheit. „Jetzt muss ich in diesem Bauernkaff auch noch einen Mord lösen. Das glaubt mir in Wien keiner. Aber ja – ich bin dabei, Marie!" Sie drehte sich zu Tobi, stellte sich auf die Zehenspitzen und wuschelte ihm mit beiden Händen durch die roten Haare: „Und du, Ed Sheeran?"

Tobi starrte sie verblüfft an. „Natürlich, wenn ihr mich braucht. Ist mal was Neues …"

Marie lachte, aber ihr Gefühle waren durchaus zwiespältig. Tobi und seine technischen Fähigkeiten konnten gewiss eine große Hilfe sein, bei der überdrehten Wienerin hatte sie allerdings etwas Sorge, dass die sich womöglich als neue Lara Croft sah und ohne Rücksicht auf Verluste eine Schneise der Verwüstung durch Marienschlag ziehen könnte.

„Bekomme ich jetzt eine Knarre?" Janine bestätigte postwendend Maries Befürchtungen. Der Nachsatz „War nur ein Schmäh …" beruhigte sie nicht wirklich.

Marie musste das gleich klarstellen. „Ihr wisst, dass streng genommen keine Zivilpersonen in polizeiliche Ermittlungen eingebunden werden dürfen. Ihr müsst euch also zurückhalten, damit niemand etwas mitbekommt. Sonst ist unser Team schneller wieder Geschichte, als wir schauen können."

Janine hob die Hand und deutete Marie und Tobi an, dass sie es ihr gleichtun sollten. Und dann schlugen die drei ein, und Janine sagte feierlich: „Drei Engel für Gringo!"

„Na ihr seid mir schöne Engel …" DDr. Christian Mayerhofer schlurfte in einem roten „Hardrock Café"-Shirt und himmelblauer Unterhose aus dem Obergeschoss herunter. In der einen Hand hielt er einen selbst gedrehten Zigarettentrichter, in der anderen eine Flasche Glenfiddich.

„Was ist denn mit Ihrem Gesicht passiert? Haben Sie sich beim Rasieren geschnitten?" Der Mediziner hatte eine gehörige Schlagseite und wollte wohl lustig sein. „Soll ich mir das anschauen?"

„Nein, bitte nicht!" Marie lächelte etwas gequält.

„Der Chrisi hat sich gedacht, er bleibt a bisserl länger", erklärte Janine. „Hab ich wenigstens etwas Gesellschaft in meinem blöden Graceland."

Marie war nicht überzeugt, ob der Doppeldottore der beste Umgang für Janine war. Aber bitte – es war ihr Leben. „Haben Sie nicht rasch wieder nach Wien zurückmüssen? Und außerdem, Sie wollten doch die Spuren vom Herd und ein paar Gewebeproben vom Gringo in Ihrem Labor in Wien analysieren. Was ist denn jetzt damit?"

„Kein Problem nischt!"

Der ehrenwerte Rechtsmediziner hatte schon mehr als nur einen Damenspitz. „Das Ganze hat gestern noch eine meiner liebsten, aller…liebsten … Mitarbeiterinnen, die Sandra, abgeholt. Das ist … ist … also alles im Laufen …" Er suchte im Küchenschrank offenbar nach einem passenden Glas, fand aber keines und füllte daher den fünfzehn Jahre alten Whiskey in Janines Cognacschwenker.

„Ich darf?", fragte er zur Sicherheit seine verdutzt wirkende Gastgeberin, aber da war der Schwenker schon halb voll.

„Sie haben Ihre Sandra von Wien rausgeschickt, nur um die Proben zu holen? Das ist ja mal ein Einsatz – Respekt!", meinte Marie nicht ohne Ironie.

„Tja – wer hat, der hat. Und wer kann, der kann!"

Irgendwie war ihr der Doppeldoktor plötzlich doch etwas suspekt, aber was soll's, letztlich ging es nur darum, dass er ein guter Mediziner war. Hoffentlich war er wenigstens das?

TEAMBUILDING

„Du, Chrisi, wir müssen jetzt an die Arbeit, ich glaube, draußen hinter dem Mercedes stehen noch ein paar Flaschen …" Janine übernahm das Kommando. Schließlich war es ihre Villa, und jetzt musste ermittelt werden.

„Ja, ja, ich geh gleich wieder …" Nach einem kurzen Umweg über die Garage polterte der Doppeldoktor zurück nach oben.

Als er die Tür zum Gästezimmer geschlossen hatte und man dumpf den Fernseher hörte, fragte Marie in die Runde: „Also, was haben wir? Lasst uns die Fakten sammeln."

Janine war hoch motiviert: „Dem Gringo seine Hütte ist abgebrannt, und er ist mit eingeschlagenem Schädel drin gefunden worden. Und verbrannt ist er zusätzlich noch. Doppelt gemoppelt. Und das, obwohl er schon Stunden zuvor nicht mehr wirklich lebendig ausgesehen hat …"

Tobi ergänzte: „Wir dürfen nicht vergessen, dass er angeblich einen hohen Lottogewinn gemacht hat. Übrigens, ich hab gestern noch versucht, mich in die Lottogesellschaft reinzuhacken, um rauszufinden, wie viel er wirklich gewonnen hat. Aber keine Chance. Die haben ihre Hausaufgaben gut gemacht, ich habe kein Schlupfloch gefunden."

„Das hast du versucht?" Marie hoffte, sich verhört zu haben. „Tobi, sei vorsichtig! Wenn dir da jemand draufkommt. Ich weiß natürlich von nichts, das ist eh klar …"

„Ich pass schon auf …"

„Wollt ihr ein Achterl?" Von wem diese Frage kam, muss man nicht extra erwähnen.

Marie und Tobi antworteten gleichzeitig mit einem lang gezogenen „Neiiiin!".

„Wollt ja nur freundlich sein", kam es kleinlaut zurück.

„Und halb Marienschlag glaubt, dass ihnen ein Teil vom Gewinn zusteht." Marie brachte es auf den Punkt. „Selbst der Bürgermeister ist dieser Meinung, er hat sogar eine Gemeinderatssitzung einberufen."

„Wer könnte wissen, wie hoch der Gewinn war?", warf Tobi in den Raum.

„Vielleicht der Fahrer vom schwarzen SUV?", überlegte Janine laut.

„Ah, das weißt du ja noch gar nicht, heute in der Früh hat jemand versucht, Marie am Zebrastreifen vor der Schule niederzufahren."

„Was?"

„Zumindest hat's so ausgesehen", ergänzte Marie. „Oder er wollte mir einen Warnschuss verpassen …"

„Neiiin! Weißt du, wer das war?", fragte Tobi bestürzt.

„Nicht hundertprozentig. Aber es war ein schwarzer SUV mit einem Linzer Kennzeichen. Kennt ihr den Dr. Haubner? Der ist Anwalt in Linz und hat hier die Jagd gepachtet."

Den kannte keiner. Aber Tobi würde sich informieren, meinte er. Wie, wollte Marie lieber nicht wissen …

„Die Svetlana und dieser Anwalt stehen ja dann mal ganz oben auf unserer Verdächtigenliste, oder?" Janine war ganz in ihrem Element. „Wer noch?"

„Was ist mit der Adele?", warf Tobi ein. „Die könnte wissen, ob der Gringo wirklich einen Sechser gemacht hat."

„Ja, genau, die Adele kann's gewesen sein. Oder der Bürgermeister, der steckt mit dem Pfarrer unter einer Decke, weil sie eine Pilgerherberge bauen wollen." Janine war nicht mehr zu bremsen. „Oder vielleicht waren es überhaupt ein paar Pilger, die zufällig bei der Trafik vorbeigewandert sind und denen der Gringo über den Weg gelaufen ist. Der hat ihnen in der Euphorie den Lottoschein gezeigt, und dann sind's zurückgekommen und haben ihm den Schädel eingeschlagen."

„Ja, oder der Bauer Hansi, der hat eh nie Geld, hat meine Mum gesagt …"

„Moment! Aus jetzt!" Marie wurde es zu viel. „So kommen wir nicht weiter. Es wird nicht jeder gleich zum Mörder, nur weil er grad nicht flüssig ist. Da müsste ich ja das halbe Dorf verhaften."

„Ja, eh …"

„Nein, Janine, ich denke, wir lassen es für heute mal gut sein. Wichtig ist, dass wir ab jetzt zusammenarbeiten. Also keine Alleingänge! Und kein Wort zu niemandem. Verstanden?"

„Aye-Aye, Captain!", sagte Janine und führte die Hand salutierend zum Kopf.

„Na dann! Ich muss weiter. Ciao, ihr zwei. Und du, Janine, pass auf deinen Doppeldoktor auf, damit er keinen Blödsinn macht da oben mit seiner Whiskeyflasche …"

ROSA MILCH

Marie wollte noch einmal beim Trummer-Hof vorbeischauen, vielleicht gab's inzwischen was Neues von Svetlana. Und weil Janine Tobi einfach sitzen ließ und nach oben ging, um nach ihrem Dr. Chrisi zu sehen, verabschiedete er sich ebenfalls. Schweigend gingen sie durch die Gassen.

Marie dachte an Janine und daran, wie schön ihr Leben nach außen schien, in diesem luxuriösen Palast. Und wie einsam sie war. Würde sich das ändern, wenn ihr Stargeiger endlich von seiner Tournee zurückgekehrt war? Er war ihre große Liebe, hatte sie ihr bei der Verkehrskontrolle vor einer Woche verraten, als die Wienerin plötzlich losplauderte, als ginge es um ihr Leben. Und sie hatte Marie auch erzählt, dass sie sich während des Studiums kennengelernt hatten. Er hatte Violine am Mozarteum in Salzburg studiert, Janine wollte es nach einem halben Jahr Jus und einem Jahr Psychologie in Wien ebenfalls in Salzburg probieren – Lehramt Sekundarstufe. Da hatte es dann „Zoom!" gemacht. Jeromes Karriere war sehr schnell regelrecht explodiert, und statt sich mit zehnjährigen Mittelschülern rumzuschlagen, war Janine immer an seiner Seite, die starke Frau im Hintergrund quasi. Die, die alles für ihn organisierte, immer für ihn da war, ohne die er nie das geworden wäre, was er jetzt war, nämlich ein weltweit anerkannter Musiker mit eigenem Orchester und ganz eigenem Stil, der ihn und seine Musik einzigartig machte. Janine war bei den meisten Auftritten dabei, und sie gab zu, dass sie sich auch beim ganzen Drumherum, den Aftershow-Partys, Einladungen und Empfängen, sehr wohlgefühlt hatte. Jeden Abend gab es eine andere Gelegenheit zum Feiern und Partymachen. Aber irgendwann war ihr das zu viel geworden. Daher hatte ihr Jerome diese Idee mit dem Haus auf dem Land. Und diese musikalische Tour durch Südeuropa war die erste Tournee, bei der Janine nicht mit von der Partie war. Sie sollte sich im neuen Zuhause einleben, wohlfühlen, runterkommen vom Stress und der Hektik, aber auch von einigen Stimmungsaufhellern, die sie eine Zeit lang schon fast täglich eingeworfen hatte. Sie sollte einfach das Leben auf dem Land genießen – das war der Plan. So richtig aufgegangen war der nicht, dachte Marie.

„Wusstest du, dass fünfundachtzig Prozent der Männer, die beim Sex einen Herzinfarkt kriegen, nicht in ihrem eigenen Bett sterben?"

Marie musste kurz überlegen, was Tobi ihr damit sagen wollte.

„Glaubst du, dass der Doktor ihr Lover ist?", fragte er dann.

Er machte sich also seine Gedanken über Janine und diesen Dr. Chrisi.

„Nein, ich denke nicht. Die zwei kennen sich schon ewig, und auch der Geiger-Mann von der Janine ist ein Freund vom Herrn Doppeldoktor. Allerdings frage ich mich, ob er ein guter Umgang ist für Janine."

„Laut einigen Statistiken bringen sich die meisten Menschen an einem Montag um."

Gütiger Himmel! „Glaubst du, dass Janine selbstmordgefährdet ist?"

„Weiß nicht, ein bisserl mach ich mir schon Sorgen um sie."

„Das wird schon wieder. Wenn sie sich hier mal richtig eingelebt hat, schaut die Welt wieder rosa aus für sie, wirst sehen."

„Wenn Kühe zu viele Karotten fressen, wird ihre Milch rosa."

„Tobi, wo hast du das alles her, das ist ja unglaublich. Schaust du den ganzen Tag im Internet nach, was es Neues gibt? Oder machst du was anderes auch noch mit deinem Computer?"

„Na ja, ich kenn mich da schon ganz gut aus, glaub ich."

„Das habe ich gemerkt, mit deinem Video von der Gemeinderatssitzung. Du hast gesagt, dass du denen geholfen hast beim Serveraufsetzen, machst du das für andere auch? Dass du ihnen hilfst, wenn der PC mal spinnt?"

„Ja, natürlich. Hast du ein Problem?"

„Nein, zum Glück funktioniert das Kastel derzeit. Aber danke, jetzt weiß ich, an wen ich mich wenden kann."

„Du redest wenigstens so auch mit mir. Zu dir komm ich gerne."

„Das musst du mir erklären, Tobi …"

„Na ja – die Leute da sind schon ein bisserl komisch. Manchmal bemerken die mich gar nicht, wenn ich sie auf der Straße grüße. Und in der Schule bin ich schon immer als Letzter in die Gruppe beim Fußballspielen oder Volleyball gewählt worden. Ich mag das halt nicht so …"

Marie konnte sich gut vorstellen, dass es der schüchterne Computer-Nerd nicht leicht hatte in Marienschlag.

„Aber dann rufen's mich halt doch immer an, wenn der PC einen Virus hat, der Drucker spinnt oder das Internet zu langsam ist …"

„Und bei wem bist du so, wenn der Computer seinen Geist aufgibt?", fragte Marie.

„Ich glaub, ich war schon bei allen hier."

„Auch beim Trummer-Bauern?"

„Nein! Ähm – ja! Aber das darf meine Mum nicht wissen", verriet Tobi. „Bei dem war ich sogar schon ein paarmal. Da gibt's immer einen guten Gugelhupf, und die Frau Trummer macht mir dazu einen Kakao. Kaffee vertrag ich nicht, da wird mir immer ein bisserl schlecht."

„Aha! Und warum darf das deine Mum nicht wissen?"

„Sie kann den Trummer Franz nicht leiden. Ich weiß nicht, was der ihr getan hat, aber sie wird immer ganz fuchtig, wenn wieder irgendetwas vom Trummer-Bauern in der Zeitung steht. Weißt eh, der ist ja der Chef von der Bauernkammer und vom Jagdausschuss und was weiß ich noch alles. Und immer, wenn sie was hört oder liest von dem, meint sie, die *Großkopferten* können sich alles erlauben. Sie mag ihn nicht, aber ich weiß nicht, warum …" Tobi warf einen Blick auf seine Uhr. „Sorry, ich muss jetzt nach Hause. Hab eine Session am PC."

Marie hatte keine Ahnung, was eine *Session am PC* bedeuten sollte. Tobi schien es jetzt eilig zu haben.

„Ciao, Tobi. War schön, mit dir zu plaudern. Grüß mir deine Mum! Jetzt wird sie ja schon fertig sein mit ihrer Wäscherei …"

„Weißt du übrigens, dass man in der Schweiz an einem Sonntag keine Wäsche im Freien aufhängen darf?"

Und weg war er, der Tobi.

DUNKELHEIT

Es war schon fast halb sechs. Der Tag hatte es in sich gehabt, Marie freute sich auf den Feierabend. Am Gartenzaun konnte sie auch ein anderes Mal weiterarbeiten. Am Abend wollte sie nur mehr relaxen, vielleicht ein kleines Struderl, ein langes Bad nehmen und bei einem Buch den Tag ausklingen lassen. Nur noch rasch bei den Trummers vorbei, und das sollte es gewesen sein für heute. So dachte sie sich das, aber das Schicksal hatte andere Pläne …

In der Stube war nur der Altbauer, dessen Sprachzentrum immer noch auf Dauermodus gestellt war und der wieder und wieder nach „Schwetlana" fragte. Marie konnte ihm das nach wie vor nicht beantworten, also verabschiedete sie sich gleich wieder vom Sepp und hielt draußen nach den Trummers Ausschau.

Das große Tor zum Heustadl stand offen. Marie rief laut: „Helene? Franz?", keine Reaktion. Also marschierte sie durchs hintere Tor wieder hinaus, bis sie vor dem hohen Siloturm stand. Plötzlich hörte sie über sich ein metallisches Klirren. Als sie den Blick Richtung Himmel hob, sah sie, dass die mittlere der drei Luken des Silos offen stand und gegen die Eisenleiter schlug. Vielleicht arbeitet da oben jemand, dachte Marie.

Eigentlich wurden diese Mordströmmer von Speichertürmen kaum noch genutzt. Mittlerweile hatten sich die Siloballen durchgesetzt, die seit Jahren überall auf den Wiesen herumlagen, als wären sie beim Riesenmurmelspielen vergessen worden. Die waren einfacher zu handhaben, die Heuballen wurden mit einer Plastikfolie luftdicht umwickelt, die daraus entstehende Silage konnte den ganzen Winter über an die hungrigen Kühe verfüttert werden.

Weil auf ihre Rufe niemand antwortete, stieg sie die Leiter hinauf bis zur mittleren Einstiegsluke, zu der in luftiger Höhe auch vom Dachboden des Heustadls ein schmaler Steg führte. Von den Trummers keine Spur. Marie leuchtete in den finsteren Magen des Silos. Viel konnte sie nicht sehen mit der Taschenlampen-Funsen vom Handy. Doch sie hatte ein topmodernes Gerät, bei dem konnte man die Stärke des Lichts einstellen. Gerade als sie die Funktion aufgerufen hatte, hörte sie hinter sich ein hektisches Keuchen.

Jetzt ging alles ganz schnell. Marie hatte keine Chance, sich umzudrehen. Der Unbekannte packte sie von hinten links und rechts an den Schultern und versetzte ihr einen wuchtigen Stoß, der sie nach vorne taumeln ließ – geradewegs auf das dunkle Loch im Siloturm zu. Dabei fiel ihr das Telefon aus der Hand und landete in den Pelargonienstauden, die neben dem Silo vor sich hin wucherten. Aber viel schlimmer war, dass Marie ihr Gleichgewicht nicht mehr halten konnte und durch die mannshohe Luke vier, fünf Meter tief in die bedrohliche Finsternis des Silos stürzte. Zum Glück war noch ein wenig Silage in dem Turm, die den Aufprall etwas abdämpfte. Maries Arme, Beine, Schultern, der Kopf – alles schmerzte –, aber das war noch nicht alles, ab jetzt wurde es so richtig schwarz rund um sie. Und aus diesem Schwarz würde sie eine Weile nicht mehr rauskommen, denn über ihr wurde die Luke geschlossen, und bis auf ihr eigenes Atmen und das wilde Klopfen in der Halsschlagader war kein Geräusch zu hören.

Und da war sie wieder, diese grauenvolle Nacht vor fünfzehn Jahren. Sie drängte sich in Maries Unterbewusstsein, machte sich breit und übernahm das Kommando über Maries Körper. Aus all ihren Poren schoss das Wasser, waagrecht, als ob ihre Haut ein Sieb wäre und man permanent Flüssigkeit in sie hineinpumpen würde. Abwechselnd wurde ihr heiß und kalt, Schweißanfälle und Schüttelfrost wechselten sich ab, sie bekam keine Luft, und ihr Kopf drohte zu platzen. Kurz – eine Panikattacke kommt selten allein, das nahm sich Maries Horror-Zentrum zu Herzen und gab Vollgas, bis das Schicksal Mitleid hatte und Marie in tiefe Bewusstlosigkeit gleiten ließ.

AUFRUHR

Alfredo Cavallo hatte in Eigenregie Flugzettel mit markantem Schriftzug und bunter Geldscheinbündel-Grafik erstellt. Mit seinem Tintenstrahldrucker hatte er hundert Stück davon ausgedruckt. Das war zwar sauteuer, aber es war ihm egal, denn wenn er erst mal seinen Anteil an Gringos Gewinn einkassieren würde, waren diese Kosten nicht mehr als Peanuts. Er musste nur die Marienschlager davon überzeugen, dass Gringos Millionen allen gehörten. Daher war er am frühen Nachmittag im gesamten Ort unterwegs gewesen, hatte die auffälligen Zettel vor die Haustüren gelegt und dann Sturm geläutet, damit sie auch wirklich jeder rechtzeitig lesen konnte. Darauf stand nämlich, dass es um achtzehn Uhr eine absolut wichtige Informationsveranstaltung auf dem großen Platz vor dem Gemeindehaus gebe. Und dass aus jedem Haushalt mindestens eine Person dabei sein solle, weil es für alle Marienschlager überaus bedeutsam sei.

Der Zettel enthielt eine Menge Rechtschreibfehler. Eigentlich hätte Dr. Haubner noch mal drüberschauen sollen, aber der hatte keine Zeit gehabt, aber er stehe voll hinter der Aktion, hatte der Rechtsanwalt am Telefon gemeint, nur leider müsse er sich für den Abend entschuldigen, weil er einen wichtigen Termin mit einem Klienten nicht mehr verschieben könne.

„Alles Gute, mein Freund! Zeig's den Bauerndullis und hol dir das Geld!", hatte er am Ende des Gesprächs ins Telefon gebellt, was den streitbaren Italiener zusätzlich motiviert hatte.

Um achtzehn Uhr waren es allerdings gerade mal acht Marienschlager, die wissen wollten, was dieser Spinner denn so Wichtiges mitzuteilen hatte.

Bürgermeister Karl Kiefer kam aus seinem Büro. „Was wird denn das?", fragte er Cavallo besorgt, der sich gerade das Megafon gegriffen hatte, um die Anwesenden zu begrüßen.

„Ah, der Herr Bürgermeister! Schön, dass Sie auch Zeit gefunden haben", freute sich der kampfbereite Geistheiler.

„Ich hab überhaupt keine Zeit, und ich will sofort wissen, was da los ist?", raunzte Karl Kiefer den Italiener an.

„Sie werden es gleich erfahren ..." Alfredo Cavallo ließ den Bürgermeister stehen, kletterte auf den antiken Steinbrunnen, der seit Jahrhunderten in der Mitte des Platzes thronte, und rief lautstark in sein Megafon: „Signore e signori! Vielen Dank, dass so viele Menschen gekommen sind. Mamma mia, halb Marienschlag ist versammelt."

Die acht Anwesenden und der Bürgermeister sahen sich verwundert um. Wenn dieses Häufchen halb Marienschlag sein sollte, dann war der Ort akut vom Aussterben bedroht. Alternative Fakten waren also nicht nur amerikanischen Präsidenten vorbehalten.

„Und ihr wisst wahrscheinlich alle, warum ihr heute da seid", schmetterte Cavallo in sein Megafon.

Der Bürgermeister ahnte Schlimmes.

„Ja, es geht um den Lottogewinn des Hubert Grossinger."

Ein Raunen ging durch die überschaubare Menge.

„Leider hat er uns ja am Samstag verlassen, der arme Hubert. Oder – wie wir sagen – der Gringo."

Das Raunen wurde lauter. Mittlerweile gesellten sich weitere Marienschlager zu der Gruppe – aus reiner Neugierde, denn wenn sich endlich mal was tat irgendwo im Ort, dann wollten doch die meisten dabei sein. Sonst hieß es später am Ende wieder, man hätte was verpasst.

Alfredo Cavallo war in seinem Element. Er erklärte mit ausufernden Worten die Lage, die die meisten der Anwesenden ohnehin schon kannten. Aber Cavallo ließ sich nicht aufhalten, er erzählte von Gringos Gewinn in Adeles Trafik und dass er aus sicherer Quelle erfahren habe, es habe sich dabei um einen Doppel-Sechser gehandelt.

„Und was soll ein – wie sagt man – Eigenbrötler wie dieser Gringo schon mit so viel Geld anfangen? Wir alle haben ihn unterstützt in den letzten Jahren, daher ist es ganz klaro, dass wir was abbekommen müssen von diesem Gewinn!"

Der Bürgermeister stand hinter dem Brunnen und raunzte dem leidenschaftlichen Italiener zu, er solle sofort damit aufhören. Das sei alles nicht für die Öffentlichkeit bestimmt.

„Scusi, der Herr Bürgermeister sagt mir gerade, es soll keiner wissen, aber ich finde, jeder hat das Recht zu erfahren, dass der Hubert viele Millionen gewonnen hat. Und dass diese Millionen jetzt uns allen gehören, er braucht sie ja nicht mehr …"

„Der Gringo ist kaum unter der Erd, und du esoterischer Volldepp willst sein Geld verteilen – geht's noch?", schrie Poldi Wanker, die drei Häuser weiter wohnte und sich noch vor fünf Minuten über den Auflauf vor dem Gemeindehaus gewundert hatte. Jetzt wunderte sie sich über die Unverfrorenheit dieses italienischen Unruhestifters.

Es gab Applaus für Poldi, aber nicht von allen, denn in der unterdessen auf beinahe zwanzig Menschen angewachsenen Menge waren doch einige, die die Sache durchaus genauso sahen wie der Woodoo-Fredl.

Der überging Poldis Einwand und brüllte jetzt förmlich: „Und ich sage euch noch was – ich weiß auch, wer das Geld jetzt hat vom Gringo, nämlich die Svetlana, die Pflegefrau vom alten Trummer."

„Geh scheißen!", schrie Harri Glauber, seines Zeichens Maurergeselle beim Mörtl-Bau im Nachbarort. Er drehte sich um und marschierte motzend die Dorfstraße hinauf. „So viel Blödsinn hab i überhaupt noch nie gehört! I hol mir ein Bier!"

„Wart, Harri, da geh i mit!" Und schon waren fünf Marienschlager weniger auf der Versammlung.

Der Bürgermeister hatte keine Chance, Cavallo zu bremsen, dem schon beinahe Schaum aus dem Mund trenzte, während er weiterhetzte. „Wir müssen diese Svetlana finden, und dann teilen wir die Millionen unter uns auf – was haltet ihr davon?"

Jetzt wurde es so richtig laut. Man hörte alles – von „Jawohl!" über „Meinst wirklich?" bis „Du bist ja ein fester Volltrottel!".

„Wir sind das Volk!", schrie er dann noch, der Alfredo Cavallo, und die Hälfte der Menge jubelte ihm zu, während ihn die andere Hälfte ausbuhte.

Dem Bürgermeister wurde angst und bange, er hoffte inständig, dass Marie vorbeikommen und dem Spuk ein Ende bereiten würde. Aber weit und breit keine Spur von der Frau Revierinspektorin. Also fasste er sich ein Herz, sprang auf den Brunnen, nahm den Alfredo beim Krawattl und zog ihn unter dem Geschrei der Menschen runter auf den harten Beton des Gemeindeplatzes. Dass der spiritistische Geisterbeschwörer in diesem Moment von seinen Geistern nicht wirklich beschützt wurde und er sich aufgrund des doch etwas stärkeren Aufpralls auf dem Boden der Tatsachen eine Platzwunde über der linken Schläfe zuzog, brachte ihn regelrecht zur Explosion.

„Dio mio! Da – schaut her, was die Staatsgewalt mit uns macht!", schrie er hasserfüllt in die Menge.

Und dann noch: „Holen wir uns diese Svetlana, holen wir uns die Millionen zurück. Das Geld gehört uns allen!"

Einige beherzte Männer sprangen dem Bürgermeister zur Seite, gemeinsam zogen sie Cavallo in das Gemeindehaus hinein. Draußen tobte die Menge, das hieß, genauer gesagt, schrien sieben Menschen, dass *ihr* Woodoo-Fredl recht habe, und zehn Marienschlager, dass er sich zum Teufel oder sonst wohin scheren solle. Der Bürgermeister hörte natürlich *sein* Volk durch die geschlossenen Türen und wunderte sich, wie schnell aus einem belächelten *Zuagroasten* ein bejubelter *Ihriger* hatte werden können. *Irrer* würde besser passen, dachte er sich noch, und schon Sekunden später wurde er in seiner Meinung bestätigt.

„Signore Bürgermeister, Sie sind ja ein richtiger Cretino, wie sagt man, Arschloch. In den Gemeinderatssitzungen waren Sie ganz anders drauf. Und jetzt tun Sie so, als ob uns die Millionen vom Gringo nix angehen sollten", fetzte ihm der Italiener um die Ohren.

„Herr Krawallo, jetzt schaun's einmal, dass Sie wieder runterkommen von Ihrem Wahnsinnstrip. Sie können doch net die Leute gegeneinander aufwiegeln, Sie sehn eh, was Sie angerichtet haben. Wir schaun immer, dass alle friedlich miteinander können, was net immer einfach is, weil oft ein Bauer dem andern was neidig ist, aber im Großen und Ganzen klappt's ganz gut. Und dann kommen Sie und machen so einen Scheiß mit Ihrer im Übrigen unangemeldeten Versammlung."

„Aber die Leute sollen wissen …"

„Nix da, das geht so net – verstanden? Wenn das noch einmal vorkommt, lass i Sie einsperrn. Stellen Sie sich vor, die suchen jetzt alle die Svetlana, und die kann vielleicht gar nix dafür. Was da alles rauskommen kann."

„Aber Svetlana hat die Millionen …"

Weiter kam Cavallo nicht, denn Bürgermeister Karl Kiefer stellte ein für alle Mal klar: „Jetzt gebn's endlich a Ruh! Das gibt's ja net. Reißen's Eahna zsamm – sonst lass ich Eahna Spiritistlerhütten zusperren!"

Das zeigte Wirkung. Etwas kleinlaut schlich Cavallo aus dem Gemeindehaus auf den jetzt wieder freien Platz um den mittelalterlichen Brunnen, auf dem er noch vor einer halben Stunde seine Reden geschwungen hatte. Alle waren sie verschwunden, und so machte sich auch der Italiener auf den Weg zurück in sein Reich, wo er seinen Geistern erzählen konnte, was er von der ganzen Sache hielt.

Für Marienschlag war die Hoffnung doch noch nicht ganz verloren. Denn obwohl sich die Leute gerade noch beflegelt und beschimpft hatten, waren sie alle gemeinsam zum Wirt ihres Vertrauens marschiert. Dort gingen die Diskussionen zwar weiter, aber eigentlich war das *business as usual*, nur dass man diesmal nicht über Waldgrenzen oder EU-Förderungen stritt, sondern über Gringos Millionen – und wem die wirklich zustanden.

PANIK

Irgendwann wachte sie auf. Marie hatte keine Ahnung, wie lange sie so gelegen war, aber augenblicklich waren sie wieder da, die Dämonen von damals, und eine eisige Kälte ließ sie am ganzen Körper frösteln. Seit jener Nacht war die Dunkelheit Maries Feind, Schlafen nur bei Licht möglich. In Graz hatte sie mehrere Sitzungen bei einem angesehenen Psychologen absolviert, aber auch der hatte ihr nicht helfen können. Sie wusste nun zumindest, dass diese Angst vor der Dunkelheit *Nyktophobie* hieß, das half allerdings nicht weiter.

Dieses Trauma war tatsächlich mit ein Grund, warum mit dem Bürgermeister bisher nichts Gscheites gelaufen war. Eine heiße Liebesnacht in einem Romantikhotel wäre für Marie so etwas wie ein Aufenthalt in Guantanamo gewesen. Denn selbst Kerzenschein oder die Sterne am Himmel konnten ihr in dunkler Nacht keine Sicherheit geben, da mussten die Leuchtquellen schon erheblich mehr Lux ausstrahlen, damit Marie die Dunkelheit einigermaßen entspannt überstehen konnte.

Nach der Eiseskälte kam die Hitze zurück, ihr Körper fühlte sich an, als wäre er im Fegefeuer gefangen, und die nächste Panikattacke überrollte Marie wie eine Dampfwalze. Sie wollte nur mehr sterben. In ihrem Fiebertraum sah sie ihre Eltern vor sich am Küchentisch sitzen, sie scherzten und lachten miteinander, und alle gemeinsam mampften Mamas Apfelstrudel. Diese Idylle hielt nicht lange an, denn plötzlich machte sich ihr Mageninhalt selbstständig und schoss mit einem Schwall durch Mund und Nase gleichzeitig raus in die finstere Nacht. Marie nahm all ihre Kraft zusammen, um sich vom Boden etwas von der Silage zu krallen, womit sie sich den Mund abwischen wollte. Doch das Schicksal hatte noch nicht genug.

Ihre Hände stießen an etwas Festes, Kaltes. Marie tastete sich weiter, und mit jedem Zentimeter wurde ihr klar, dass da noch jemand im Silo lag. Aber da war kein Atmen, kein Herzschlag, nichts Lebendiges. Marie wusste, dass für diese Person jede Hilfe zu spät kam. Dann verabschiedete sich ihr Körper gnädigerweise ein zweites Mal in die rettende Bewusstlosigkeit.

DIENSTAG

„Sag, weißt du, wo Marie ist?" Bürgermeister Karl Kiefer stand aufgeregt im Zimmer von Tobi.

„Hä? Nein? Wer sind Sie denn?" Tobi pickte noch der Schlaf in seinen Augen, kein Wunder in aller Herrgottsfrüh um sieben Uhr. „Ah, der Herr Bürgermeister!" Langsam kam er zurück ins Hier und Jetzt.

„Ja, sorry – ich habe geklopft, aber es hat niemand reagiert. Und dann hab ich dich schnarchen gehört", erklärte der Bürgerkarli die Situation. „Marie ist nicht ins Büro gekommen, sie hat nicht aufgemacht, und sie geht auch nicht an ihr Telefon. Die Gruberin hat dich gestern mit ihr durchs Dorf spazieren sehen, drum hab ich mir dacht, ich probier es mal bei dir. Weißt du, wo sie sein kann?"

„Weiß nicht. Vielleicht ist sie bei Janine?" Tobi schälte sich verschlafen aus dem Bett.

„Wo krieg ich ihre Nummer her?", wollte der Bürgermeister wissen.

Er war etwas verwundert, dass Tobi ihm die Zahlen auswendig sagen konnte. Es dauerte etwas, bis die Geiger-Gattin abhob. Um diese Zeit allerdings auch verständlich.

„Hallo, hier ist der Bürgermeister. Wissen Sie, wo die Marie ist?"

Janine klang verschlafen: „Wer ist dran? Welcher Bürgermeister?"

„Warten Sie, ich stelle auf laut. Tobi, red du mit ihr, mich versteht sie nicht …"

„Hi, Janine, Marie ist heute nicht ins Büro gekommen, der Herr Bürgermeister macht sich Sorgen."

„Ja, zu Hause ist sie nicht, und erreichen kann ich sie auch nicht!", polterte Karl Kiefer im Hintergrund.

„Keine Ahnung, wo sie sein könnte, bei mir ist sie auf jeden Fall nicht. Du, Tobi, du musst was tun. Das ist schon komisch. Hoffentlich hat man sie nicht … Du weißt eh, unser Fall …"

„Ja, ich schau schon. Ciao, Janine!"

Nach einem kurzen „Auf Wiedersehen" legte der Bürgermeister auf. „Was meint sie mit ‚unser Fall'?"

„Ah nichts, ich glaub, die hat gar nicht mitbekommen, um was es wirklich geht. Die hat so verschlafen geklungen", erwiderte Tobi schnell.

Mit Blick auf das Bürgermeister-Handy meinte Tobi lapidar: „Wissenschaftler haben herausgefunden, dass Benutzer von iPhones mehr Erfolg bei Frauen haben als die mit Android als Betriebssystem."

„Aha? Okay?" Der Bürgermeister fragte sich zwar, was das jetzt mit dem Verschwinden von Marie zu tun hatte, insgeheim aber dachte er, dass da was Wahres dran sein könnte. Hatte er doch stets das neueste Telefon von Apple …

Aber das war ja jetzt nicht wichtig. „Es ist schon ein bisserl komisch – gestern war sie auch nicht bei der Demo vom Woodoo-Fredl", fragte sich der Bürgermeister.

„Soll ich mal schauen, wo sie mit ihrem Handy zuletzt eingeloggt war?", schlug Tobi vor, der in seinem grünen Pyjama mit rosaroten Pinguinen drauf so gar nicht nach Computer-Hacker aussah.

„Was? Das kannst du?"

„Glaub schon."

Und schon war Tobi an seinem PC, der immer online war, und hämmerte Maries Telefonnummer in die Tasten.

„Oh, beim Trummer-Bauern ist sie", sagte er mit etwas Stolz in seiner Stimme.

„Ist das denn erlaubt?", wollte der Bürgermeister wissen. „Egal! Ich ruf mal an dort."

Am Telefon war der Franz. Ohne Vorwarnung schrie der Trummer-Bauer ins Telefon, dass ihn alle am Arsch lecken könnten. „Habt's ihr nix anderes zu tun, als uns die Hölle heißzumachen! Die Svetlana ist net da, und i weiß net, wo sie ist, die blöde Goaß, die blöde! Und wo die depperten Millionen sind, weiß i auch net! Ist das klar? Steckts euch das Geld dorthin, wo's immer finster ist – aber lasst's uns in Ruh!"

Und aufgelegt! Noch bevor der Bürgermeister etwas sagen konnte, war das Gespräch schon wieder vorbei. Da war er doch etwas perplex, der Dorfhäuptling.

„Na bravo – was ist denn mit dem los? So ein Depp, lasst mich überhaupt net zu Wort kommen. Na, der kann sich was anhörn, am Sonntag beim Wirten …" Wenn nicht sein Handy zu klingeln begonnen hätte, hätte der Bürgermeister noch endlos über den Trummer-Bauern hergezogen, so aber meinte er zu Tobi, nachdem er aufgelegt hatte: „Ich muss dringend ins Gemeindeamt. Vielleicht findest du ja noch was raus, bitte ruf mich an, wenn du was weißt." Und weg war er, der Herr Bürgermeister.

Tobi überlegte kurz, ob er sich wieder aufs Ohr schmeißen oder nicht doch lieber Marie suchen sollte. Die Schule war keine Option, dafür waren die Zeiten viel zu aufregend. Seiner Mum hatte er am Abend zuvor schon verklickert, dass er sich immer noch nicht so richtig gut fühlen würde. Drum hatte sie ihn schlafen lassen, als sie in der Früh aus dem Haus ging, um mit der Hofer Gusti zum Kirchenputz auszurücken. Jeden Dienstag wurde die kleine Dorfkirche gekehrt, geschrubbt, gebürstet, der Blumenschmuck ausgetauscht und der gesamte Innenraum auf Hochglanz gebracht. Die Schneider Helga hoffte, dass sie dadurch den Herrgott etwas milder stimmen konnte, wenn ihr Tobias mal einen Blödsinn anstellen würde.

Der vom Herrgott also ganz besonders beschützte Tobi war nach dem Besuch des Bürgermeisters etwas durch den Wind. Was war los mit der Marie? Er zimmerte sich einen Plan zurecht, wie er bei den Trummers vorbeischauen konnte, ohne dass ihn der Franz gleich vom Hof jagen würde. Tobi wusste, dass beide – der Franz wie auch die Helene – den Computer intensiv nutzten und es relativ bald auffallen tät, wenn der Bildschirm plötzlich nur mehr sein schönstes Schwarz zeigen würde. Gefrühstückt hatte er eh noch nicht, vielleicht gab's ja wieder einen Gugelhupf von Helene, wenn er den PC der Trummers repariert hatte.

Es war ein Kinderspiel für Tobi, von seinem Kinderzimmer aus konnte er jeden PC in Marienschlag fernsteuern. Also hackte er sich kurz ein, und schon verlor der Trummer-Monitor auf dem Beistelltisch neben der Kredenz mit einem lauten *Beeeep* all seine schönen Farben.

Jetzt musste Tobi nur mehr warten. Und wirklich, es dauerte nicht lange, bis sein Telefon läutete. Dran war der Franz, der ihn – ganz freundlich – fragte, ob er nach der Schule nicht kurz mal vorbeischauen wolle. Dass der Unterricht für Tobi heute ausfiel, entlockte dem Trummer-Bauern ein freudiges „Das ist ja super!" Er fragte auch nicht nach, warum, sondern meinte nur, dass die Helene einen Gugelhupf gebacken habe. Und außerdem gäbe es da ein klitzekleines Problem mit dem PC, vielleicht könne er sich das anschauen? Ganz sanft war er, der Franz, der vor zehn Minuten noch den Bürgermeister zur Sau gemacht hatte. Na also – geht doch!

Als Tobi eine Stunde später in der Küche der Trummers aufschlug, duftete es nach frisch gebackenem Kuchen und Kaffee.

„Griaß di, Tobi!" Helene Trummer begrüßte ihn wie einen alten Freund. „Der Franz hat leider in den Wald müssen, aber er hat gemeint, du kennst dich eh aus mit dem Computerkastl. Schau, ich hab einen Gugelhupf für dich, den hast du doch so gerne. Und einen Kakao kriegst auch, Kaffee magst ja immer noch keinen, oder?"

„Vielen Dank, Frau Trummer. Ja, äh – nein – vom Kaffee krieg ich immer ein bisserl Bauchweh."

„Irgendwann, wennst ein richtiger Mann bist, dann wird dir der Kaffee auch schon noch schmecken, wirst sehen, Tobi!"

„Jo wo isch denn heit di Schwetlana?", mischte sich der Altbauer ein, wurde jedoch ignoriert.

Tobi musste über die Worte der Trummer Helene nachdenken. Das *wennst ein richtiger Mann* bist ging ihm nicht aus dem Kopf. Im Spiegel sah er immerhin schon mehr als nur einen Flaum über der Oberlippe, und am Samstag hatte er fast richtigen Sex mit Janine gehabt. Vielleicht war es bald an der Zeit, die beiden Plüschviecher aus seinem Bett zu schmeißen, die ihm immer so schön Trost spenden konnten, wenn er wieder mal von seinem Vater träumte, den er nie kennengelernt hatte. Und vielleicht sollte er wirklich mal Kaffee statt Kakao probieren.

„Na gut", sagte er zur Helene, „Dann trink ich halt mal einen Kaffee. Sie müssen nicht extra einen Kakao machen …"

Die Trummer-Bäuerin lachte und stellte ihm zum Gugelhupf eine Tasse Kaffee auf den Tisch. Der schmeckte zwar unwahrscheinlich grauslich, aber egal, langsam war es an der Zeit, *ein richtiger Mann* zu werden …

„Wissen Sie eigentlich, dass in Afrika mehr Leute von runterfallenden Kokosnüssen erschlagen werden als von Löwen gefressen?"

„Tobi, wo hast du denn immer deine Weisheiten her? Nein, das hab ich nicht gewusst." Helene schmunzelte. „Ich glaube aber, das ist bei uns dasselbe mit den Äpfeln, oder?"

Jetzt musste Tobi lachen. Nachdem man noch ein bisschen gefachsimpelt hatte, schaute er sich den PC an. Der war – welch Wunder – rasch repariert, Tobi wollte keine Zeit verlieren. „Das Internet ist so schwach bei euch. Ich schau mal im Hof, ob ich eine gscheite Stelle für einen Repeater finde, den wir dann mit einem WLAN-Kabel verbinden. Okay?"

Die Helene hatte von Technik keine Ahnung und meinte nur, das würde schon passen. Er solle nur alles versuchen, damit der Computer wieder ordentlich laufen würde.

PELARGONIENSTAUDEN

Tobi nahm den Hof unter die Lupe. Im Heustadl kamen Erinnerungen hoch, aber lange konnte er sich damit nicht aufhalten, er musste Marie finden. Seine Handy-App zeigte ihm, dass ihr Mobiltelefon ganz in der Nähe sein musste. Beim Silo hatte er Erfolg. Sein Smartphone fing wild zu piepsen und zu blinken an, und kurz darauf fand er, auf allen vieren durch die Pelargonienstauden kriechend, Maries Handy.

Er war ziemlich beunruhigt. Sollte er den Bürgermeister informieren? Oder Janine? Was war bloß passiert mit Marie? Wie konnte das Handy in die Botanik gefallen sein? Tobi sah am Silo hinauf, der hoch in den Himmel ragte. Glitzerte da nicht etwas im Sonnenlicht? Ungefähr bei der mittleren Luke. Obwohl er nicht der Sportlichste war, schnaufte er sich die schmale Leiter nach oben, bis er den Einstieg erreicht hatte. Im Stahlgeflecht der kleinen Plattform hatte sich ein goldenes Halsketterl mit Kreuz verfangen, das lustig im Wind baumelte. Tobi wusste, dass Marie so eines getragen hatte, aber ob es das ihre war, konnte er nicht mit Sicherheit sagen. Doch wenn er schon mal da heroben war, würde es nicht schaden, mal in den Silo reinzuschauen.

Als Tobi es endlich geschafft hatte, die schwere Verriegelung der Einstiegsluke aufzubringen und mit seinem Handy in die Dunkelheit leuchten wollte, spürte er eine Hand auf der Schulter.

Vor lauter Schreck wäre er fast er in den Silo gekippt, aber zwei starke Arme hielten ihn fest.

„Hey, pass auf! Wer da reinfliegt, kommt vielleicht nie mehr wieder raus da."

Tobi kannte die Stimme. Es war der Trummer Franz, der ihn nun überrascht musterte. „Tobi, was machst denn du auf unserem Silo? Du bist ja ganz weiß im Gsicht, hat dir der Gugelhupf von der Helli net gschmeckt?"

„Was hat eahm net gschmeckt?" Plötzlich stand Helene Trummer in der Tür des Heubodens, auf der anderen Seite des kleinen Stegs, über den auch der Trummer Franz gekommen sein musste, und keppelte drauflos. „Mein Gugelhupf hat noch jedem gschmeckt! Was machts denn da, ihr zwei? Und warum bist du net im Woid, Franz?"

„I hab das Gemisch für die Motorsäg vergessen, und wie i es holen wollt, seh i plötzlich wen auf dem Silo drobn ..."

Jetzt musste Tobi endlich auch mal was sagen. „Ihr Gugelhupf war super, Frau Trummer."

„Na, sag i doch." Helene schien beruhigt.

„Und i hab schon glaubt, du wolltest da reinspringen, weil er so grauslich war." Trummer Franz lachte Tobi ins Gesicht. Aber seiner Frau sah man an, dass sie das gar nicht lustig fand.

„So, und jetzt gemma alle wieder runter, und du kriegst noch ein Stückerl, Tobi. Passt des?", sagte sie schnell. „Und dann kannst uns auch erzählen, was du da gsucht hast. Geh, Franz, statt blöd daherredn – mach die Luken wieder zu ..."

„Nein, bitte nicht." Tobi musste den beiden wohl oder übel verraten, was ihn da heraufgeführt hatte. „Ich hab da unten in den Stauden ..."

„Das sind keine Stauden, das sind meine Pelargonien ...", fuhr ihm Helene dazwischen. Es war überall bekannt, dass die Trummer-Bäuerin einen grünen Daumen hatte. Sie beschäftigte sich mit allen möglichen Kräutern, ihre Blumen waren eindeutig die schönsten im Ort, und zu ihren Pelargonien durfte niemand ganz einfach nur *Stauden* sagen. Da kannte sie keinen Spaß.

„Sorry, aber ich hab da unten das Handy von Marie gefunden, und da heroben ist ein Halsketterl gehängt. Können wir kurz noch bitte in den Silo schauen, bevor wir gehen?"

Jetzt lachte der Trummer Franz.

„Du glaubst ja net wirklich, dass die Marie im Silo ist. Geh, Tobi ... Aber bitte, wennst willst, dann schaun wir halt rein! Wart, im Heubodn hab i eine gscheite Taschenlampen, damit du sie ja gut sehen kannst, deine Marie."

Immer noch lachend ging er über den schmalen Steg rüber, vorbei an der erstaunt dreinblickenden Helene, und kam mit einer großen Stablampe zurück.

Kurz danach folgten sie mit den Augen dem hellen Lichtkegel, der durch den Silo wanderte. Und dann sahen sie die ganze Bescherung – und dem Franz verging das Lachen …

RETTUNG

Alle waren sie da. Der Bürgermeister, Dr. Specki, der Maier Hias mit dem Kranwagen der Feuerwehr. Gemeinsam hatten sie es geschafft, Marie und ihre Silogenossin aus dem Turm zu befreien. Dank Tobi! Ohne seine Nachforschungen hätte man die beiden erst im nächsten Frühjahr gefunden. Bis dahin hätten die Trummers noch Tonnen von Gras in den Turm geblasen, der Silo wäre luftdicht abgeschlossen worden, und die so entstandene Silage hätte man nach und nach an die Kühe im Stall verfüttert.

Marie fühlte sich zwar wie durch den Fleischwolf gedreht, aber sie lebte. Was man von der zweiten Person, die man im Silo gefunden hatte, leider nicht sagen konnte. Und diese zweite Person war – Svetlana.

Dr. Specki hatte gerade eine Menge um die Ohren, wie er sie gestresst wissen ließ, aber da er nun schon mal hier war, nahm er Svetlana schnell mal unter die Lupe. Am Nachmittag wollte er auf die Jagd gehen, und in der Ordination stapelten sich die Patienten, also musste es schnell gehen. Und das tat es dann auch, denn seine Diagnose war eindeutig: Svetlana war bestimmt an den Gärgasen gestorben, die sich in diesen Hochsilos nun mal so ansammelten. „Da riechst du nichts und erstickst elendig. Aus die Maus! Tschuldigung …"

Marie hatte Glück, dass sie nicht so lange in der Todeszone war, fasste Dr. Speckis abschließend zusammen, als er gemeinsam mit dem Maier Hias Svetlana in einen schwarzen Sack packte und in den Kombi steckte. Weil die Bestattung in Neukreuz erst am nächsten Tag jemanden schicken konnte, musste auch die Rumänin im Kühlraum des alten Spar-Geschäfts zwischengelagert werden.

„Was machst denn du für Sachen?" Langsam war Marie wieder ansprechbar. Sie saßen auf einem kleinen Holzstoß hinter dem Bauernhof, und der Bürgermeister hielt besorgt ihre Hand. „Da passt man ein paar Stunden nicht auf dich auf, Mariechen, und schon spielst du Verstecken in einem Silo?"

„Ja, hätte nicht gedacht, dass mich da drinnen jemand findet."
Der Humor hatte sie noch nicht verlassen.

„Wie ist das denn passiert? Man hupft ja nicht einfach so in die
Silage rein …"

Obwohl sie vor ihrem Bärli selten Geheimnisse hatte, konnte
Marie sich nicht dazu durchringen, dem Bürgermeister zu erzählen, wie das Ganze wirklich abgelaufen war. Gestern hatte er die
Dorfelite zusammengetrommelt und für ordentlich Wirbel gesorgt, mit der Folge, dass sich halb Marienschlag auf die Suche
nach Svetlana gemacht hat. Wer weiß, was heute passieren würde,
jetzt, wo genau diese Svetlana tot aus dem Silo geborgen wurde
und auch noch rauskommen würde, dass man Marie ebenfalls aus
dem Weg räumen wollte. Marie hielt es für klüger, die Geschichte
erst mal als eine Verkettung unglücklicher Zufälle erscheinen zu
lassen.

„Ich war bei den Trummers und hab mir eingebildet, am Silo
oben etwas gehört zu haben. Als ich nachschauen wollte, hab ich
mich blöd angestellt und bin durch die offene Luke gefallen."

„Geh, normal bist du aber net so patschert", kam es vom Bürgermeister. „Gott sei Dank hat dich der Tobi gefunden!"

„Ja, genau!" Marie sah lächelnd zu ihrem Retter, der neben dem
Bürgermeister stand. „Vielen Dank, Tobi! Ohne dich würde ich
jetzt mit der Svetlana im Kühlraum vom Specki liegen."

Tobis Gesicht passte sich der Farbe seiner roten Haare an. „Passt
schon! Hab ich gern gemacht", sagte er etwas verlegen. „Weißt du
eigentlich …" Dann ließ er es aber doch bleiben, eine seiner be-
rüchtigten Weisheiten anzubringen, und meinte nur erleichtert:
„Ach, egal – ich bin froh, dass dir nichts passiert ist, Marie."

Nichts passiert war gut, dachte Marie. Die Zeit in diesem
stockdunklen Loch hatte Spuren hinterlassen. Als Marie aufste-
hen wollte, spürte sie mit einem Mal wieder diese panische Angst,
die den Körper durchflutete und ihr Herz zum Rasen brachte.
Erneut wurde es dunkel um sie. Dem Bürgermeister gelang es
gerade noch, Marie aufzufangen und wieder auf den Holzstoß zu
setzen.

„He – aufpassen, Mariechen! Ich bring dich jetzt ins Spital nach Neukreuz, die sollen schauen, was los ist", schlug er vor.

„Nein!", protestierte sie. „Ich brauch kein Spital. Ich leg mich zu Hause etwas nieder, und dann passt es schon."

„Also gut, du stures Weibsbild!", meinte Karl Kiefer mit gequältem Lächeln. „Aber du meldest dich sofort bei mir, wenn du was brauchst. Verstanden? Du weißt, ich bin immer für dich da."

„Natürlich, das weiß ich. Danke, Bärli."

Als das Handy des Bürgermeisters klingelte, sah er Marie etwas ratlos an und meinte kurz: „Eigentlich hätte ich jetzt einen Termin …"

„Geh schon. Kein Problem. Ich bin sicher, der Tobi bringt mich nach Hause und schaut auf mich, okay?"

„Natürlich! Ich setz dich auch aufs Klo, wenn's sein muss", lachte der lange Bursche. „Du hast früher auf mich aufgepasst, heute mach ich es für dich. Wusstet ihr übrigens, dass alle Säugetiere, die mehr als drei Kilo wiegen, ungefähr gleich lang zum Pinkeln brauchen, nämlich in etwa einundzwanzig Sekunden?"

Der Bürgermeister war nicht wirklich beruhigt, machte sich dann mit einem seufzenden „Tobi, du bist echt oarg!" aber doch auf den Weg Richtung Gemeindeamt.

Jetzt stapfte auch der Trummer Franz heran, mit seinen schweren Waldschuhen und einem Kanister, in dem wohl das Gemisch für die Motorsäge war, das er am Hof vergessen hatte. „Weiß man schon, an was die Svetlana gstorbn is?" Er war nicht dabei gewesen, als Dr. Specki seine Blitzdiagnose „Gärgasvergiftung" gestellt hatte.

Bevor Marie antworten konnte, fuhr er fort: „Zwei Wochen später, und der Specki hätt euch beide mitnehmen können. Dann hätten wir nämlich mit dem Einsilieren begonnen, und wenn du danach da nur ein bisserl reinschnupperst in den Silo, bist weg. Für immer!"

„Aha – habt ihr also noch gar nicht angefangen damit?", fragte Marie. „Na, dann hab ich wirklich noch mal Glück gehabt."

„Allerdings. Aber was war jetzt mit der Svetlana?" Der Tod der Pflegerin schien ihm nahezugehen.

„Wissen wir noch nicht. Aber ich schwör's – ich werde es herausfinden!"

Heute hat er mir direkt in die Augen ge-
schaut, der schiache Hund. Wenn ich ein
Messer bei mir gehabt hätte, ich hätt es ihm
in die Gurgel gstoßen und bis zum Herz
runtergezogen. Kann man eigentlich ein-
fach so zum Mörder werden? Ja, da bin ich
mir ganz sicher …

UNANSTÄNDIG

„Was meinst du, Tobi, ist der Mayerhofer noch bei Janine? Ich glaube, es wär kein Fehler, wenn der sich die Svetlana noch mal genauer anschauen würde …"

„Ja, irgendwie schon komisch, das alles. Aber ich muss dich ins Bett bringen." Tobi lachte. „Ich hab's dem Bürgermeister ja versprochen."

„Geh, mir geht es schon viel besser. Komm, schauen wir kurz bei Janine vorbei, okay? Ist ja gleich da drüben …"

Janine war im Garten, als die beiden das Haus erreicht hatten. Die Wienerin war in Unterwäsche und schrie wutentbrannt etwas über den Zaun, das in etwa so ähnlich wie „Schau mich nicht so deppert an!" klang. Ganz genau konnte man es nicht verstehen, denn Janine war so geladen, dass sie keine klaren Worte herausbrachte.

„Hi, Janine!", rief Marie. „Was ist denn los? Brauchst du Hilfe?"

„Ja, sag dieser depperten Kuh, sie soll sich verzupfen. Erst scheißt sie mir vor den Zaun, und dann schaut sie mich auch noch so saublöd an!"

Erst jetzt sahen die beiden, mit wem Janine schimpfte wie ein Rohrspatz. Marie rief: „Das ist doch die Lieserl, die will nur wissen, wie es dir geht."

„Am besten wird sein, du – du ballerst sie gleich ab, das depperte Vieh!"

Marie war inzwischen bei ihr angelangt und stellte sich zwischen die Streithanseln. Von Lieserl kam nun ein lang gezogenes „Muuuuh", was wahrscheinlich „Depperte Kuh!" heißen sollte, dann drehte sie sich um und galoppierte davon.

Marie dachte sich „Der Gscheitere gibt nach …", legte einen Arm um Janine und sagte ruhig: „Schau, weg ist sie. Der hast du's aber gegeben."

„Die macht das absichtlich, ich glaub, die will mich fertigmachen."

„Niemand will dich fertigmachen …"

„Oh ja, die Kuh. Und der Bürgermeister. Der hat mich kurz nach Mitternacht aufgeweckt, und ich hab mir Sorgen um dich gemacht. Wo warst du denn? Aber – ist eh egal, ist ja anscheinend nichts passiert. Lasst's mich einfach alle in Ruh!" Sie drehte sich um und lief ins Haus.

Als sie mit einem lauten Kracher die Eingangstür zuwarf und Marie und Tobi draußen stehen ließ, wussten die beiden, dass Miss Hollywood wieder im Divenmodus angekommen war.

Marie läutete Sturm. Dreimal. Viermal. Endlich öffnete sich die Tür, und heraus schaute – DDr. Mayerhofer. In himmelblauer Unterhose und rotem „Hardrock Café"-Shirt. Wie am Vortag. Und er roch auch diesmal wieder nach Alkohol.

„Oh, die Frau Inspektor und ihr Watson! Oder besser gesagt ‚zwei Engel für Gringo'. Der dritte Engel ist etwas, wie soll ich's sagen, indisponiert. Aber das wird schon wieder. Was kann ich tun für euch?"

Marie überlegte kurz, ob sie den Doppeldoktor wirklich bitten sollte, sich die Svetlana im Spar-Kühlraum anzuschauen.

Als könnte er Gedanken lesen, nahm ihr DDr. Mayerhofer die Entscheidung ab. „Gibt's schon wieder eine Leich?"

Tobi nickte nur kurz.

„Was? Wirklich? Hearst, da geht's um bei euch! Ich komm schon."

„Svetlana, die Pflegerin vom Trummer-Bauern, ist im Silo gefunden worden", erklärte ihm Marie. „Sie ist beim Dr. Specki zwischengelagert, der meint, sie wär am Gärgas gestorben."

„Aha! Wartet's, ich bin gleich so weit."

Während er ins Haus huschte, rief Marie den Dorfdottore an, um ihm schonend beizubringen, dass der Rechtsmediziner aus Wien zufällig noch da sei und sich die Svetlana anschauen wolle.

„Na, ganz sicher nicht! Der kommt mir nicht mehr ins Haus, der gspritzte Wiener Batzi!" Und aufgelegt.

Jetzt war auch DDr. Mayerhofer wieder da, geschnäuzt und gestriegelt. Das *Wiener Batzi* hatte er wohl noch gehört, denn er meinte lachend: „Uiuiuiui, ich fürchte, ihr müsst die Svetlana selbst durchleuchten, euer Specki mag mich nimmer."

„Ich hätt da eine Idee", kam es da von Tobi. „Aber dazu würd ich meinen PC brauchen ..."

„Was hast du vor?", fragte Marie etwas besorgt. „Egal ..."

Also marschierten die drei zum Schneider-Haus, was nicht so weit war, Marienschlag war ein Dorf der kurzen Wege. Auch diesmal hing bunte Wäsche im Garten, die Schneider-Mum war nicht zu Hause. Während Marie wieder was zu schnüffeln hatte und der Doppeldoktor sich eine Zigarette anzündete, verschwand Tobi im Haus und kam ein paar Minuten später zurück in den Garten.

Er grinste. „So, jetzt müssen wir nur ein bisserl warten ..."

„Was warten? Auf wen denn?", fragte Marie.

„Wirst schon sehen", sagte Tobi. „Ich glaub, unser Dr. Specki wird sich gleich bei mir melden ..."

Keine zwei Minuten später läutete Tobis Handy.

Er stellte es laut. Aus dem Mobiltelefon drang die aufgeregte Stimme des Dorfdoktors. „Tobi? Oh, gut, dass ich dich erreiche! Hast du Zeit? Ich habe ein Riesenproblem!"

„Grüß Gott, Herr Doktor Speckhammer. Was ist denn los?"

„Ich weiß auch nicht. Ich glaub, ich hab mir einen Virus eingefangen. Auf dem großen Bildschirm im Wartezimmer werden plötzlich so komische ...", Dr. Specki kam ins Stottern, „... so, ähm, unanständige Videos gezeigt. Da laufen normalerweise die Beruhigungsfilme von der Ärztekammer, aber jetzt sind das – ähm – so richtige Pornos oder so was. Ich kann es nicht abdrehen, immer, wenn jemand an der Tür klingelt, schaltet sich der Schirm wieder ein." Dr. Specki war außer sich. „Die Leute sind schon ganz narrisch. Kannst du da was machen? Ich zahl dir auch das Doppelte ..."

„Puh, das wird schwierig. Ich schau's mir gerne an, aber derzeit ist der DDr. Mayerhofer bei mir mit seinem Notebook. Ich installiere ihm gerade das neue Windows, das kann noch ein bisserl dauern."

Marie hatte dem Schüler gar nicht zugetraut, dass er so flunkern konnte.

„Bitte, komm sofort. Sag dem Mayerhofer, er muss warten. Die Leut machen mir schon die Eingangstür kaputt, dauernd klingelt es, und dann fängt wieder das Stöhnen im Wartezimmer an."

„Moment, Herr Doktor, ich frag mal nach." Nach einer kurzen Pause legte er nach. „Ja, okay, der DDr. Mayerhofer ist einverstanden, ich komm vorbei. Ich nehm ihn aber gleich mit, dem wird ja sonst fad."

Tobi war ja richtig ausgefuchst, musste Marie amüsiert feststellen.

„Und Marie ist auch dabei, das wird ja kein Problem sein, oder?"

„Was? Du nimmst wen mit? Den Mayerhofer?" Dr. Specki schnaufte am anderen Ende. „Okay, aber kommt so schnell ihr könnt, das ist ein Wahnsinn da …"

„Tobi, Tobi, du bist mir ja ein richtiger Schlingel! Hätt ich jetzt nicht gedacht von dir!", stellte der Wiener Mediziner anerkennend fest.

„Wie hast du denn das wieder hingekriegt?", wollte Marie wissen.

Tobi erklärte den beiden, dass er vor einem Jahr dem Specki geholfen hatte, die Außenkamera und die Türklingel mit dem Ordinationsnetzwerk zu verbinden, da der Dorfdottore von seinem Schreibtisch aus sehen wollte, wer vor der Tür stand. Und weil der Bildschirm im Wartezimmer im selben Netzwerk integriert war, hatte Tobi kurzerhand die *IP-Adressen der devices connectet* und die Türklingel auf einen Pornoserver im Internet *geroutet*.

„Das war's. Das Klingeln aktiviert den Monitor, und dann wird ein neues Movie gestreamt – ganz einfach!", meinte Tobi abschließend.

Marie und der Doppeldoktor verstanden kein Wort, aber es war ihnen egal.

WEIDMANNSHEIL

„Na servas, da geht's um!" DDr. Mayerhofer wirkte sehr erstaunt, als er sah, was sich im Wartezimmer seines Kollegen abspielte. Es war voll mit Männern aus dem Dorf, wie Tobi feststellte. Wo waren all die Frauen? Ein Bub musste draußen vor der Tür stehen und immer auf die Türklingel drücken, wenn er von drinnen den Befehl „Drück drauf!" bekam.

„Ah – endlich! Gut, dass ihr da seid! Na, hab ich euch zu viel versprochen?", stammelte Dr. Speckhammer, als Tobi mit Marie und dem Doppeldoktor aus Wien die Ordination betrat. „Tobi, bitte schau dir das gleich an! Ich weiß nicht, wie das passieren konnte, es ist der pure Wahnsinn. Ich hab jetzt mal alle Patientinnen drangenommen, damit sie das nicht mitansehen müssen. Und jetzt – ihr seht es ja eh – sind immer mehr Bauern aus dem Dorf gekommen. Ich kann mir nicht vorstellen, dass plötzlich wieder eine Pandemie ausgebrochen ist …" Dr. Speckis Gesicht war vor Aufregung knallrot.

„Okay, dann schau ich mal", kam von Tobi. „Ich muss dazu aber auf Ihren Stand-PC, um mich ins Netzwerk einzuwählen."

„Ja, alles, was du willst. Da, setz dich her. Wollt's einen Kaffee oder sonst irgendwas? Derzeit will anscheinend eh keiner rein, die Männer da draußen sind anderweitig beschäftigt. Mei – mir geht die Stöhnerei schon so auf die Nerven …"

„Ja, ein Kaffee wäre gut!", sagten Marie und DDr. Mayerhofer fast gleichzeitig. Und auch Tobi stimmte ein, nachdem er kurz überlegt hatte und einsah, dass er wahrscheinlich keine Chance hatte, hier einen Kakao zu bekommen. „Ich fürchte, das könnte etwas länger dauern …", meinte er und hämmerte wild in die Tastatur.

Das war Maries Stichwort. „Na dann, wenn grad nichts anderes am Plan steht, könnten wir uns ja kurz mal die Svetlana anschauen – oder?"

Dr. Specki schaute verzweifelt von Tobi zu Marie, dann zum etwas schäbig lächelnden Rechtsmediziner und wieder zurück zum

Tobi. Man sah, dass er mit sich rang, er hatte doch niemanden mehr an seine Leichen lassen wollen. Und den *gspritzten Wiener* bestimmt schon gar nicht.

Aber als er im Wartezimmer wieder mal „Drück drauf! Schaun wir mal, was als Nächstes kommt" hörte, gab er seinen Widerstand auf. „Na gut. Von denen da draußen scheint eh keiner wirklich krank zu sein."

Da lag sie also, die Svetlana. Wie der Gringo vor ein paar Tagen. Auf dem Tisch mitten in der Ordination. Und Rechtsmediziner DDr. Mayerhofer machte sich an die Arbeit. Dr. Specki hielt sich diesmal dezent im Hintergrund, noch einmal wollte er nicht mit dem arroganten Wiener zusammenkrachen. Demonstrativ stellte er sich hinter Tobi und fragte: „Na, hast du schon was gefunden?"

„Puh, das ist schwierig. Ich hoffe, dass ich das hinbekomme, ich muss da ganz tief ins System und dann unbedingt die Firewall neu konfigurieren."

„Aha! Gut." Dr. Specki wusste zwar nicht, wovon Tobi redete, aber das wollte er natürlich nicht zeigen. Zum Glück sah er nicht, wie Marie und DDr. Mayerhofer einander heimlich zuzwinkerten.

Der Doppeldoktor machte sich an die Arbeit. Und er fand auch bald etwas bei der toten Svetlana, das ihn ziemlich stutzig machte.

„Schaut! Da sind Hämatome im Halsbereich. Die können unmöglich vom Sturz in den Silo stammen. Das sieht aus wie …" Er machte eine kurze Pause. „Nein, das kann nicht sein …"

Marie musste nachfragen: „Was kann nicht sein?"

„Ich habe diese Anordnung der Blutergüsse schon oft gesehen. Aber bei Selbstmördern. Bei Leuten, die sich erhängt haben. Da, schaut mal, da sieht man die Abdrücke von einem Seil. Das ist eindeutig."

Jetzt war auch Marie überrascht. Und selbst Dr. Specki war zu ihnen getreten und sah sich die Verletzungsspuren genau an.

„Ja, jetzt, wo Sie es sagen …", musste er eingestehen. „Aber ich hätte mir die Svetlana schon noch genauer angeschaut, das wäre mir bestimmt auch aufgefallen", verteidigte er sich.

„Bestimmt!", erwiderte DDr. Mayerhofer in seiner unnachahmlich arroganten Art.

„Ja, Tschuldigung, glauben's denn, ich bin auf der Nudelsuppen dahergschwommen?" Jetzt wurde Dr. Specki wütend. „Ich hab halt noch keine Zeit gehabt, weil irgendeine Russenmafia oder sonst wer aus meinem Warteraum ein Pornokino gemacht hat."

Bevor die beiden übereinander herfielen, griff Marie ein. „Herr Dr. Speckhammer, ich bin mir ganz sicher, dass Sie das auch gesehen hätten." Deeskalation hatte sie auf der Polizeistation in Graz zur Genüge gelernt. „Der Herr Mayerhofer …", Marie verzichtete bewusst auf den Doppeldoktor-Titel, um nicht noch Öl ins Feuer zu gießen, „… war halt grad noch da, weil der Tobi seinen PC updaten sollte, und dann haben Sie angerufen. Nur deswegen schaut er sich jetzt die Svetlana an, weil Sie ja eh so viel zu tun haben. Aber ich weiß, dass Sie mich spätestens morgen früh angerufen hätten und mir dasselbe erklärt hätten …"

„Ja, ist schon gut!", sagte Dr. Specki und schien sich etwas zu beruhigen.

„DDr. Mayerhofer. Rechtsmediziner!", stellte der Doppeldoktor bestimmt fest.

„Bitte? Ich verstehe nicht?", fragte Marie.

„Sie haben vorhin gesagt: ,Der Mayerhofer.' Normalerweise pflegt man den Titel, also DDr., vor dem Namen zu nennen."

Und schon war Dr. Speckis Entspannungsphase vorbei.

„Ja, sorry!", entschuldigte sich Marie. „Natürlich, hab ich vergessen!" Sie hatte es gut gemeint, aber es war auch wirklich schwer, gegen die Streithanseln anzukommen und für eine harmonische Stimmung zu sorgen.

„Tschuldigung, Herr Dr. Dr. Mayerhofer." Dr. Specki betonte den doppelten Titel besonders. „Sind Sie bald fertig? Ich hab nämlich noch was anderes zu tun!"

„Gehen Sie Pornoschauen zu Ihren Freunden ins Wartezimmer!" Der Mediziner aus Wien lachte.

„Ha, ha, wirklich lustig."

„Aber ja, ich glaube, wir haben's gleich! Nur noch eines."

Der Doppeldoktor wurde wieder sachlich und beugte sich über das Gesicht von Svetlana. „Da liegt ein ganz besonderes Odeur in der Luft. Hat man um die Leiche Erbrochenes festgestellt?", fragte er Marie.

„Nein, tut mir leid. Das kann ich Ihnen nicht sagen."

„Egal, ich werde eine Magenprobe entnehmen, Blut habe ich ihr ja schon abgezapft. Und dann schaun wir mal, was die im Labor in Wien rausfinden. Vielleicht war's ja wirklich das Gärgas, wie mein Kollege festgestellt hat."

Marie hatte dem Rechtsmediziner bisher nicht verraten, dass das nicht sein konnte, weil der Trummer-Bauer noch gar nicht mit dem Einsilieren begonnen hatte. Aber DDr. Mayerhofer war ein alter Hase und hatte sich offenbar selbst schon seine Gedanken gemacht.

„Mich wundert nur, warum Sie", er nickte Marie zu, „das Gas überlebt haben, Sie waren doch auch eine ganze Nacht da drinnen."

Bevor Dr. Specki einhaken konnte, fuhr DDr. Mayerhofer fort: „Aber das werden wir in Wien schon rausfinden. Also, ich bin fertig. Tobi, wie schaut's aus bei dir?"

Tobi sah vom Ordinations-PC auf und meinte grinsend: „Ich bin grad fertig geworden. Herr Dr. Speckhammer, ich habe den Virus gefunden und das System repariert!"

Im selben Moment gab es im Wartezimmer einen Aufstand, es wurde ziemlich laut, und man hörte die Männer wild durcheinanderreden.

„Hey, was soll das?"

„Grad jetzt, wo echt was los war, ist der Scheiß-Schirm finster."

„Frechheit! Dann können wir auch wieder heimgehn!"

Und dann wurde es still, und man hörte die altbekannte Entspannungsmusik, die zu den Wald-, Wiesen- und Bergbildern auf dem Bildschirm des Wartezimmers so wunderbar passte.

„Mah, endlich! Du bist ein Genie, Tobi! Vielen Dank. Was kriegst denn jetzt?"

Tobi schaute abwechselnd Marie, den Wiener Rechtsmediziner und den Dorfdottore an, er wusste nicht so recht, wie viel Geld er für die Beseitigung des von ihm selbst eingesetzten Problems verlangen sollte.

„Also bei uns in Wien kostet so ein Einsatz bestimmt an die vier-, fünfhundert Euro", mischte sich DDr. Mayerhofer ein. „Sie haben echt Glück gehabt, dass der Tobi so schnell gekommen ist. Da hätten schnell ein paar Tausend Euro Verdienstausfall zusammenkommen können, wenn die Patienten ein paar Tage lang nicht mehr in Ihre Ordination kommen, sondern sich nur im Wartezimmer die Pornos reinziehen."

Dr. Speckis Gesicht verfinsterte sich zusehends. Bei Tobi sah man die entgegengesetzte Reaktion, dankbar schaute er zum Doppeldoktor und meinte selbstsicher: „Es war wirklich viel Arbeit, ich musste einige Bibliotheken runterladen, die waren auch nicht billig, außerdem habe ich die Firewall neu konfiguriert und den Router upgedatet. Alles in allem – zweihundert Euro. Ist das okay?"

„Zweihundert Euro?" Dr. Specki stockte der Atem.

„Also ich find das angemessen!", kam vom Doppeldoktor. „Bei uns in Wien kostet das schon allein die Anreise …"

Dr. Specki war so perplex, dass er nur mehr ein „Natürlich! Ist schon in Ordnung!" stammeln konnte, in den Nebenraum ging und mit zweihundert Euro zurückkam. „Aber du gibst mir die Garantie drauf, dass das nicht wieder passiert. Okay? Tobi?"

„Natürlich, Herr Doktor!", antwortete Tobi mit einem breiten Lächeln.

„Eine Rechnung wirst du mir ja wohl nicht ausstellen können, oder?"

„Natürlich nicht, Herr Doktor. Ich bin ja nur Schüler und keine Firma."

„Na dann", mischte sich Marie ein. „Dann lassen wir Sie mal wieder allein. Sie haben doch bestimmt noch jede Menge zu tun. Außerdem geht's ja heute noch auf die Jagd, oder nicht? Mit dem Dr. Haubner?"

Auf das knappe „Ja!" vom Dorfarzt antwortete Marie ebenso kurz mit „Weidmannsheil!".

„Weidmannsdank!" Mehr brachte der immer noch perplexe Dr. Specki nicht mehr heraus.

„Tobi, du bist mir ein Hundling! So hab ich dich gar nicht eingeschätzt!" Marie sah ihn anerkennend an, als sie außer Reichweite waren.

„Ich hab dem schon so oft geholfen, nie hab ich mich getraut, etwas zu verlangen, weil meine Mum ja seine Patientin ist. Und von selbst hat er mir auch nie was gegeben. Heute hat's grad gepasst – oder? War das falsch?"

„Nein, überhaupt nicht!", sagte DDr. Mayerhofer. „Von den reichen Leuten kann man das Sparen lernen, die sind die größten Schnorrer."

„Aber eigentlich müsst ich die zweihundert Euro mit euch teilen, oder?", fragte Tobi etwas kleinlaut.

„Nein, das Geld hast du dir wahrlich verdient!", kam vom Doppeldoktor. „Ich glaub, auch die Frau Revierinspektorin hat da nix dagegen …"

„Natürlich nicht. Hut ab, wie du das gemacht hast!", bestätigte Marie. „Ohne dich wäre die Svetlana nie so professionell untersucht worden." Sie wandte sich an DDr. Mayerhofer: „Und danke natürlich auch an Sie! Was machen Sie jetzt mit den Proben? Kommt wieder die Sandra aus der Hauptstadt und holt sie ab?"

„Nein, ich fahr gleich selbst los. Janine hat mich quasi rausgeschmissen, heute Vormittag. Sie ist echt fertig! Sie will niemanden mehr sehen, und dann hat sie mir vorgehalten, dass sie nur wegen mir wieder zu kiffen und zu saufen angefangen hätte. Wenn der Jerome nicht bald zurückkommt, habt's die nächste Leich in eurem schönen Marienschlag."

NEWS

Endlich daheim! Marie ließ sich erschöpft auf die Couch fallen. Sie war von Tobi bis vor die Haustür gebracht worden, wie er es dem Bürgermeister versprochen hatte. Tausende Gedanken rasten durch ihre Gehirnwindungen, bis sie irgendwann auf dem Sofa eindöste. Aber es war kein erholsamer Schlaf. Im Gegenteil. Die Nacht im finsteren Loch des Silos und die Erinnerungen an damals, als sie vom Tod ihrer Eltern erfahren hatte, vermischten sich zu einem albtraummäßigen Psychothriller, den ein Bernhard Aichner nicht besser hätte schreiben können. Es war also ein Segen, als das Telefon läutete und sie wieder zurück ins Hier und Jetzt brachte – Janine Schultner rief an.

„Hallo, Marie, ich bin's. Tut mir leid wegen vorhin. Tobi hat mich angerufen und mir erzählt, was passiert ist. Das ist ja schrecklich, wie geht es dir?"

„Ja, passt schon! Bin hart im Nehmen. Was war denn los mit dir?"

„Ich war halt ein bisschen schlecht drauf."

Das wusste Marie bereits.

„Jerome hätte nächste Woche zwei Tage Tourpause gehabt und wäre kurz mal nach Österreich geflogen. Ich hab mich schon so gefreut auf ihn. Heute früh hat er mich dann angerufen, dass das spanische Fernsehen auf den Kanaren ein Special mit ihm drehen möchte.

Na gut, hab ich ihm gesagt, dann flieg ich halt runter. Aber er war so komisch, er hat gemeint, da hätte ich keine Freude, denn laut Drehplan arbeiten sie die beiden Tage jeweils von fünf Uhr morgens bis abends um elf. Ich bin dann etwas lauter geworden und hab ihm gesagt, wenn er mich nicht sehen will, dann soll er es mir gleich sagen – und hab aufgelegt. Er hat vier-, fünfmal zurückgerufen, aber ich bin in den Garten gegangen und hab nicht abgehoben. Und dann hat diese Lieserl-Kuh noch so blöd rübergeschaut, so als wollte sie mir sagen ‚Blöde Kuh – der verarscht dich ja nur …'"

„Tut mir leid …"

Marie wollte noch etwas anfügen, irgendetwas, das Janine beruhigen könnte.

Aber sie kam nicht dazu, denn die Wienerin war noch nicht am Ende.

„Dabei bin ich heute schon um sechs aufgestanden und hab an unserem Fall gearbeitet. Zuerst hab ich mir im Internet die Lottoziehungen der letzten zwei Monate rausgesucht und mir die Gewinne rausgeschrieben. Pfuh, da war alles dabei, auch ein Doppel- und sogar ein Dreifach-Sechser. Ich bin mir zwar sicher, der Tobi hätte das schneller rausbekommen, aber ich konnte sowieso nicht mehr schlafen. Und dann hab ich noch ein paar Anrufe gemacht. Du hast doch gefragt, wem der Bauernhof vorher gehört hat, der dann zu unserer Graceland-Villa umgebaut wurde. Ich hab den Gregor angerufen, weißt eh, das ist der Makler, von dem ich dir erzählt habe. Weißt noch?" Jetzt klang Janine wieder voll Tatendrang.

„Ja, ich kann mich erinnern. Und von wem hat er den alten Hof gekauft?"

„Von einem Dr. Haubner. War das nicht der mit dem schwarzen SUV, der dich niedermähen wollte? Der hat den gesamten Besitz ein paar Jahre davor von einem Zisser Fritz erworben. So steht es zumindest in den Unterlagen vom Gregor."

Das war ja interessant. Schon wieder dieser Dr. Haubner. Das konnte doch alles kein Zufall sein. Der war also schon einige Jahre, bevor er die Jagd übernommen hatte, in Marienschlag aktiv gewesen.

„Bist du noch dran?", kam aus dem Handy.

„Ja, sorry, hab grad nur überlegt, warum der Haubner da auch die Hände im Spiel gehabt hat."

„Der war ein ganz windiger Typ, hat der Gregor gemeint."

Ja, diesen Eindruck konnte Marie bestätigen. Sie nahm sich vor, den Anwalt aus Linz unter die Lupe zu nehmen.

Janine sprach schon weiter. „Du, ich hab da noch was rausgefunden. Und zwar über dem Tobi seinen Vater."

„Aha?"

„Ja, weißt eh, der vor seiner Geburt beim Bergsteigen abgestürzt ist. Tobi hat mir vorgestern davon erzählt und dass seine Mum nicht darüber reden möchte. Sie hat ihm nur verraten, dass er Bergsteiger war und am Goasberg in der Drachenwand abgestürzt ist. Das gehört sich doch nicht, der Junge hat ein Recht darauf, zu erfahren, wer sein Vater ist, oder?"

„Janine – du hast ja echte Gefühle für den Tobi?"

„Ja! Aber nicht so, wie du meinst. Das am Samstag war ein einmaliger Ausrutscher, das kommt nicht mehr vor, da kannst du Gift drauf nehmen. Obwohl ich nicht sicher bin, ob der Tobi das auch so sieht. Irgendwie schaut er mich immer so komisch an …"

„Ja, ich weiß. Er ist halt noch so jung …", bestätigte Marie.

„Egal – auf jeden Fall kenn ich da ja ein paar Leute, und der Joachim ist einer der Topjournalisten bei der *Neues für alle.* Der hat recherchiert, was da vor achtzehn Jahren passiert ist, und mir einen Zeitungsartikel von damals zukommen lassen."

„Und was steht da drinnen?"

„Da steht, dass der zweiunddreißigjährige Thomas M. in der Drachenwand am Goasberg tödlich verunglückt ist. Er war auf einer Kletterroute unterwegs, die zuvor noch niemals im Alleingang durchstiegen worden war. Thomas M. – das M. steht übrigens für Malanka, hat mir Joachim gesagt – war zwar als guter Bergsteiger bekannt, aber laut den Berichten war die ganze Aktion purer Leichtsinn. Er hat nach der zweiten Seillänge den Halt verloren und ist in die Tiefe gestürzt." Nach einer kurzen Pause schloss Janine ihren Bericht mit „Dr. Specki hätte jetzt gesagt ,Aus die Maus'."

„Wahnsinn! Die arme Helga! Stell dir vor, da freut man sich zusammen auf das erste Kind, und dann kommt der Vater nicht mehr nach Hause", sagte Marie traurig. „Und der arme Tobi!"

„Ja, aber der hat das alles schon gewusst …", erwiderte Janine trocken.

„Was? Woher?"

„Ich hab ihm vorhin, wie er mich angerufen hat, gesagt, dass ich jetzt weiß, wer sein Vater war. Aber er hat gemeint, dass er das schon längst rausgefunden hat, er wollte das aber für sich behalten. Irgendeine Behörde hat er angezapft, die ihre alten Fälle digitalisiert hat. Er hat mir nicht gesagt, wie und wo – nur, dass ich nichts seiner Mum verraten soll."

„Langsam wird mir der Tobi ein bisserl unheimlich", staunte Marie, bevor sie sich verabschiedete und auflegte.

MAFIA

Tante Resi nahm Marie wortlos in die Arme, hielt sie fest und drückte sie an sich. „Das muss ja schrecklich gewesen sein, aber jetzt ist alles gut."

Marie schloss die Augen und genoss die Ruhe und Geborgenheit. Sie wollte diesen Abend nicht allein verbringen. Die vergangene Nacht war viel zu tief in ihre Seele eingedrungen. Zum Glück wusste sie, wer sie da rausholen konnte, nämlich Tante Resi und Onkel Kurt. Die beiden hatten natürlich längst erfahren, was im Silo vom Trummer-Bauern geschehen war. Kein Wunder, das war Dorfgespräch Nummer eins in Marienschlag.

Und sie wussten auch, was Marie jetzt guttun würde. Von Tante Resi bekam sie Trost und uneingeschränkte Liebe. Onkel Kurti liebte seine Marie zwar auch über alles, hatte aber einen anderen Ansatz, dies zu zeigen. „I stell gleich mal ein Zirberl raus …"

„Der denkt immer nur ans Saufen!" Tante Resi lachte.

Hier fühlte sich Marie wohl. Das war ihre Familie. Zumindest die, die ihr geblieben war. Aber sie war mehr als in Ordnung, Marie wusste, dass sie es weit schlechter hätte treffen können.

„Du warst seit gestern in dem finstern Silo eingsperrt? Ich will mir das gar nicht vorstellen, wie's dir gegangen ist da drinnen …"

„Ja, deswegen bin ich hier", sagte Marie leise. „Kann ich heute bei euch schlafen, Tante Resi?"

„Natürlich! Ich freu mich sehr. Das ist wie früher. Dein Zimmer hast du ja noch, ich leg gleich eine frische Bettdecke rüber. Und der alte Grantscherm da neben uns hat bestimmt auch nix dagegen – oder, Kurti?"

„Na, sicher net! Und du kannst auch die ganze Nacht das Licht aufdreht lassen! Die Stromkosten übernehm i …" Onkel Kurti lächelte.

Die beiden waren die einzigen Menschen, die von Maries Geheimnis wussten. Und von den Albträumen, die sie immer noch heimsuchten. Marie konnte ihnen bedingungslos vertrauen. Und das knorrige Pärchen hatte immer ein Gespür dafür, wie sie ihre

Marie auf andere Gedanken bringen konnten. Fünf Minuten später mampfte sie Apfelstrudel, trank Milch mit Honig, lachte über Onkel Kurtis Witze und Tante Resis Dorfgeschichten – und konnte die Welt um sich für kurze Zeit vergessen.

Aber irgendwann kam die Sprache wieder auf die letzte Nacht.

„Bist du da wirklich einfach so reingfallen?", wollte Onkel Kurti wissen.

„Na ja. So ganz freiwillig war das nicht. Ich hab das allerdings niemandem gesagt, sonst geht es noch mehr rund in Marienschlag. Ich hab da oben was gehört, bin raufgeklettert zur Luke – und dann hat mich von hinten wer reingestoßen!"

„Neiiiiiin!", riefen die Spitzers fast gleichzeitig.

„Da wollte dich einer umbringen?", brachte es Onkel Kurti entsetzt auf den Punkt.

„Zuerst habe ich noch gedacht, das wäre ein blöder Scherz, aber als dann die Luke zugegangen ist … Ihr könnt euch vorstellen, was da in mir drin vorgegangen ist."

„Mein armes Mädchen!" Tante Resi nahm Marie wieder in den Arm.

„Und als ich dann auch noch die Svetlana neben mir gespürt habe, tot …" Marie stockte.

„Schau, was ich da habe. Ein Zirberl wird dir helfen, das besser zu verdauen." Onkel Kurti füllte drei Stamperl mit dem Doppeltgebrannten und schob sie über den Tisch.

„Geh, Kurti, immer diese Sauferei!", sagte Tante Resi, nahm ihr Stamperl und trank es auf ex.

Marie schob ihr Glas zu Onkel Kurti rüber. Der erbarmte sich – und weg war der Schnaps.

„Auf jeden Fall ist alles nicht einfach derzeit!", begann Marie zu erzählen. „Zuerst der Gringo, dann die Svetlana …"

„Ja, hast recht, so viele Tote in so kurzer Zeit, das ist neuer Rekord für Marienschlag", unterbrach Onkel Kurti.

„Und bei beiden weiß man noch nicht, was die genaue Todesursache war. Und ob da nicht jemand nachgeholfen hat", fuhr Marie fort.

„Ich dürfte euch das gar nicht sagen, aber ich weiß ja, dass ihr das nicht an die große Glocke hängt."

Und dann erzählte Marie den beiden die ganze Geschichte in allen Einzelheiten, und die Augen der Spitzers wurden immer größer. Und die Flasche mit dem Zirbenschnaps immer leerer.

Bis dann irgendwann Onkel Kurti sagte: „Das ist ja wie in einem Krimi. Pfuh – pass ja auf dich auf, Marie! Und wenn du was brauchst, du weißt, wir sind jederzeit da für dich! Apropos brauchen. Ich werde noch ein Flascherl aufmachen …"

„Nein, ich hab genug. Und du auch!", protestierte Tante Resi.

„Wisst ihr übrigens, dass ich im Sommer vielleicht pilgern werde?"

„Was?" Tante Resi und Onkel Kurti schienen gleichermaßen überrascht zu sein. Aber dann nickte Tante Resi langsam: „Ja, ich erinnere mich, wie dir der Hans damals versprochen hat, dass er mit dir wallfahren geht, wenn du groß bist. Weil du so brav marschiert bist."

„Genau!" Marie lächelte. „Und ich glaube, dass jetzt die Zeit reif dafür ist."

„Geht das denn einfach so? So lang bist du ja noch nicht bei uns da?", fragte Onkel Kurti.

„Noch hab ich ihn nicht ganz überzeugen können, meinen Kommandanten in Neukreuz. Aber irgendwie wird das schon funktionieren, sonst wandere ich halt nur mal drei Wochen, das sollte sich mit meinem Urlaub ausgehen."

„Also i find das super!" Tante Resi schien begeistert.

Und auch Onkel Kurti hatte was zu sagen: „Soll ich nicht doch ein Zirberl …?"

„Nein, ich bin müde, ich geh jetzt ins Bett." Marie gähnte herzhaft.

„Ja, hast recht, ich auch", sagte Tante Resi und machte sich daran, die Post und die Zeitungen aufeinanderzustapeln, die in einer Ecke des riesengroßen Holztisches durcheinanderlagen. „Ah, da ist der Partezettel von der Brennerin. Die war noch gar net so alt – und morgen wird sie begraben", murmelte sie.

Marie war mit einem Mal hellwach. „Wer ist gestorben? Aber doch nicht die Brenner Trude?"

„Oh ja, genau die. Die Sekretärin von deinem Papa damals! Aber lass uns morgen darüber reden, ich bin wirklich hundsmüde."

MITTWOCH

„Ich sag Ihnen, das wird Konsequenzen haben! Mein Mandant hat eine Gehirnerschütterung und eine riesengroße Platzwunde auf der Stirn. Morgen ist er in Linz beim Schädelröntgen, ich hoffe für Sie, dass da nicht mehr rauskommt. Dann gnade Ihnen Gott …“ Dr. Haubner war dermaßen in Fahrt, dass Bürgermeister Karl Kiefer keine Chance hatte, ihn zu unterbrechen. „Es ist ein riesengroßer Skandal, was da passiert ist. Einen ehrbaren Bürger derart zu verletzen, ihn niederzuschlagen, ihm …“

„So, jetzt ist es aber genug!“ Karl Kiefer platzte der Kragen. Erstens – es war sechs Uhr dreißig in der Früh, blöderweise hatte der Bürgermeister abgehoben, weil er die Nummer nicht gekannt hatte. Aber eigentlich war er noch im Schlafmodus. Und zweitens – das musste er sich nicht bieten lassen, egal, wie spät oder früh es gerade war.

„Hat der Woodoo-Fredl das gesagt? Dass ich ihn geschlagen hätte? Das ist ja wohl ein Witz! Der damische Scheißkerl macht da einen Radau und wiegelt das ganze Dorf auf und lügt dann auch noch wie gedruckt!“

„Passen Sie auf, was Sie da sagen. Und wie Sie über einen ehrenwerten Menschen reden, sonst haben Sie gleich die nächste Klage am Hals!“

„Hearns, Herr Haubner“, das „Doktor“ ließ der Bürgermeister absichtlich weg, „wenn Sie net gleich Ihre blöde Pappen halten, zeig i Eahna an wegen Mordversuch an unserer Polizistin Marie Unterholzer.“ Der Bürgermeister konnte sich nicht mehr halten. „Sie Geschaftlhuber, Sie narrischer – was war denn los am Montag in der Früh, als Sie mit Ihrer schwarzen Angeberschüssel die Marie am Zebrastreifen niedermähen wollten?“

Dr. Haubner war kurz etwas schmähstad, aber wirklich nur kurz.

„Was ist denn das für eine Unterstellung? Am Montag war ich schon in aller Früh auf der Jagd, das können alle bezeugen, die dabei waren.“

„Ja, ich bin mir sicher, dass bei Ihrer Freunderlwirtschaft wer dabei ist, der Ihnen ein Alibi geben wird. Trotzdem, irgendwann sind Sie kurz mal wie ein Wahnsinniger durch Marienschlag gerast."

„Ich bin nirgendwo durchgerast, das müssen Sie mir erst einmal beweisen!"

„Nichts leichter als das, es gibt Zeugen, die haben das Ganze mit dem Handy gefilmt." Der Bürgermeister setzte alles auf eine Karte. Selbst wenn es eine glatte Lüge war.

Für ein paar Sekunden war es still, aber schon hatte sich der Anwalt wieder gefangen. „So ein Blödsinn! Sie werden von mir hören …" Und aufgelegt.

Karl Kiefer hatte ihn eindeutig auf dem falschen Fuß erwischt. Spätestens jetzt hatte er keinen Zweifel mehr, dass es Dr. Haubner war, der Marie am Montag beinahe über den Haufen gefahren hatte.

„Ist es nicht ein bisserl früh für dich, Bärli?", säuselte Marie ins Telefon. Der Bürgermeister sah auf die Uhr – kurz vor sieben.

„Oh? Egal! Stell dir vor, mit wem ich gerade telefoniert habe." Und dann berichtete er seiner Polizistin vom merkwürdigen Anruf des Anwalts aus Linz.

„Na ja, dann müssen wir nur noch rausfinden, warum er es auf mich abgesehen hat, der Dr. Haubner", kam von Marie, als der Bürgermeister seine Erzählung beendet hatte.

„Irgendwie hab ich den Eindruck, er mag uns nicht", stellte Karl Kiefer fest. „So, ich muss mich jetzt anziehen und ins Büro. Ich hab einiges zu tun, und am Nachmittag muss ich noch zum Begräbnis von der Brenner Trude."

„Aha? Da gehst du auch hin?"

„Ja, natürlich, wenn ein Gemeindemitglied verstirbt, auch ein ehemaliges, versuch ich schon, dass ich vorbeischauen kann. Ist halt ein bisserl blöd, dass sie in St. Laurenzi eingegraben wird, da fährt man doch ganz schön lang …"

FRÜHSTÜCK

Was hatte Dr. Haubner mit dem Woodoo-Fredl zu tun? War das nur eine berufliche Verbindung, oder steckte mehr dahinter? Cavallo wollte unbedingt an das Geld vom Gringo ran. Vielleicht war er nur ein Strohmann, und in Wirklichkeit zog der Anwalt aus Linz die Fäden im Hintergrund?

Marie gingen tausend Gedanken durch den Kopf. Sie suchte nach einem Zusammenhang mit den Todesfällen, aber so sehr sie sich auch anstrengte, sie kam auf keinen grünen Zweig. Das Ableben vom Gringo und von der Svetlana war für sich schon mysteriös. Der Gringo hatte vor seinem Tod einen eingeschlagenen Schädel, und die Svetlana war zuerst erhängt, dann in den Silo geworfen worden und starb dort an Gärgasen, die noch gar nicht vorhanden sein konnten? Das passte vorne und hinten nicht zusammen.

„Guten Morgen! Willst ein weiches Ei, Marie?" Tante Resis Stimme aus der Küche brachte sie auf andere Gedanken.

Marie hatte sie schon seit einer halben Stunde rumscheppern gehört, jetzt gab es den offiziellen Startschuss für das Frühstück.

Fünf Minuten später saßen sie zu dritt um den großen Küchentisch, auf dem sich Blunzen, Speck und Geselchtes stapelten, und quatschen über Gott und die Welt. Marie liebte es. Und die Spitzers genossen es ebenfalls.

„Der Bürgerkarli fährt heut zum Begräbnis von der Trude", ließ Marie fallen, als sie sich den dritten Kaffee einschenkte.

„Ah ja, die Trude, die arme Haut! Um drei ist die Beerdigung, drüben in St. Laurenzi", erwiderte Tante Resi.

„Ja, ja, das Sterben. Wenn sie es net abschaffen, wird's uns auch mal erwischen!", merkte Onkel Kurti trocken an.

„Ich glaub, da hast du ausnahmsweise mal recht!"

Seine Resi lachte.

„Fahrt ihr rüber?", fragte Marie.

„Nein, das ist uns zu weit. Wir haben ja schon über zehn Jahre nix mehr ghört von ihr. Sie hat sich auch nie gemeldet, seit's in St. Laurenzi gwohnt hat", antwortete Tante Resi.

St. Laurenzi war ein Wallfahrtsort, nicht viel größer als Marienschlag, ungefähr eine Stunde entfernt.

„Was hat sie denn dort gemacht, die Trude?", wollte Marie wissen.

„Die Brenners haben sich doch scheiden lassen, und dann …", Tante Resi sah Marie fragend an. „Warum willst du des überhaupt wissen?"

„Nur so …", erwiderte Marie nachdenklich. Aber dann gab sie sich einen Ruck: „Ich kann es immer noch nicht ganz verstehen, dass Papa den Dienstwagen einfach so ins Wasser gelenkt haben soll. Da war doch damals diese schludrige Immobilienfirma in Marienschlag, und Papa hat verhindert, dass unsere Bauern denen ihre ganzen Felder verkaufen. Die waren nicht begeistert, kann ich mir vorstellen."

„Das kannst du laut sagen. Da war ganz schön was los, damals. Du meinst, das war kein Unfall?", fragte Tante Resi besorgt.

„Ha – das hab i mir schon lange gedacht. Da hat die Russen-Mafia zugeschlagen, am Auto was herumgschraubt und alles wie einen Unfall ausschaun lassen." Onkel Kurti war in seinem Element. „Oder einer von den Bauern war angfressen auf den Bürgermeister, weil ihm das ganze Geld durch die Lappen gangen ist …"

„Geh, Kurti, jetzt geht aber die Fantasie mit dir durch", schimpfte seine Frau.

„Ganz ehrlich, ich denk auch manchmal in die Richtung", kam Marie ihrem Onkel zu Hilfe. „Aber dann wieder kann ich mir einfach nicht vorstellen, dass so etwas bei uns passieren könnte. Auf jeden Fall geht mir das Ganze nicht aus dem Sinn. Und jetzt, wo ich wieder daheim bin, schadet es bestimmt nicht, da ein bisserl zu recherchieren."

Und nach einer kurzen Pause ergänzte Marie resolut: „Wozu bin ich denn bei der Polizei, oder?"

„Recht hast, Marie!" Onkel Kurti griff zur Flasche mit dem Zirbenschnaps und schenkte sich ein Stamperl ein. „Wollt ihr auch?"

Tante Resi und Marie verneinten.

„Ist es nicht ein bisserl zu früh, Onkel Kurti?"

„Dafür ist es nie zu früh! Das ist Medizin. Prost! Auf die Polizei!"

„Prost!", erwiderte Marie. „So, zurück zu den Brenners. Die hätten doch auch profitiert, wenn das mit der Baufirma was geworden wäre. Wann haben die sich scheiden lassen?"

„Pfuh, da muss i überlegen", seufzte Tante Resi. „Die Trude war ja die Sekretärin vom Hans, also von deinem Papa. Er hat immer so gschwärmt von ihr, da kann i mich noch gut erinnern. Sie war eine echte Perle, sehr gscheit, und als Bürgermeister hat er sich immer auf sie verlassen können. Aber ein paar Wochen vor dem Unfall hat sie plötzlich gekündigt, einfach so, von einem Tag auf den anderen. I wollt ihn noch fragen, was da los war, aber i bin nimmer dazugekommen. Leider." Tante Resis Augen wurden feucht.

Marie fragte nach: „Vor dem Unfall war das?"

„Ja, das war ja das Komische. Sie hat dann bei ihrem Mann, dem Max, in der Autowerkstatt mitgholfen. Aber net lange, i glaub, es war kein Jahr, dann haben's plötzlich alles verkauft und sind weggezogen."

Marie bohrte weiter: „Und den Hof hat dann der Zisser Fritz gekauft?"

„Ja, was du alles weißt." Onkel Kurti lachte. „Du solltest bei der Polizei arbeiten …"

„Warum hat der Fritz dann eigentlich an den Dr. Haubner verkauft? Hatte er Geldprobleme?", wollte Marie wissen.

„Das hab i gar net mitkriegt?" Tante Resi schien verwundert. „An den windigen Jagdpächter? Das muss eine Nacht- und Nebelaktion gewesen sein, weil normal bleibt so was im Dorf net geheim. Aber dass der Zisser Fritz Geldprobleme ghabt hätt, das hätt i gwusst. Nein, der ist einer der reichsten Bauern da überhaupt. Der hätt's net notwendig, was zu verkaufen. Der blade Haubner wird ihm halt ordentlich was geboten haben …"

„Lebt der Brenner Max noch?", fragte Marie.

„I glaub schon. Zumindest hab i nix anderes gehört", antwortete Tante Resi.

„Vielleicht sollt ich mit dem Bürgermeister einfach mitfahren nach St. Laurenzi. Könnte ja sein, dass sich dort was Neues ergibt."

„Mit dem Bürgermeister also? Aha?", warf Onkel Kurti etwas verschwörerisch in die Runde. „Wird das noch was mit euch zwei?"

„Geh, Onkel Kurti! Du weißt doch, dass wir uns gut verstehen. Aber mehr kann ich mir beim besten Willen nicht vorstellen."

TEAMARBEIT

„Schön, dass wir zwei mal eine Landpartie machen, Mariechen."
Der Bürgermeister lachte zufrieden, während er seinen Audi über
die engen Landstraßen nach St. Laurenzi kurvte.

„Hab ich mir immer schon gewünscht, so einen Ausflug mit dir
zu einem Begräbnis. Das ist ein Highlight in meinem bisherigen
Leben!", konterte Marie grinsend.

Im selben Moment klingelte ihr Handy – Hans Schlurf.

„Liebste Marie!"

Das bedeutete nichts Gutes. Aber sie gab kontra. „Allerliebster
Herr Oberpostenpräsident!"

„Marie, das kannst du dir sparen. Wolltest du mich nicht über
alles informieren, was in eurem Nest so passiert? Jetzt habt's schon
wieder eine Leich? Gibt's irgendwo an Wettbewerb – so wie *Schöner Wohnen*? Bei euch heißt es *Schöner Sterben* oder so. Was ist
denn da los?"

„Ja, sorry, dass ich mich noch nicht gemeldet habe. Ich bin übrigens gerade mit dem Herrn Bürgermeister unterwegs zu einem
Begräbnis …"

„Sag bloß, die nächste Leich?"

„Ja, aber damit hab ich nix zu tun – ich schwör! Die Brenner
Trude ist gestorben, sie war mal Sekretärin bei meinem Vater, als
der Bürgermeister war. Und heute wird sie in St. Laurenzi begraben …"

„Habt's in Marienschlag net schon genug Tote?"

„Ja! Nein? Wir haben sie nur gut gekannt, und jetzt habe ich mir
früher freigenommen …", flunkerte Marie etwas.

„Schon gut – du bist alt genug!", kam von ihrem Vorgesetzten.
„Aber sag, was war denn da los mit dieser Svetlana?"

Also erzählte Marie ihrem Chef von Svetlana im Silo. Und sie
flunkerte ihn ein zweites Mal an, denn sie ließ den Postenkommandanten in dem Glauben, die Pflegerin wäre an den Gärgasen
gestorben. Wer weiß, wie ihr cholerischer Chef reagieren würde,
wenn sie ihm verraten würde, dass sich der Gerichtsmediziner die

Svetlana angeschaut hatte – schon wieder, und so ganz zufällig – und seine Zweifel hatte, ob da nicht jemand nachgeholfen hätte. Am Ende würde er ihr das ganze Jagdkommando vom Bundesheer schicken. Nein, es war ihr Fall, und erst wenn sie selbst alle Fakten kannte, würde sie die Karten auf den Tisch legen. Also, nur nicht zu viel verraten.

Doch ihr Bärli machte ihr einen Strich durch die Rechnung und bellte vom Fahrersitz rüber, dass sie ihrem Chef ruhig erzählen solle, dass sie selbst auch in den Silo gefallen sei und im letzten Moment gerettet wurde.

„Was? Hearst, was ist denn los in eurem Nest, da ist ja Chicago ein Dreck dagegen. Aber eins sag i dir, Marie, wenn dir was passiert, dann kriegst du so richtig Ärger mit mir …"

Daraufhin hörte man nur noch aufgeregtes Atmen aus dem Handy, Hans Schlurf dachte wahrscheinlich darüber nach, ob das, was er gerade gesagt hatte, Sinn ergab.

Nach einem herzzerreißenden „Ich glaub, ich bin schon zu alt für diesen Scheiß …" wollte er wissen, was denn genau passiert war. Wer weiß, was mit seinem Herz los gewesen wäre, wenn Marie ihm auch noch erzählt hätte, dass sie nicht in den Silo gefallen war, sondern dass da jemand nachgeholfen hatte. Das ersparte sie ihrem Vorgesetzten, Hans Schlurf war auch so völlig von der Rolle.

„Marie, da ist doch echt was faul. Zuerst der – wie heißt er? – Gringo, und jetzt diese Svetlana. Das kann kein Zufall sein? Ich fürchte, das ist doch ein Fall fürs LKA …"

Bevor Marie etwas erwidern konnte, sprang der Bürgermeister in die Bresche: „Hans, alter Freund! Ich glaub, das LKA kannst du dir sparen, wir haben alles im Griff. Die Marie macht das schon, und ich helf ihr dabei." Er zwinkerte *seiner* Polizistin verschwörerisch zu.

Jetzt war Marie an der Reihe. „Ja, wir schaffen das gut allein. Derzeit gibt es keine Beweise für Fremdverschulden." Dass sich DDr. Mayerhofer die Svetlana angeschaut hatte und zu anderen Erkenntnissen gekommen war, musste sie ja nicht erwähnen. Und auch, dass die Silierung noch gar nicht begonnen hatte und

Svetlana daher nicht an den Gärgasen gestorben sein konnte, behielt sie für sich. „Was glaubst du denn, was passiert, wenn du die ganze Einsatztruppe alarmierst, und es war alles nur ein tragischer Unfall. Ich bin mittendrin in den Ermittlungen, gib mir noch ein paar Tage, dann kann ich dir mehr sagen. Und du musst keine Pferde scheu machen …“

„Na ja – ich weiß nicht …“, kam es aus dem Hörer.

Einmal noch mischte sich der Bürgermeister ein. „Hans, vertrau der Marie. Was ich bisher mitbekommen habe, macht sie das ganz ausgezeichnet. Und sie hat einen besonderen Draht zu den Marienschlagern, also sollte da was nicht mit rechten Dingen abgelaufen sein, findet sie es raus.“ Und nach einer kurzen Pause fügte er grinsend dazu: „Und wenn alle Stricke reißen, hat sie ja immer noch mich!“

„Ihr zwei seid mir ja ein schönes Gspann! Na gut, Marie – dann mach weiter! Aber bitte …“, das *Bitte* wiederholte Hans Schlurf mehrmals und betonte es extra lang, „… BITTE gib mir sofort Bescheid, wenn sich was Neues ergibt. Ich halte nicht gerne den Kopf für etwas hin, wo ich nicht weiß, was überhaupt abläuft. Verstanden?“

„Jawohl, Herr Oberpostenpräsident!“

LETZTE REISE

Beim Begräbnis der Trude Brenner waren gezählte fünfzehn Menschen anwesend. Inklusive des Herrn Pfarrer, zwei Ministranten und vier Leichenträger. Und inklusive der Trude in ihrem Eichensarg. Neben Marie und dem Bürgerkarli hatten sich grade mal vier weitere Trauergäste am Friedhof eingefunden. Vor dem offenen Grab stand Trudes geschiedener Gatte, der Brenner Max, und warf mit rot geweinten Augen eine rote Rose in die Grube. Max war groß und spindeldürr und stand etwas windschief vor dem Sarg, der jetzt heruntergelassen wurde. Wahrscheinlich die Bandscheiben, dachte Marie. Sie holte ihr Handy hervor und machte ein Foto aus der Ferne. Tante Resi und Onkel Kurt waren bestimmt neugierig, was aus dem Max geworden war.

„So richtig beliebt war die Trude hier aber nicht", flüsterte Karl Kiefer.

„Ja, komisch. Das ist wie eine geschlossene Gesellschaft. Vielleicht ist sie nicht mehr unter die Leute gegangen, seit sie Marienschlag verlassen hat? Ich würde später noch gerne mit dem Max reden, ich hoffe, er nimmt sich Zeit für uns", erwiderte Marie leise.

„Das hamma gleich!" Nachdem der Pfarrer sich auf den Weg zurück in die Kirche gemacht hatte, marschierte Karl schnurstracks auf den Brenner Max zu und stellte sich als Bürgermeister Karl Kiefer aus Marienschlag vor.

„Oh, du bist der kleine Karli vom Kiefer Sepp? Groß bist du geworden!" Max Brenner wischte sich die Tränen aus den Augen und sah den Bürgermeister erstaunt an. „Schön, dass ihr gekommen seid. Ist das deine Frau?"

„Nein, leider nicht. Erkennen Sie sie nicht? Das ist Marie, die Tochter vom damaligen Bürgermeister, vom Hans Unterholzer, bei dem Ihre Trude die Sekretärin war."

„Nein, wirklich? So ein fesches Mädl ist sie geworden. Du …", jetzt wandte er sich direkt an Marie, „… du bist doch damals fort, als das …", er stockte etwas, „… als das mit deinem Vater passiert ist?"

„Ja, ich bin erst seit ein paar Monaten wieder zurück in Marienschlag."

„Sie ist unsere Polizistin!", warf Karl Kiefer stolz ein. „Aber heut samma beide in Zivil da."

„Oho, hab schon gehört von euch. Und dass die Leut im Dorf bald keine Geldsorgen mehr haben werden, weil der Gringo für alle ein paar Millionen gwonnen hat …" Dabei zwinkerte er leicht mit dem rechten Auge. „Schön, dass ihr euch trotzdem Zeit genommen habt, zum Begräbnis von der Trude zu kommen."

Marie wurde hellhörig. „Schon gehört? Von wem denn? Haben Sie noch Kontakte nach Marienschlag, Herr Brenner?"

„Herr Brenner müsst ihr net sagen – ich bin der Max! Ich sag ja auch schon die ganze Zeit Du zu euch. Gut, ich kenn euch ja schon ewig. Sollten wir net zum Huberti-Hof rübergehen, da ist es sicher gemütlicher als da am Friedhof? Ja – der Dr. Haubner hat mich vorgestern angerufen, von dem weiß ich, was alles passiert ist."

ZWANZIGTAUSEND EURO

Was hatte der Brenner Max mit dem windigen Haubner-Anwalt zu tun? Marie war die ganze Zeit am Überlegen, während der Max auf dem Weg zum Wirt erzählte, dass er seit seiner Scheidung in Salzburg lebte und mit den öffentlichen Verkehrsmitteln nach St. Laurenzi angereist war. Mit dem neuen Klimaticket konnte man durch ganz Österreich fahren – um einen Besenstiel, wie es Max Brenner ausdrückte. Und das tat er auch, oft und gerne. Dass er an diesem Tag für die knapp hundertfünfzig Kilometer fünf Stunden gebraucht hatte und dabei viermal umsteigen hatte müssen, konnte seine Freude, klimaneutral unterwegs zu sein, nicht mindern. In zwei Stunden würde sein Bus abfahren, bis dahin ginge sich ein gscheites Gulasch noch leicht aus, meinte er.

„Was machst denn so in deiner Renten, außer Bahnfahren?", fragte ihn der Bürgermeister, nachdem das Essen bestellt war und drei Krügerl Bier auf dem Tisch standen.

„Net viel. A bisserl Automurxen tu ich noch, aber sonst lass ich mir's gut gehn."

Beim Wort *Automurxen* klingelte es bei Marie. Wenn sie sich recht erinnerte, hatte auch ihr Papa seinen Wagen regelmäßig in die Werkstatt vom Brenner Max gebracht.

„Weißt du, was damals passiert ist? Kannst du dir vorstellen, dass mein Vater einfach so in den See gekracht ist?"

Karl Kiefer und Max Brenner sahen sie überrascht an.

„Ich fürcht schon!", erwiderte Max nach einer kurzen Pause des Nachdenkens. „Es war sauglatt damals, ich kann mich noch gut erinnern. Ich denk oft daran, wie wir in der Küchen gsessen sind und gweint haben, wie wir vom Unfall erfahrn haben. Rotz und Wasser hamma plärrt, der Bürgermeister war mein Freund. Er war sogar ein paar Tag vorher zum Service bei mir, da war alles in Ordnung mit dem Wagen. Und drei Tage nach dem Unfall hätt er den Termin zum Reifenwechseln ghabt bei mir. Er war eh immer so vorsichtig, aber dass der Schnee und die Kälten so früh kommen, hat damals keiner glaubt."

Die Erinnerungen an den Unfall schienen ihn mitzunehmen.

„Könnte jemand das Auto manipuliert haben? Vielleicht sogar in deiner Werkstatt?" Marie konnte sich nicht zurückhalten, plötzlich waren da wieder diese Panik und Angst in ihrem Kopf, wie damals, als sie vom Tod ihrer Eltern erfahren hatte. Sie zitterte leicht und ihre Augen wurden feucht.

Der Bürgermeister warf Marie einen besorgten Blick zu.

„Was? Nein, natürlich nicht!" Max schnappte nach Luft und wurde rot. „Hearst, seid's ihr alle übergschnappt? Warum hätte das wer tun sollen. Und ich schon gar net, der Hans war mein Freund! Die Trude hat genauso an Blödsinn gredt damals."

Mittlerweile standen drei Gulaschteller auf dem Tisch, aber allen schien der Appetit vergangen zu sein.

„Was hat die Trude gredt, damals?", bohrte Marie nach.

„Dass ich den Bürgermeister umbracht hab, hat sie gsagt. Das war auch der Grund, warum wir Marienschlag verlassen haben – dieses ständige Misstrauen. Wir wollten woanders neu anfangen. Aber es ist auch in St. Laurenzi net besser wordn, und irgendwann hamma uns dann scheiden lassen. Sie hat sich so in die Sache verbissen, dass ich was mit dem Tod von ihrem Chef zu tun ghabt hätte, es ist einfach nimmer gegangen. Sie hat sich ja dann auch gar nimmer aus dem Haus traut, nur in die Arbeit zum Putzen bei irgendeiner Tischlerei, und gleich wieder heim. Dabei hab ich sie wirklich mögn und bin immer zu ihr gstanden. Selbst als sie damals den Blödsinn in der Gemeinde gmacht hat."

Jetzt wurde auch Karl Kiefer neugierig. „Welchen Blödsinn denn?"

„Ah nix! Hab eh schon viel zviel gredt von damals. Das ist aus und vorbei – und heite hammas eingrabn, mei Trude." Lustlos rührte Max mit dem Löffel im Gulasch herum und trank einen kleinen Schluck vom Bier. Aber dann legte er noch mal los. „Ist eh egal, es ist ja alles schon verjährt. Die Trude hat damals in der Gemeinde ein paar Tausend Euro abzweigt."

Marie hatte den Eindruck, als wäre der Max erleichtert, endlich jemandem erzählen zu können, was damals geschehen war.

„Zwanzigtausend genau. Weil sie mir hat helfen wollen. Zwei Jahre lang, immer ein bisserl was. Das hat sie dann in unsere Werkstatt gsteckt. Sie hat ja auch die Buchhaltung bei mir gmacht, so ist es mir net aufgefallen. Ich hab mir nur denkt, gut, dass wir immer noch ein Geld auf dem Konto haben, obwohl der Betrieb net wirklich gut gelaufen ist. Der Bürgermeister, also der Hans, dein Papa, ist draufkommen und hat sie natürlich kündigen müssen. Wie mir die Trude des gesagt hat, war ich ganz aus'n Häusl. Die Trude hat Angst ghabt, dass das bald alle erfahren. Ihr wisst's eh, was dann los wär, vor allem in so einem kleinen Nest wie Marienschlag. Und da hab ich dann einmal gsagt ‚Na, dann müss ma den Hans halt beseitigen, damit er nix sagt'. Aber glaubst denn, dass ich das wirklich so gemeint hab? Das war nur so blöd dahergredt. Und dann fahrt er wirklich in den Teich, und beide Unterholzers sind tot. Ab dem Zeitpunkt war für die Trude klar, dass ich da die Händ im Spiel ghabt hab – aber ich hab nix gmacht. Ehrlich!"

„Aber ihr hättet auch ganz schön profitiert, wenn der Grundstücksverkauf an die russische Immobilienfirma durchgegangen wäre. Da war ja mein Papa dagegen, und das hat nicht allen getaugt", kam von Marie.

„Geh, des Stückerl Land, des wir ghabt habn – das wär ja net der Rede wert gewesen. Da hätten andere viel mehr davon ghabt. Aber Marie, glaub mir, deswegen hätt keiner den Bürgermeister umbracht. Nein, ich bin mir ganz sicher, dass das ein Unfall war. So, jetzt ist es genug mit der Vergangenheit, jetzt hab ich einen Hunger, des Gulasch wird schon ganz kalt …" Der Brenner Max hatte wieder angemessene Farbe im Gesicht.

Marie war noch nicht fertig. „Du musst schon zugeben, dass das ein bisserl komisch aussieht. Der Wagen war ein paar Tage vorher in deiner Werkstatt, da hätte man leicht die Bremsen manipulieren können. Und kurz nach dem Unfall seid ihr beide aus Marienschlag verschwunden."

„Ich hab nix damit zu tun! Wie oft soll ich denn des noch sagen? Ich werd mir doch net an Kredit aufnehmen, damit ich die zwanzigtausend Euro zurückzahlen kann, und dann den Bürgermeister doch noch umbringen. Sag mir, was das für einen Sinn hätt.“

„Du hast das Geld zurückgezahlt? Vor dem Unfall?“ Jetzt war Marie verwirrt.

„Na sicher! Ich wollt das wiedergutmachen, was die Trude verbockt hat. Aber es hat nix gholfen, sie hat mich dann trotzdem verlassen.“

„Ich werde das überprüfen. Irgendwo gibt's sicher Unterlagen auf der Gemeinde. Oder? Was glaubst du, Karli?“

„Ja, wir schauen uns das an. Auf dem Dachboden liegen die ganzen alten Akten, vielleicht finden wir da was.“

„Ja, genau! Macht's das! Das Geld muss irgendwo offiziell aufscheinen, dein Papa war ja so ein ordentlicher Mensch, der hat das sicher in den Büchern vermerkt. Und ein feiner Kerl war er auch, er hat niemandem gesagt, was passiert ist. Und auch das von der Kündigung hat er so aussehen lassen, als ob die Trude von sich aus gegangen wär, damit sie woanders noch eine Chance kriegt, hat er gsagt.“

„Wann warst du eigentlich das letzte Mal in Marienschlag?“, wollte Marie noch wissen.

„Ah, schon ewig nicht …“, antwortete Max nach einer kurzen Pause.

„Du hast vorhin vom Haubner gesprochen – meinst du den Dr. Haubner aus Linz? Was hast du mit dem zu tun?“

„Den Haubner, den kenn ich scho lang. Wie des damals mit der Trude auf der Gemeinde passiert ist, hab ich im Branchenverzeichnis einen Anwalt gsucht. Er soll weit weg sein, man weiß ja net, was die alles ausplaudern, wenn's jemand kennen in der Umgebung. Und so bin ich zum Dr. Haubner kommen. Der hat mir auch geraten, das Geld unbedingt gleich zurückzuzahlen, weil's sonst blöd ausgehn könnt, die ganze Sache. Stellts euch vor, der hat gar net gwusst, dass es Marienschlag überhaupt gibt. Er hat mich dann einmal besucht, da hamma ein paar Schnapserl trunken, und dann hat's ihm richtig gfalln bei uns. Wie wir dann wegzogn sind, wollt er gleich meinen Hof haben.“

„Aber den hat dann doch der Zisser Fritz gekauft – oder?", warf Marie in den Raum.

„Ja, unter uns: Der Haubner hat dem Zisser Fritz das Geld damals gebn, damit net er als Käufer aufscheint. Wie ich den Haubner kenn, war alles bestimmt bis ins kleinste Detail vertraglich abgesichert mit dem Fritz. Der Haubner hat damals gmeint, er hat da etwas Geld, von dem keiner wissen darf, und das würd er gern anlegen. So hat sich das Ganze ergebn."

„Ich hab gwusst, der ist eine linke Bazille, der Haubner!" Der Bürgermeister fühlte sich bestätigt.

„Und Jahre später hat er den Hof dann offiziell vom Fritz gekauft und sich auch gleich die Jagd in Marienschlag unter den Nagel gerissen …", ergänzte Marie.

„Ja, genau! Und seither hamma immer a bisserl an Kontakt, er macht auch die ganzen rechtlichen Dinge jetzt bei der Beerdigung von der Trude. Darum hamma vorgestern telefoniert, und da hat er mir gsagt, was so los ist bei euch."

Auf Maries Frage, was er denn so erzählt habe, kam nicht viel Neues. Aber Max Brenner konnte sich noch erinnern, dass der Anwalt während des Gesprächs einmal fürchterlich geflucht hatte. „Ich hab mich ziemlich gwundert, aber plötzlich hat der Haubner gschrien: ‚Scheiße, was macht die Funsen da in aller Früh?' Ich hab noch gfragt, ob alles in Ordnung sei, er hat nur gmeint: ‚Ich war a bisserl schnell dran. Aber passt schon – die ist selber schuld …'"

„Wann war denn der Anruf genau?", wollte Marie wissen, ihr war ein Verdacht gekommen.

„Am Montag, so um sechse. Der Haubner ruft besonders gern in der Früh an, er hat mir mal gsagt, dass er da am produktivsten ist …"

Das mit den frühen Anrufen vom Dr. Haubner wusste Marie schon vom Bürgermeister, ob das mit dem Produktivsein des Anwalts auch stimmte, dessen war sie sich nicht so sicher. Auf jeden Fall war es in ihren Augen der Beweis, dass es Haubner war, der sie am Montag beinahe niedergemäht hatte.

Marie hätte noch viele Fragen gehabt, sie war nicht restlos von der Unschuld vom Brenner Max überzeugt. Aber Karl Kiefer hatte wohl nun doch Riesenhunger und sagte energisch: „So, bevor das Gulasch eiskalt ist und das Bier bacherlwarm – Mahlzeit! Und Prost!" Und damit war die Fragestunde beendet …

HEIMATABEND

„Glaubst du ihm?", fragte Marie den Bürgermeister, nachdem sie den Brenner Max bei der Bushaltestelle abgesetzt hatten und wieder Richtung Marienschlag fuhren.

„Eigentlich schon. Aber dass wir durch ihn jetzt den schmierigen Haubner am Hals haben, verzeih ich ihm nie." Karl lachte etwas gequält. „Trotzdem kommt er mir wie eine ehrliche Haut vor. Und er hat bis heute net verkraftet, dass ihn seine Trude verlassen hat."

„Ich weiß nicht. Das würde doch alles zusammenpassen: Motiv, Gelegenheit, anschließende Flucht. Aber du hast schon recht, so wie er uns das alles heute erzählt hat, ergibt das irgendwie schon Sinn. Am besten wird sein, wir schauen mal, ob wir in eurem Gemeindearchiv irgendwelche Hinweise finden."

„Ja, aber heute nimmer. Das können wir morgen auch noch. Heut ist beim Kirchenwirt Heimatabend – was sagst, da gemma hin, wir zwei Hübschen!"

„Geh, Bärli, das muss ja nicht sein. Nach all dem, was diese Woche passiert ist, machen die einen Heimatabend? Ich bin schon so müde …"

„Keine Widerrede, Mariechen. Das ist alte Tradition, da kann sein, was will. Und morgen schaun wir gemeinsam auf dem Dachboden von der Gemeinde nach, ob wir was finden. Eigentlich dürft ich dich da gar net rauflassen, aber vielleicht kann ich ja ein Auge zudrücken …" Der Bürgermeister lachte.

„Okay, hab's schon verstanden! Na, wenn das mal keine Erpressung ist? Aber gut, gehn wir zum Heimatabend. Ich war eh schon lange nicht mehr fort. Seit Samstag, genauer gesagt …" Jetzt musste auch Marie schmunzeln.

„Genau! Wird wieder mal Zeit", freute sich Karli-Bärli.

Beim Kirchenwirt war schon mächtig was los, als Mariechen und Bärli eintrafen. Es war schon ziemlich spät. Das Umziehen hatten sich die beiden erspart, für das Begräbnis der Brenner Trude hatten sie sich ohnehin schick gemacht. Vielleicht auch etwas zu schick.

„Na, kommt's vom Opernball, ihr zwei? Oder ist wer gstorbn?", fragte der Bock Franz grinsend, als er das festlich gekleidete Pärchen zur Tür reinkommen sah. Als einziger Wirt in Marienschlag hatte der Franz zwar keine direkte Konkurrenz, trotzdem wollte er den Leuten etwas bieten, und so gab's jeden zweiten Mittwoch im Monat einen Heimatabend mit den *Marienschlager Dorfsängern*. Für einige seiner Gäste war *Heimatabend* nur ein anderes Wort für *Vollrausch*, und seit Jahren versuchten die Dörfler, den Wirt dazu zu bewegen, diese Veranstaltung am Wochenende abzuhalten, damit man am nächsten Tag ausschlafen konnte. Aber der Bock Franz hatte kein Erbarmen und meinte nur, dass es diesen Heimatabend schon seit dreißig Jahren immer an einem Mittwoch gebe, und das werde sich auch in Zukunft nicht ändern – und damit aus, basta!

„Gestorbn sind ja wohl genug in der letzten Woche bei uns. Aber heut waren wir auswärts, beim Begräbnis der Brenner Trude in St. Laurenzi", erklärte ihm der Bürgermeister.

„Ah, die hat's noch gebn? I hab schon ewig nix mehr ghört von den Brenners. Wollt's ein Biertscherl?", rief Franz über die Schank rüber, während er schon zwei Krügerl einschenkte. „I sag immer, wir sollen uns vom Tod net aufhalten lassen. Wenn's passt, dann feiern wir bis zum Umfallen. Und wenn's nimmer passt, dann fallen wir um – und die andern feiern. Was i schon alles erlebt hab bei den Totenmahlerln, dagegen ist so ein Heimatabend ein Fünf-Uhr-Tee für Senioren."

„Amoi segn ma uns wieder …" Die Marienschlager Dorfsänger hatten das passende Liadl zum Thema. Allerdings gingen sie mit ihrer Gesangsdarbietung völlig unter, denn der Lärmpegel der Wirtshausgäste war erheblich höher als das Gsangl des vierköpfigen Männerchors. Phase 2 war im Anrauschen, das gab es nicht nur beim Frühlingsfest.

„Hallo, Marie, willst dich zu uns setzen?", rief jemand quer durchs Gastzimmer.

„Nein, schau, bei uns ist auch noch ein Platz frei …“, bat ein anderer.

Marie nahm ihr Krügerl, ging zum ersten Tisch und ließ dort Fragen über Gott und die Welt über sich ergehen. Die Marienschlager Welt drehte sich heute vor allem um Maries Nacht im Silo vom Trummer-Bauern. Das ganze Dorf sprach davon. Und alle wussten, dass sie und Svetlana gemeinsam da drinnen gewesen waren und es jetzt wohl noch schwerer sein würde, an das Geld vom Gringo zu kommen, wo ihnen doch der *Sensenmann* die Svetlana weggenommen hatte. Man hatte sich natürlich auch Sorgen um Marie gemacht, aber das mit der Svetlana war eine Tragödie. Doch irgendwie würde man schon rausfinden, wo sie die Millionen vom Gringo oder zumindest den Lottoschein versteckt hatte, vor ihrem Abflug in den Trummer-Silo.

Apropos, dachte Marie, der Trummer Franz war nirgends zu sehen, was ziemlich ungewöhnlich war.

Aber egal, um die Diskussionen abzukürzen, hielt sie schließlich ihr Bierglas in die Mitte des Tisches, wartete etwas, bis die Umsitzenden dasselbe taten, und dann schrien alle miteinander laut: „Zsamm, Zsamm, Zsamm, Zsamm, Zsamm …“ Es folgte ein Schluck aus dem Krügerl – und auf ging es zum nächsten Tisch, wo sich die Prozedur fast deckungsgleich wiederholte.

Dieses *Zsamm, Zsamm, Zsamm-Ritual* hatte sich so ergeben, als sie vor ein paar Monaten zurück ins Dorf gekommen war. Jeder hatte wissen wollen, wo sie gewesen war, was sie gemacht hatte, wie es ihr gehe, ob sie einen Freund habe und viele andere Fragen, von denen nicht wenige auch unter der Gürtellinie waren. Aber Marie wusste damit umzugehen, sie kannte die Menschen hier und wusste, wie sie tickten. Also kein Problem. Und auch das mit dem Anstoßen hatte sie längst im Griff. Beim ersten *Zsamm, Zsamm, Zsamm* vor ein paar Monaten war das Krügerl schon beim dritten Tisch leer gewesen, es gab aber deren zwölf beim Kirchenwirt. Damals hatte sie am Ende der Tischtournee schon einiges intus gehabt. Mittlerweile kam sie mit einem Krügerl aus.

Auch der Bürgermeister kämpfte sich mit einem Glas Bier durch die Wirtsstube, bis sich ihre Wege wieder trafen. Und zufällig saßen da am letzten Tisch, etwas verdeckt vom mächtigen Kachelofen, Janine und Tobi.

„Hey, was ist mit euch los? Habt's ein Date, ihr zwei Turteltauberln?", fragte der Bürgermeister.

Tobi wurde rot, Janine übernahm das Kommando. „Ja, so kann man's auch nennen. Aber nicht so, wie ihr denkt. Der Tobi hat heute meinen PC repariert, und als Dankeschön wollt ich ihn zum Essen einladen. Aber es gibt ja nix in diesem Kuhnest, und weil heut grad dieser Lumpenball ist, sind wir halt hierher gegangen."

„Hey, hey, passen Sie auf, was Sie da sagen über unser schönes Marienschlag." Der Bürgermeister lachte. „Wenn das in falsche Ohren kommt, haben Sie morgen vielleicht eine Ladung Dreck vorm Garagentor."

„O Dio mio, das kann sie gerne heute noch bekommen!", mischte sich Alfredo Cavallo ein, der gerade vom Klo hereinkam.

„Du kannst mich überhaupt gleich kreuzweise …" Janine ließ sich vom italienischen Geistheiler provozieren, aber Tobi konnte sie beruhigen.

„Na bravo – da geht's um!", resümierte der Bürgermeister und wirkte gar nicht mal so unglücklich darüber, dass der Maier Hias vom Tisch gegenüber ein „Hey, Bürgerkarli, komm her zu uns, wir habn was zu besprechen mit dir …" rief.

Mit dem Bürgermeister ging auch Cavallo und sorgte dafür, dass Janine sich etwas entspannte.

„Habt's noch ein Platzerl für mich?", fragte Marie.

„Natürlich, für dich doch immer", erwiderte Tobi.

„Danke! Na, wie geht's? Janine, alles wieder in Ordnung bei dir?"

„Na ja, geht schon. Kaff bleibt Kaff, das wird sich nimmer ändern. Und dann kommt auch noch dieser esoterische Vollkoffer und macht mich blöd an – ich könnt ihm eine reinhauen, wenn ich ihn nur seh. Der Tobi hat mir erzählt, wie der die Leute aufwiegelt … Aber sonst passt's schon. Ist halt alles ein bisschen sehr retro hier."

Plötzlich war die Bock Maria da, von allen als Wirtin nur Kirchenmitzi gerufen, und stellte vor Marie einen Teller mit einem Apfelstrudel. „Sorry, ich hab nur noch einen – für Marie! Der geht aufs Haus, meine Süße!"

„Sag, kriegst du überall eine Sonderbehandlung in diesem Nest?", fragte Janine erstaunt. „Und wo isst du die Tonnen an Apfelstrudel eigentlich hin?"

„Für einen Apfelstrudel hab ich immer Platz in meinem Magen …" Marie steckte sich das erste Stück in den Mund. „Ihr könnt gerne mitessen", sagte sie mampfend zu ihren Hilfssheriffs, die dankend ablehnten.

Die Kirchenmitzi kam ein zweites Mal, diesmal hatte sie ein Tablett mit drei Stamperln in der Hand. „Da, eine Runde Schnapserl für euch – vom Maier Hias drüben!"

Weil es gerade passte, musste Tobi wieder mal sein Wissen loswerden. „Kennt ihr eigentlich den Schutzheiligen der Alkoholiker?"

„Nein, kennen wir nicht. Luis Trinker vielleicht?", kam von Janine etwas gelangweilt.

„Der heißt Trenker, nicht Trinker. Und er ist schon lange tot. Nein, es ist der heilige Johannes!"

„Und? Was soll uns das sagen?"

„Johannes ist mein zweiter Name."

„Nein – ehrlich? Tobias Johannes? Echt? Na, dann kannst du saufen, bis der Dr. Specki kommt, wenn dich dein Johannes beschützt", lachte Janine.

Marie nahm ein Glas vom Tablett: „Blöd ist der, der etwas herschenkt. Noch blöder der, der es nicht annimmt! Dann machen wir dem Hias halt die Freud …"

Janine schaute zwar etwas verwundert, aber dann prosteten sie alle rüber zum edlen Spender.

„Für euch, Mädls! Entschuldigung, Tobi. Und Burschen natürlich!", lachte der Feuerwehrkommandatore übers ganze Gesicht.

Es sollte nicht die einzige Runde an diesem Abend bleiben. Nach der dritten, diesmal vom Striedinger Paul, war Tobi schon etwas neben der Spur. Zwischen all den Alkoholvernichtungsmaßnahmen führten sie *Fachgespräche*, nämlich über *ihren gemeinsamen Fall*, wie Janine mehrmals betonte.

„Weißt du, dass die Svetlana und der Dr. Haubner sich gekannt haben?", flüsterte Janine verschwörerisch.

„Was? Und das sagst du mir erst jetzt?"

„Ja, die Svetlana hat vor fünf Jahren die Mutter vom Haubner betreut, aber sie ist dann von einem Tag auf den anderen auf und davon. Der Tobi hat das rausgefunden …"

Die vierte Runde kam angerauscht, doch jetzt hatte Marie keine Zeit dafür. „Was jetzt? Geh, Tobi, erzähl! Lasst euch nicht alles aus der Nase ziehen."

„Ich hab irgendwann mal beim Trummer PC auch einen Einstieg für die Svetlana einrichten müssen", fing Tobi an, er tat sich schon etwas schwer beim Sprechen. „Heute in der Früh hab ich mir den PC mal genauer angeschaut, von meinem Zimmer aus. Weißt eh, ich hab da einen Remote-Zugang …"

„Einen illegalen, wie ich vermute. Aber egal …" Marie war ziemlich aufgeregt.

„Da hab ich ein File gefunden, einen Brief, den Svetlana an den Haubner geschickt hat. Darin steht, dass sie die drei Monatsgehälter haben möchte, die er ihr noch schuldet."

„Das ist ja interessant! Jetzt müsste man wissen, warum sie ihren Job bei der Haubner-Mama aufgegeben hat", murmelte Marie vor sich hin.

„Der Haubner hat sie angegrapscht!", kam unvermittelt von Janine.

„Was? Warum weißt du das nun schon wieder?", fragte Marie hastig.

„Die Mama vom Haubner hat in Trebendorf gewohnt, Tobi hat das recherchiert. Da sind wir am Vormittag hingefahren, und ich hab mal kurz die Nachbarin gefragt, ob sie weiß, wo meine Schwester ist …"

„Deine Schwester, Janine? Hab ich nicht gewusst. Irgendwie kenn ich mich grad gar nicht aus …"

Jetzt mischte sich Tobi wieder ein. „Es war so lustig. Janine hat in ihrem Kasten gekramt und sich als Olga verkleidet. War eigentlich gar nicht so schwer, Hauptsache bunt und eng", lachte der PC-Freak.

„Ja!", unterbrach ihn Janine. „Ich habe als Olga in Trebendorf die Leute befragt." Und dann verfiel sie in einen ausländischen Akzent: „Hi, ich bin Olga. Weißt du, wo Schwester ist? Weißt eh, große, schöne Svetlana. Machen Pflege bei alte Frau drüben vor lange Zeit …"

Tobi und Janine kullerten Lachtränen über die Wangen.

Gut, dass die Marienschlager Dorfsänger grad mitten in einem Jodler waren, aber die Gäste der umliegenden Tische schauten doch etwas überrascht.

„Nein, hast du nicht gemacht – oder?" Marie brauchte jetzt einen Schnaps, und das Hobby-Ermittlerduo an ihrem Tisch schloss sich an. Gemeinsam prosteten sie der Pfropfinger Adele zu, die am Tisch vom Woodoo-Fredl saß und die nächste Runde spendiert hatte. Ein paar Frauen hatten sich mittlerweile ebenfalls hierher verirrt, aber zum Großteil waren es Männer, die diesen Heimatabend so sehr liebten. Und das nicht wegen der Musik …

Jetzt schaute auch der Bürgermeister wieder vorbei – mit einer Runde Schnapserl auf einem Tablett in den Händen. „Na, da geht's aber lustig zu. Haben Sie einen Sprachkurs gemacht, Frau Schultner?"

„Karli, komm her! Wir haben ein Problem …", rief der alte Mauser Jakob mit lauter Stimme von zwei Tischen weiter. Er war mit zweiundneunzig Jahren der älteste Marienschlager. Er hatte zwar schon einen ganz schönen Buckel, aber am Wirtshaustisch sah man ihm das Alter nicht an.

„Entschuldigung, mein ältestes Gemeindeschäfchen darf ich nicht warten lassen …" Karl Kiefer lachte.

Das „Ja, weil vielleicht kippt er ja in zwei Minuten um, der alte Knacker" von Janine hörte er wohl nicht mehr.

„Also, was hast du rausgefunden, Olga?", wollte Marie jetzt wissen.

„Ich habe Glück gehabt, eine Nachbarin hat sie etwas besser gekannt. Svetlana hat ihr ein paarmal beim Fensterputzen geholfen. Bei der hat sie sich manchmal beschwert, dass der feine Herr Doktor die Hände nicht im Griff hätte, wenn er auf Besuch bei seiner Mutter war. Einmal hat sie ihm sogar eine geschmiert, aber der Dreckskerl hat nicht aufgehört. Bis sie dann irgendwann weg war. Die Nachbarin konnte sich noch gut erinnern, wie wütend der Haubner war, weil er eine neue Pflegerin für seine Mutter hat suchen müssen. Das war anscheinend gar nicht so leicht."

Das waren Neuigkeiten. Aber wie war Svetlana dann nach Marienschlag gekommen? Auch das wussten ihre Hilfssheriffs. Da Tobi mittlerweile nahe am Verlust der Muttersprache war, übernahm Janine seinen Part und erzählte, dass er in Svetlanas Dateien auch eine Mail gefunden hatte, in der sie sich bei einem Max Brenner für die Vermittlung zu den Trummers bedankt hatte.

„Max Brenner? Das gibt's doch nicht. Was hat denn der damit zu tun?"

„Na, meine Damen – wie wär's mit einem Schnaps? Und einem Eierlikör für den jungen Mann?" Wie aus dem Nichts stand plötzlich Dr. Haubner vor dem Tisch und hatte ebenfalls ein volles Tablett in der Hand.

„Dr. Haubner, Sie kommen mir grade recht!", rief Marie.

„Schauen Sie, gnädige Frau", säuselte der Rechtsanwalt, „wir kennen uns jetzt schon so lange... Ich bin der Ignaz!" Und dann stellte er das Tablett auf den Tisch und hielt Marie die schmierige Pfote hin.

Marie übersah sie und meinte nur: „Na gut, Herr Ignaz. Ich bin Frau Revierinspektorin Marie Unterholzer", was beim Dr. Haubner schlagartig zu einer halbseitigen Gesichtslähmung führte. „Darf ich Sie bitten, morgen um zehn Uhr in mein Polizeikammerl zu kommen? Sie wissen ja, wo das ist! Und Ihren Spiritistlerfreund nehmen Sie bitte auch mit!" Und dann setzte sie noch ein nicht wirklich von Herzen kommendes „Herr Ignaz!" nach.

Dr. Ignaz Haubner brauchte einen Moment, um das zu verdauen. „Das ist jetzt nicht Ihr Ernst? Da will man einmal freundlich sein, und dann fährt einem die Polizistentussi mit dem Arsch ins Gesicht!"

„Das hätten Sie wohl gerne, Herr Ignaz!", mischte sich Janine ein.

Nur Tobi hatte nichts beizutragen, außer, dass er zur Seite kippte und unter den Tisch kotzte.

Dr. Haubner verließ den Heimatabend so schnell, wie er gekommen war. Alfredo Cavallo schien ihn noch aufhalten zu wollen, aber der Rechtsanwalt stieß ihn zur Seite und rannte aus der Stube. Die Marienschlager Dorfsänger hatten ein passendes Lied: „Sag zum Abschied leise Servus."

Auch Tobi musste das Fest verlassen. Zwar nicht ganz freiwillig, aber der Kirchenwirt meinte, es wäre besser so. „Hearst, Tobi, sauf net so viel, wenn du es net vertragst. Wia soll i das deiner Mama erklärn?"

Und dann wandte er sich an Marie: „Wie bringen wir den jetzt heim, ohne dass er mir das ganze Wirtshaus vollspeibt?"

„Ich mach das schon!", meldete sich Janine freiwillig. Und zu Marie sagte sie: „Das hat er davon, von seinem heiligen Johannes."

Gemeinsam zogen sie Tobi die Jacke an, so gut es halt ging, dann hakte sich die Wienerin bei ihm ein und zog ihn Richtung Türe. Und die Gäste klatschten Beifall. Ja, so waren sie, die Marienschlager – immer zu einem Späßchen aufgelegt.

FINSTER IST'S

Die Marienschlager Dorfsänger hatten ihr Programm beendet. Endlich hört das Gejaule auf, dachten sich nicht wenige der Gäste. Bei den meisten war Phase 2 schon lange eingeläutet. Jetzt kam, was ebenfalls Tradition war – jetzt wurden die Lautsprecherboxen getestet bei der inoffiziellen Marienschlager Disconacht. Der Kontrast zur Sängerrunde hätte größer nicht sein können, aber das störte fast niemanden. Nur der Woodoo-Fredl und auch die Adele von der Trafik verabschiedeten sich, denen war es viel zu laut. Sagten sie zumindest.

Der alte Mauser Jakob wollte tanzen – mit Marie. Er kannte sie schon seit *hundert Jahren*, also hatte er auch das *Vortanzrecht*, wie er selbst verlautbarte. Und Marie tat ihm den Gefallen, die beiden eröffneten das *Wednesday Night Fever* mit *Staying Alive*, und John Jakob Travolta Mauser shakte wie ein Junger. Also zumindest fast. Das hieß, er hatte eine Hand auf seinen Krückstock gestützt und wirbelte mit der anderen Marie herum. Und sie machte ihm die Freude. Marie tat so, als wäre der alte Mauser-Knacker schuld daran, dass ihr die verrücktesten Tanz-Moves einfielen. Er wackelte nur etwas mit dem Hintern, aber Marie ging so richtig ab. Und das ganze Wirtshaus lachte.

Bald waren sie nicht mehr allein, jetzt wuselte es im Gastraum, und von zutiefst spastischen bis höchst eleganten Bewegungen war alles dabei. Der Mauser-Travolta war nach dem ersten Tanz bettfertig, aber ein Bier wollte er sich noch gönnen. Der nächste Tanz gehörte dem Bürgermeister. Karl Kiefer hatte den Bock-Wirt bestochen, damit dieser einen Lamour-Hatscher auflegte, eine langsame Ballade zum Marie-Anbraten – *All of me* von John Legend.

„Bärli, was hast du vor?", feixte Marie. „Bei dieser Nummer schlafen mir ja nicht nur die Füße ein …"

„Ich find sie romantisch. Und heute haben wir so einen schönen Tag miteinander verbracht, da passt das perfekt."

Die anderen Gäste sahen das nicht so. „Geh, Franz, hast du net was Gscheites, was is'n das für a lahmoarschiger Hosentürlwalzer?" Und weil fast das gesamte Wirtshaus maulte, brach der Bock Franz die Nummer einfach ab, gerade, als Bärli-Karli ins Träumen kam.

Marie lachte. „Schau, das will keiner. Komm, geben wir uns ein paar Disco-Hadern. Ha, Bärli?"

Aber Bärli-Karli war nicht mehr in Stimmung für Disco, er sagte nur kurz: „Na gut, wennst net willst! Dann hol i mir ein paar Biertscherl!" und ließ Marie allein stehen.

Und plötzlich schrien alle „Marie, Marie, Marie …" – und sie wusste, was das zu bedeuten hatte. Und schon spielte der Bock Franz das Marienlied, wie der Song in Marienschlag mittlerweile genannt wurde. Er hatte sich extra eine Playback-Anlage besorgt und reichte Marie das Mikro. Und weil es nicht zu vermeiden war, ließ es Frau Revierinspektorin Marie Unterholzer wieder krachen. „Ich will nur, dass du tanzt zu diesem Lied, ich will nur, dass du glücklich bist, Marie …"

Auch der Mauser Jakob vergaß, dass er eigentlich hatte heimgehen wollen, und sang und klatschte begeistert mit.

Bis es einen Kracher gab und ein funkelnder Blitzbogen sich von der Steckdose, an der die Boxen angeschlossen waren, bis zur Deckenleuchte erstreckte. Und aus – finster war's!

Plötzlich wurde es still. Zwar nicht für lange, aber trotzdem war es gespenstisch. Vor allem für Marie. Und das in vollkommener Dunkelheit! Von tausend auf null in nicht mal einer Sekunde – das war die allerbeste Voraussetzung für eine Panikattacke. Maries Pulsschlag beschleunigte sich auf das Doppelte, die Schweißproduktion gab Vollgas, und ihre Füße konnten sie nicht mehr lange tragen.

Im letzten Moment rettete sie sich zu den Tischen und ließ sich auf eine Bank sinken. Zumindest hoffte sie, dass dort eine stehen würde. Es gelang ihr auch gar nicht mal so schlecht, nur – zwischen ihr und der Holzbank waren stramme Oberschenkel, die zu einem echten Mannsbild gehörten. Aber darauf konnte Marie keine Rücksicht nehmen, sie war froh, dass sie überhaupt wo *landen* konnte. Dass ihre Sitzgelegenheit ihr von hinten behutsam die Arme um den Körper legte, gab ihr in diesem Moment ein Gefühl von Sicherheit.

„Na servas!", schrie der Wirt. „Marie, bei dir brennen alle Sicherungen durch!" Er war mit der Taschenlampe beim Schaltschrank, und plötzlich wurde es wieder hell.

Jetzt konnte jeder sehen, wo Marie gelandet war – nämlich auf dem Schoß des besoffenen Hausberger Motl, der Marie mit seligem Blick umarmt hielt und ihr gerade ein Busserl aufdrücken wollte.

Ein paar Sekunden brauchte sie noch zum Verschnaufen, aber dann sprang Marie auf, versuchte ein Lächeln und sagte zum Motl: „Schön war's – danke!"

Jetzt war so richtig was los beim Kirchenwirt, es gab ein Raunen und Zischeln, und am Ende klatschten alle wild für das *junge Paar*, wie man vereinzelt hören konnte. Nur der Bürgermeister klatschte nicht, im Gegenteil, er wurde fuchsteufelswild. Und er konnte das auch nicht verbergen, es musste raus. „Was is'n da los? Was soll denn das? Da simma den ganzen Tag unterwegs miteinander, und dann schmust du auf'd Nacht mit dem angsoffenen Motl herum."

„Geh, Karli – bist du eifersüchtig?", kam von Marie.

„Eifersüchtig? Ich? Wegen dem damischen Hund da? Nie und nimmer …"

„Was sagst du da? Meinst du mich mit damischen Hund?" Jetzt mischte sich der Hausberger Motl ein. „Komm her, i schnall dir eine, dass dir ein paar Tag der Schädl wackelt …"

Langsam wurde die Lage prekär. Aber Feuerwehrhauptmann Hias Maier warf sich zwischen die beiden Streithanseln und hielt sie auf Distanz.

„Glaubst, die Marie ghört dir allein?", schrie der Motl. „Du hast ja eh so viele Weiber, da geht ja jeden Tag a andere ein und aus bei dir daham. Die Susi, die Burgi, die Lenscherl, die …", dann fiel ihm kein Name ein, „… die Svetlana …", kam dann noch hinterher.

„Motl – geh heim und schlaf deinen Rausch aus!", empfahl ihm der Maier Hias.

„I geh nirgendwo hin ohne meine Marie …"

„Wow, wow, wow – ihr zwei Rindsviecher." Marie musste eingreifen. „Motl, ich muss dir leider sagen, dass mich der Kreislauf zusammengehaut hat, als es plötzlich finster wurde, darum hab ich mir den erstbesten Platz ausgesucht …"

„Was? I bin net der Erstbeste! I glaub, i spinn! Geh, lasst's mi da alle in Ruh!" Er schüttete sein Bier in Richtung Bürgermeister, leider stand der Maier Hias dazwischen und bekam die ganze Ladung ab. Mit einem „Leckts mi am Oarsch!" trampelte der Motl raus bei der Tür.

„Na dann", sagte Marie, „ich mach mich auch auf den Weg. Feierts schön weiter, ich hab genug für heute."

„Marie, soll ich dich nach Hause bringen?", schlug der Bürgermeister kleinlaut vor.

„Nein, ich kann das schon selber. Kümmer du dich nur um deine anderen *Weiber*, der Motl hat ja nicht unrecht …"

Und raus war sie bei der Tür. Und diesmal klatschte niemand!

DONNERSTAG

Vier Uhr morgens. Marie konnte immer noch nicht einschlafen. Sie hatte die Fensterläden geschlossen und zusätzlich einen schweren, dunklen Vorhang vorgezogen. Wie jede Nacht. Es musste ja niemand wissen, dass bei ihr die ganze Nacht das Licht brannte. Brennen musste!

Seit sie den Heimatabend verlassen hatte, spukten ihr die Worte vom Hausberger Motl im Kopf herum. Sie wusste, dass der Bürgermeister wechselnde Beziehungen hatte, er ging offen damit um. Aber dass der Motl die Svetlana erwähnt hatte, machte sie etwas stutzig. Wie kam der darauf? Mit einem Mal wusste sie nicht mehr, wem sie vertrauen konnte. Diese beiden Morde – längst war sie davon überzeugt, dass beides keine Unfälle gewesen waren – machten ihr schwer zu schaffen. Vielleicht sollte sie doch Hilfe vom LKA anfordern, ihr Postenkommandant Hans Schlurf hätte ihr sofort jemanden geschickt, auch wenn er das ganze Tamtam nicht ausstehen konnte. War es Anmaßung, dass sie selbst diesen Fall lösen wollte? Schließlich hatte sie keinerlei Erfahrung. Ein paar Bücher über Kriminaltechnik und Psychologie, mehr konnte sie nicht vorweisen. Viel zu wenig, um echte Morde aufzuklären. Aber jetzt konnte sie nicht mehr zurück. Und wollte auch nicht. Sie würde es hinkriegen, so wie sie alles bisher bewältigt hatte. Fast alles – und auch ihre bösen Geister würde sie besiegen, da war sie sich ganz sicher. Und das Brummen in ihrem Schädel wurde auch weniger, langsam kam ihre Energie zurück. Ab fünf Uhr war dann wirklich so etwas wie Schlaf möglich.

VERHÖR

Marie musste warten. Der Bürgermeister hatte sich noch nicht blicken lassen, sie würde ihn später anrufen. Von Dr. Haubner und dem italienischen Geistheiler war auch weit und breit noch nichts zu sehen. Zehn Uhr war lange vorbei. Marie nutzte die Zeit, um ein paar Anrufe zu tätigen. Gott sei Dank!

Irgendwann bequemte sich der Anwalt doch noch dazu, gemeinsam mit Alfredo Cavallo im Polizeikammerl vorbeizuschauen.

„Na, da war ja noch mächtig was los gestern!" Dr. Haubner schien schon bestens informiert. „Der Motl ist eh ein fescher Bursch, sauft halt ein bisserl viel. Aber sonst … Wird das was mit euch beiden?", legte er gehässig nach.

„Um den Motl geht es heute nicht."

Alfredo Cavallo wollte noch einen drauflegen. „Hab ich mir gleich gedacht, dass da was läuft mit Amore zwischen euch! Genau wie bei der Signora aus Wien und dem langen Tobi."

„So, jetzt sag ich Ihnen mal was, es geht überhaupt niemanden was an, bei wem was und wie läuft, ist das klar?"

„Läuft wenigstens die Kaffeemaschine?" Dr. Haubner grinste.

Auf Maries energisches „Nein, die läuft auch nicht!" brummte er nur: „Hab ich mir gleich gedacht!"

„Also, weswegen ich Sie herbestellt habe – ich habe erfahren, dass Sie, Herr Haubner, die Svetlana schon lange kennen."

„Ja und? Nur weil ich sie kenne, bin ich jetzt verdächtig, oder was?"

„Das werden wir noch sehen. Schießen Sie mal los, wie haben Sie sie denn kennengelernt?"

Etwas widerwillig erzählte der Anwalt die Geschichte, die Marie tags zuvor von ihren beiden Hilfssheriffs erfahren hatte. Nur das Ende ließ er aus, der großkotzige Advokat, der seinen Trachtenanzug bis zum Bersten ausfüllte.

„Und als Ihre Mutter dann gestorben ist, haben Sie Svetlana einfach nach Marienschlag vermittelt?"

„Ja, genauso war's", bestätigte Dr. Haubner nach kurzem Nachdenken.

„Da hab ich allerdings etwas anderes gehört! Nämlich, dass Svetlana schon vorher den Job bei Ihrer Mutter aufgegeben hat, weil Sie Ihre Finger nicht im Zaum halten konnten!"

Jetzt wurde er rot, der windige Anwalt. „Von wem haben Sie diesen Blödsinn?", fuhr er Marie an. Aber er fing sich gleich wieder. „Passen Sie auf, was Sie da sagen, sonst verklag ich Sie laut Paragraph 111 Strafgesetzbuch. Ich nehme an, Sie wissen, was das bedeutet? Üble Nachrede, Rufschädigung, die ganze Palette. Ich mach Ihnen die Hölle heiß …"

„Herr Haubner …"

„Doktor Haubner! Herr Dr. Haubner! Rechtsanwalt! Und Sie können sich gar nicht vorstellen, was Ihnen blühen wird, wenn Sie diese ungeheuren Behauptungen weiterverbreiten. Ich hab da Kontakte, von denen …"

Marie fiel dem Mann ins Wort. „Herr Haubner! Gut – Herr Dr. Haubner! Sie streiten also ab, dass Sie Svetlana sexuell belästigt haben und sie deswegen die Pflege Ihrer Mutter aufgegeben hat? Und dass Svetlana sogar eine Anzeige am Posten Steyr aufgegeben hat, die Sie aber mit Ihren Kontakten abwenden konnten?"

Dr. Haubner war ganz still geworden. Und Alfredo Cavallo schaute ihn verwundert an. Das hatte er anscheinend nicht gewusst.

„Ich habe vorhin noch ein paar Telefonate geführt. Gut, dass Sie mich haben warten lassen", fuhr Marie fort. „Soll ich Ihnen sagen, was ich glaube? Ich glaube ganz stark, dass Sie einen Mega-Hass auf Svetlana gehabt haben, nachdem Sie von ihr angezeigt worden waren. Sie waren offenbar der Meinung gewesen, dass sich eine Pflegerin ja ruhig auch mal um den Sohn kümmern könnte. Doch sie hat sich nicht alles gefallen lassen und hat daraus ihre Konsequenzen gezogen. Und ein Mann wie Sie, mit Ihren Kontakten und Ihrem Einfluss, der kann sich da schon in seiner Ehre gekränkt fühlen, wenn sich plötzlich jemand gegen einen stellt. Vor allem so eine kleine ausländische Hilfskraft, die eigentlich froh sein müsste, dass sie für einen arbeiten durfte. War das nicht so? Dachten Sie nicht genau das?"

Marie wusste, dass sie übers Ziel hinausschoss und dem jetzt hemmungslos dahinschwitzenden Kerl Sachen unterstellte, die nicht zu beweisen waren. Professionell war das nicht. Aber er machte sie wahnsinnig, ihr ausgeprägter Sinn für Gerechtigkeit ließ sie einiges vergessen, was sie im Polizeidienst gelernt hatte. „Als Sie Svetlana in Marienschlag wieder getroffen haben, ist in Ihnen die ganze Vergangenheit wieder hochgekommen, und Sie haben sie im Silo vom Trummer-Bauern entsorgt. Oder Ihr Knecht, der Herr Cavallo."

„Nein, so war's nicht!", stellte Dr. Haubner entrüstet fest. „Ich hab gar nichts gemacht! Ja, die Svetlana hat da was falsch verstanden damals. Und sie hat das auch gemeldet. Aber es ist nichts draus geworden, weil ich ja nichts gemacht hab. Und außerdem war sie ja schon seit zwei Jahren hier, warum sollte ich sie jetzt *entsorgt* haben, wie Sie das – im Übrigen äußerst geschmacklos, wie ich sagen möchte – ausgedrückt haben."

Marie wusste auch darauf eine Antwort: „Weil Sie mitbekommen haben, dass Svetlana irgendetwas mit dem Lottogewinn vom Gringo zu tun gehabt haben könnte. Zwei Fliegen mit einer Klappe. Und Ihr italienischer Freund hat Ihnen eventuell dabei geholfen. Vielleicht auch beim Gringo? Wahrscheinlich haben Sie ihn mit dem Lottogewinn vom Gringo aufgestachelt, damit er Ihnen hilft, die Svetlana …"

„Ich habe gar nix gemacht! Ich habe Svetlana noch nie gesehen", verteidigte sich Alfredo Cavallo lautstark.

Und dann wandte er sich an Dr. Haubner. „Ist das wahr? Warum haben Sie mir nichts davon gesagt, dass Sie die Svetlana kennen?"

„Man muss nicht alles wissen", knurrte Dr. Haubner. „Es war auch nicht wichtig. Ich sag euch beiden – ich habe nichts mehr mit Svetlana zu tun gehabt, seit damals!"

„Und mich wollten Sie auch nicht über den Haufen fahren am Montag? Damit ich nicht gegen Sie ermitteln kann? Oder was war das am Zebrastreifen vor der Schule in der Früh? Das waren ganz eindeutig Sie in Ihrem schwarzen Landrover."

„Ja, gut – das ist passiert. Und gut, es tut mir leid! Ich hatte gerade mit einem Mandanten telefoniert und war etwas abgelenkt. Vielleicht war ich auch etwas zu schnell unterwegs, ich wollte meine Jagdkameraden nicht warten lassen. Und außerdem hätt ich nicht damit gerechnet, dass irgendjemand, schon gar nicht Sie, schon in aller Herrgottsfrüh unterwegs ist."

„Für mich schaut das alles sehr sonderbar aus. Ich behalte Sie im Auge. Euch beide! Vielleicht können Sie sich ja schon mal nach einem Anwalt umschauen …"

Jetzt musste Dr. Haubner lachen. Langsam gab er sich wieder kämpferisch. „Passen Sie auf, dass nicht Sie einen Anwalt brauchen. Was Sie uns vorgeworfen haben, ohne Beweise, ohne irgendwelche Anhaltspunkte, das grenzt an Verleumdung. Ich werde mir weitere Schritte gut überlegen!"

„Ja, ja – Sie mit Ihren tollen Kontakten, Ihnen fällt da bestimmt was ein. Aber ich sag Ihnen, dann erfahren alle von Ihren Grapschattacken gegen eine hilflose Pflegerin und von Ihren sonstigen Machenschaften. Und dann können Sie sich Ihre Kontakte sonst wohin schmieren …"

Als Maries Telefon läutete, schmiss sie noch ein ruppiges „Auf Wiedersehen, meine Herren!" hinterher und deutete auf die Tür.

„Warte, Tobi", rief Marie knapp ins Telefon, „bis mein Besuch gegangen ist."

In dem Moment kam der Bürgermeister herein. „Oh, meine Herren, wollen Sie unser Gemeindeamt schon verlassen? Keinen Kaffee noch?"

„Ah, habt's die Kaffeemaschine repariert? Aber jetzt brauch ich auch keinen mehr …" Mit hastigen Schritten verließ Dr. Haubner das Büro. Sein Spiritistlerfreund hatte große Mühe, mit ihm Schritt zu halten.

„Die Tür war nur angelehnt", sagte der Bürgermeister. „Ich habe fast alles mitgehört, sorry. Aber willst du die wirklich laufen lassen? Die sind ja höchst verdächtig, oder?"

„Ja, mag schon sein", antwortete Marie. „Und irgendwie auch wieder nicht. Der Haubner ist zwar ein großkotziger Mistkerl,

aber ob der sich selbst schmutzig machen würde? Und sein Geisterbeschwörer hat wirklich nichts gewusst. Oder er ist ein guter
Schauspieler …"

„Marie …" Ganz leise hörte man Tobi aus dem Handy rufen.

„Oh, entschuldige, Tobi! Was gibt's?"

„Marie, es ist was passiert. Was richtig Schiaches! Beim Trummer-Hof …"

GEMETZEL

„Tobi, beruhige dich erst mal. Was ist denn so Schreckliches passiert?"

„Der Franz …", keuchte Tobi. Und dann war die Verbindung unterbrochen.

Marie rief zurück, mehrmals, aber Tobi ging nicht mehr ran. Also musste sie selbst beim Trummer-Bauern vorbeischauen, um rauszufinden, was denn so *Schiaches* dort geschehen war.

„Komm bitte mit, Karli. Der Tobi hat gerade vom Trummer-Hof angerufen, da muss was passiert sein …"

„Aber ich hab … – egal!" Und schon rannten die beiden durch die Gassen von Marienschlag.

Am großen Eingangstor der Trummers stand Janine und rief aufgeregt: „Da, kommt's mit, hinten neben dem Silo!"

Sie stürmte mit dem Bürgermeister hinter Janine her, die im Laufen rief: „Habt's eh noch nichts gegessen heute?"

Und dann sahen sie die Bescherung.

Die Trummers waren heiztechnisch völlig unabhängig von russischem Gas oder Öl, weil sie ihre Brennstoffe selbst produzierten. Holz gab's genug, natürlich aus dem eigenen Wald, und so hatten sie sich vor ein paar Jahren eine moderne Hackschnitzelheizung angeschafft. Neben dem Güterweg, der auf der Rückseite des Hofs vorbeiführte, hatten die Trummers einen Riesenhaufen mit Fallholz, dünnen Stämmen und Ästen angesammelt. Daneben stand ein Trumm von einem Holzhäcksler, der auf einem mächtigen John-Deere-Traktor montiert war. In den Häcksler passten Baumstämme bis zwanzig Zentimeter Durchmesser, die über ein Förderband reingezogen und ganz klein geschreddert wurden und beim Auswurf als Hackschnitzel rauskamen. Das war die normale Funktion eines Holzhäckslers. Dass man damit auch ganz was anderes zerschnippeln konnte, das hatte bisher keiner der Anwesenden geahnt.

Ab heute wussten sie es. Auf dem Förderband des Einzugs lagen keine Holzstämme, sondern die obere Hälfte des Trummer

Franz. Sein Gesicht war grauenvoll verzerrt, die Augen hatte er weit aufgerissen. Ab der Hüfte war sein Körper im Schneidwerk des Häckslers gefangen, und hinter dem Auswurf gab es statt der winzigen Holzschnitzel eine mächtige Sauerei in Rot! So als hätte Hermann Nitsch ein blutrünstiges Orgien-Mysterien-Theater veranstaltet.

Tobi stand versteinert daneben. Marie sah sofort, dass man den Franz nicht mehr retten konnte, weil er bestimmt um einen Meter kürzer war als noch vor ein paar Stunden. Trotzdem fühlte sie ihm den Puls an der Halsschlagader, aber da war nichts mehr zu spüren.

„Wahnsinn! Der arme Franz … Tobi? Wie ist denn das passiert?" Marie hatte tausend Fragen, doch Tobi stand nur da, er war kreidebleich und brachte kein Wort hervor.

Janine musste wieder für ihn einspringen. „Wir wollten uns noch mal am Hof umsehen, da haben wir den Häcksler gehört, und irgendjemand hat geschrien wie am Spieß."

„Ja, dann war er da, der Trummer-Bauer …" Langsam verirrten sich wieder ein paar Worte aus Tobis Mund. „Ich bin dann hin zu ihm …"

„Hat er da noch gelebt?", wollte Marie wissen.

„Ja, er hat furchtbar geschrien. Ich hab versucht, ihn rauszuziehen, aber er ist da voll drinnen gesteckt. Er ist immer leiser geworden, das war so schrecklich …" Tobi zitterte am ganzen Körper und hatte Tränen in den Augen. „Und dann hat er mir noch was zugeflüstert …"

„Was? Was hat er dir zugeflüstert? Tobi! Komm, was hat er dir gesagt?"

Tobi war erneut in Schockstarre verfallen. Marie ließ nicht locker, bis der Junge endlich wieder ein paar Worte rausbrachte. „Irgendwas mit ‚Mei Bua' hat er zu mir gesagt. Und dabei hat er mich so komisch angeschaut, bevor er dann gar nix mehr sagen konnte, weil …" Tobi weinte jetzt hemmungslos.

„Mei Bua? Was heißt ‚Mei Bua'? Janine, hast du das auch gehört?" Marie wollte den armen Jungen nicht weiter quälen.

„Ja, aber es hätte auch durchaus ‚Mei Rua' heißen können. Vielleicht wollte der Trummer-Bauer einfach seine Ruhe haben, bevor er ganz im Häcksler verschwindet. Kann ja sein, oder?"

„Und dann", presste Tobi mit zitternder Stimme heraus, „und dann hat er einen Schnaufer gemacht, die Augen überdreht und – weg war er …"

„Hat jemand einen Krankenwagen verständigt?"

„Nein! Das ist alles so schnell gegangen …"

„Was muss der für Schmerzen gehabt haben, unvorstellbar." Jetzt war auch Marie den Tränen nah. Es gab so viele Todesarten, die man den größten Tyrannen nicht wünschen würde. Bei lebendigem Leib zerhäckselt zu werden stand ganz oben auf dieser Liste. Das hatte kein Mensch verdient.

„Habt's sonst noch was gesehen? Wie ist denn der Franz da reingekommen? Ein Unfall wird's ja nicht gewesen sein, wer steigt schon mit den Füßen voraus in so ein Gerät. Oder doch? Vielleicht hat sich ein Holzstück verklemmt, und der Franz wollte es mit dem Fuß irgendwie lösen? Aber der war ein Profi in solchen Dingen, dass dem so etwas passiert?" Marie sprach mehr mit sich selbst. „Wer hat denn den Häcksler ausgeschaltet?"

„Weiß nicht", überlegte Janine laut. „Komisch, jetzt wo du fragst – wir waren es nicht. Draußen vor dem Hof haben wir die Maschine noch gehört, aber sie war aus, als wir dann vor dem Häcksler gestanden sind. Da haben wir nur mehr den Trummer schreien gehört … Ich glaube, da ist jemand weggerannt, als wir gekommen sind."

„Weggerannt?"

„Da war zumindest ein Schatten, hinten beim Ladewagen. Tobi ist ihm dann nach …"

„Ja, aber vorher hab ich dich angerufen. Mei, ich hab zittert am ganzen Körper. Schau, es fängt schon wieder an. Und dann hast du mich auch noch warten lassen am Handy." Es hatte fast den Anschein, als ob sich Tobi gleich in die Hose machen würde. „Ich bin fast über die Scheibtruhe gefallen, die neben dem Häcksler gestanden ist. Dann hab ich überall gesucht, bin sogar über eine Stiege in einen Keller runter, hab aber den Lichtschalter nicht gefunden. Grad, als ich das Handylicht einschalten wollte, hast du endlich Zeit für mich gehabt. Ja, und dann hat's mich über etwas drüber geschmissen, und das Handy ist mir aus der Hand gefallen …"

„Tobi, tut mir leid! Da war grad der Haubner … egal. So wie sich das alles anhört, war das bestimmt kein Unfall!", resümierte Marie. Sie wusste, was in so einem Fall zu tun war. Ihr Postenkommandant war bestimmt nicht begeistert, aber jetzt musste die ganze Kavallerie her – Spurensicherung, Forensik, Profiermittler – kurz: LKA.

„Hallo, Marie! Sag bloß net, ihr habt's schon wieder eine Leich?", hörte Frau Revierinspektorin Unterholzer ihren Postenkommandanten Hans Schlurf aus dem Telefon lachen. Aber dieses Lachen verging ihm augenblicklich, als er vom geschredderten Trummer Franz erfuhr.

„Was ist denn los bei euch?", hörte Marie ihn schreien. „Seit du in Marienschlag bist, ist da keiner mehr sicher! Hättest du net in Graz bleiben können?"

Na super, das hatte Marie noch gebraucht. Und ihr Vorgesetzter war noch nicht fertig, er bellte weiter: „Du weißt, was das heißt? Ich muss jetzt das LKA ankurbeln. Danke, Marie! Dabei hat der Tag so schön begonnen …"

Langsam wurde es ihr zu bunt. „Ja glaubst du denn, ich hab den Trummer Franz da reingesteckt? Was kann denn ich dafür? Und wenn ich gewusst hätte, was du für ein Choleriker bist, wär ich eh lieber in Graz geblieben."

Nach einer kurzen Stille hatte sich Hans Schlurf gefangen. „Du, pass auf, was du sagst! Du bist schneller wieder bei die Steirer, als du glaubst. So, jetzt muss i in der Zentrale anrufen. I hoff, die schicken uns wen Gscheiten. Und du, Marie, rühr nix an. Aber das muss i dir ja hoffentlich eh net sagen – oder? Und pass auf, dass es net noch ein paar Tote gibt, bei euch im Dorf, sonst habt's schon bald keinen Platz mehr auf dem Friedhof!"

AM TATORT

Marie war sauer auf ihren Chef. Da stirbt ein Mensch auf grausamste Weise, und ihm fiel nichts Besseres ein, als ihr Vorwürfe zu machen. Sie wusste, dass er ein Hitzkopf war, aber seine Anschuldigungen waren unverschämt. Das konnte sie nicht auf sich sitzen lassen, nur jetzt blieb keine Zeit dafür, das mit ihm persönlich zu klären. Jetzt musste sie die Sache hier vor Ort in die Hand nehmen, bis die Kollegen des LKA eintrafen.

„Also, passt mal alle auf …“

Tobi, Janine und der Bürgermeister sahen sie fragend an.

„So wie es ausschaut, könnte das auch Fremdverschulden sein! Wir dürfen nichts verändern, nichts mehr berühren, das ist jetzt die Sache vom LKA.“

„Oh, verstehe! Natürlich“, sagte der Bürgermeister. „Aber du darfst schon noch weiter ermitteln – oder?“

„Ich weiß ehrlich nicht, wie es weitergeht. Wahrscheinlich nehmen die mir alles aus der Hand … Weiß wer, wo die Helene ist? Und der alte Sepp?“

„Die dürften nicht da sein. Die hätten doch den Lärm hören müssen, den der Häcksler gemacht hat …“, kam vom Bürgermeister.

„Ich schau mal drinnen nach“, sagte Marie.

„Da komm ich mit! Wer weiß, was da noch alles passiert ist?“ Karl Kiefer war sichtlich besorgt.

Während Tobi und Janine sich auf die Suche nach dem verlorenen Handy machten, gingen die beiden ins Haus. In der Küche roch es nicht besonders gut.

„Jo wo isch denn heit die Schwetlana?“ Im Rollstuhl neben dem Küchentisch saß der Trummer Sepp und hatte wie immer dieselbe Frage. Aber statt einer Antwort schrie ihm der Bürgermeister „Weißt du, wo die Helene ist?“ direkt in die tauben Ohren.

„Weiß net? Vielleicht bei da Schwetlana?“, war seine Antwort.

„Na hoffentlich nicht!“, entkam es dem Bürgermeister, aber das konnte der schwerhörige Altbauer nicht hören.

„Brauchen Sie irgendwas?“, schrie ihn Marie an.

„Na, na – nur die Schwetlana …“

Da er anscheinend so weit zufrieden und die Helene nirgendwo zu finden war, gingen Marie und der Bürgermeister zurück in den Hof und hörten, wie Tobi Janine erklärte, dass die Durchschnittsgröße der Männer in Österreich bei einem Meter achtundsiebzig läge. Janine meinte trocken: „Dann haut der Trummer Franz den Durchschnitt jetzt ganz schön zusammen.“

„Schaut aus, als hättet ihr euch wieder etwas erholt von dem Schock“, sagte Marie.

Als wollte er das unterstreichen, legte Tobi noch einen nach. „Und wusstest du, dass sich in jedem menschlichen Körper 0,2 Milligramm Gold befinden? Wenn man also genug …“

„Geh, Tobi, bitte, das muss ja jetzt nicht sein!“

Für Marie kamen die Ausführungen des langen Schülers eindeutig zum falschen Zeitpunkt.

Da tippte ihr jemand auf die Schulter.

„Herr Dr. Mayerhofer, was machen denn Sie da?“

„Ich komme anscheinend immer rechtzeitig, wenn es eine Leiche gibt!“, antwortete der Rechtsmediziner.

„Na ja, rechtzeitig wär, wenn es *keine* Leiche geben würde.“

„Man kann nicht alles haben! Apropos *haben*, ich hab da was rausgefunden, und das wollte ich Ihnen persönlich mitteilen. Und außerdem hat mich der Jerome angerufen und mich gebeten, nach Janine zu schauen. Er hat mit ihr telefoniert und macht sich etwas Sorgen …“

Marie war nicht davon überzeugt, ob das die richtige Entscheidung war. Der Einfluss von DDr. Chrisi auf Janine schien ihr suboptimal, aber bitte, das war nicht ihre Sache.

Janine meinte nur trocken: „Ja, manchmal denkt er ja doch noch an mich, mein lieber Herr Stargeiger. Du hättest aber nicht extra herkommen müssen, es ist alles wunderbar. Bis auf den Trummer Franz natürlich, dem geht’s nicht so gut …“

„Also, was haben Sie für mich?“, fragte Marie.

„Erstens: Ich habe die Hämatome im Halsbereich von Svetlana mit alten Fällen verglichen. Wie ich vermutet habe, genau so schauen Selbstmörder aus, die mit einer Schlinge um den Hals vom Küchenkastel gesprungen sind."

„Aber wie ist sie denn dann im Silo gelandet?"

„Das müssen Sie rausfinden. Und noch etwas: Die Verletzung mit dem Strick war nicht tödlich. Sondern sie hatte jede Menge Gift im Körper."

„Also doch Gärgas?", hakte Tobi nach. „Warum hat es dann Marie nicht auch erwischt?"

„Kein Gärgas! Herzstillstand."

„Na was jetzt?" Marie war verwirrt.

„Herzstillstand durch Colchizin! Ja, Sie müssen mich jetzt nicht so entgeistert anschauen, Colchizin ist hier überall. In allen Herbstzeitlosen ist das drin. Wenn du dir da einen Salat draus machst, war's das. Unbehandelt kann das Gift innerhalb von achtundvierzig Stunden zu Multiorganversagen führen."

„Sie wollen sagen, Svetlana hat sich erhängt und ist dann vergiftet worden?"

„Oder sie hat es mit Bärlauch verwechselt. Kommt immer wieder mal vor."

„Und ist dann selbst in den Silo gesprungen?", fragte Janine nach.

„Ja, du hast recht, das ist höchst unwahrscheinlich."

„Also wenn da wirklich jemand nachgeholfen haben sollte, dann wollte er auf Nummer sicher gehen", dachte Marie laut nach. Und dann kam ihr noch ein Gedanke, zwar ein weit hergeholter, aber sie musste ihn loswerden. „Vielleicht ist der Trummer Franz nicht auch einfach nur verhäckselt worden? Wenn Sie schon mal da sind, wollen Sie ihn sich vielleicht noch anschauen, bevor die Kollegen vom LKA den Fall übernehmen?"

„Keine schlechte Idee, warten Sie, ich hol noch rasch ein paar Sachen aus dem Auto. Ich werde dem armen Kerl etwas Blut abzapfen und das analysieren lassen. Wenn er ein paar Herbstzeitlosen gefuttert hat, sollte man das da schon sehen. Um ganz sicher zu sein, müsste ich eine Magenprobe entnehmen, aber das lassen wir lieber – obwohl, a bisserl was wär eh noch da vom Magen, der Rest pickt wahrscheinlich drüben an der Stadlwand …"

So genau wollte es Marie nicht wissen.

Als DDr. Mayerhofer seine Arbeit beendet hatte, bat sie ihn doch um seine fachmännische Einschätzung.

„Also wenn ich jetzt offiziell als Rechtsmediziner hier wäre – was ich ja nicht bin –, würde ich Folgendes diagnostizieren: Der Tod trat infolge massiver Traumata durch eine mechanische Zerkleinerungsmaschine, landläufig Hackschnitzelhäcklser genannt, ein, wobei der Körper zuerst an den unteren Extremitäten erfasst wurde. Durch die heftigen Gewebezerstörungen und dem damit verbundenen Blutverlust erlitt der Verstorbene wahrscheinlich relativ schnell einen hypovolämischen Schock, der zum Kreislaufversagen führte. Aber bis zum ‚Aus die Maus‘, wie euer Dr. Specki sagen würde, hat's etwas gedauert. Der Tod wird vermutlich erst ein paar Minuten nach Beginn der Verletzung eingetreten sein."

„Er hat also alles mitbekommen? Bei lebendigem Leib …" Marie konnte nicht weiterreden, zu sehr nahm sie die Vorstellung mit, welche Schmerzen der Trummer Bauer hatte erleiden müssen.

„Ja, davon ist auszugehen." DDr. Mayerhofer sagte das kühl und sachlich, er hatte bestimmt oft tragische Fälle auf seinem Obduktionstisch in der Gerichtsmedizin liegen. „So, jetzt muss ich weiter …" Er versicherte sich kurz bei Janine, ob alles in Ordnung sei, und stieg in sein Auto.

Auf das „Dankeschön", das Marie ihm durch das offene Fenster zurief, entgegnete der Doppeldoktor: „Keine Ursache!" und startete den Wagen. „Oh, fast hätt ich es vergessen – ich hab da noch was …" DDr. Mayerhofer machte es spannend.

Nach einer kurzen Pause eröffnete er der verdutzten Marie: „Svetlana war schwanger!"

KAVALLERIE

Drei Stunden hatte es gedauert, aber jetzt war sie da, die geballte Ladung an hochprofessionellen Ermittlern in Form des Kommissarenduos Annette Waidrich und Thorsten Winkler. Zumindest stellten sich die beiden so bei Janine vor, nachdem sie ihren Dienst-Audi auf einem Platz neben dem Heustadl eingeparkt hatten, den ihnen die Wienerin gezeigt hatte. An ihrer Seite waren vier Mann der Spurensicherung, dazu noch ein Arzt und ein Leichenwagen mit ebenfalls vier Mann Besatzung.

„So, wir übernehmen jetzt das Schlamassel. Schaun wir uns mal an, was da los ist bei den Gscherten …", hörte Janine Kommissar Winkler zu seiner Kollegin sagen. Augenblicklich hatte Janine ihren Frust auf das Dorf und die *hinterwäldlerischen* Bewohner vergessen, mit den „Gscherten" fühlte sie sich persönlich angegriffen. Und das weckte ihre Kampfrhetorik, schlussendlich war das ja auch ihr Fall. Sie drehte sich um und schrie förmlich über den Hof, sodass es auch die anderen hören konnten: „Susi und Strolchi vom LKA sind da. Jetzt wird alles gut …"

Kommissar Strolchi Winkler schien baff: „Und Sie sind?"

„Janine Schultner! Ich wollte Sie nur ganz herzlich willkommen heißen bei den Gscherten."

„Ah, Sie sind bestimmt die Polizistin da in diesem Kaff?"

„Aber geh!" Janine konterte auf Wienerisch. „So richtig gut habn Sie sich aber nicht vorbereitet, sonst wüssten's, wer da das Sagen hat, nämlich die Marie, unsere Revierinspektorin …"

„Das Sagen haben ab jetzt wir. Nur, damit das mal klar ist!" Strolchi wirkte mächtig angepisst. „Und nur so mal zum Mitschreiben – wir zwei sind seit zehn Jahren ein eingespieltes Team. Und wir haben eine Aufklärungsrate von einundneunzig Prozent. Sie wissen, was da heißt? Wir sind Profis auf dem Gebiet, und da würde ich mir schon ein bisschen mehr Respekt erwarten. Verstanden?"

„Ui, ui, ui – da hab ich jetzt aber richtig Angst vor Ihnen."

„Also, wo ist jetzt diese Marie? Und wir zwei sprechen uns später noch …"

„Natürlich, nichts lieber als das!", log Janine dem Kommissar ins Gesicht. „Da drüben steht sie, bei dem langen Lulatsch."

Während die beiden Ws aus der Landeshauptstadt zu Marie marschierten, machten sich die Spurensucher über den gekürzten Trummer Franz her. Janine sah ihnen gespannt zu – was den komplett in weiße Ganzkörperoveralls verpackten Spezialisten offensichtlich nicht taugte. Vor allem, weil Janine es nicht lassen konnte, sie mit guten Ratschlägen und Tipps und Tricks zu versorgen.

„Entschuldigung, können Sie bitte Ihren Schlapfen halten und uns unsere Arbeit machen lassen? Es freut mich, dass Ihr Freund Rechtsmediziner ist, aber der kann uns jetzt auch nicht helfen – und glauben Sie uns bitte, wir haben das schon ein paarmal gemacht! Also, gehen Sie hinter die Absperrung und lassen Sie uns in Ruh."

Janine dachte nicht daran. Und sie bekam Verstärkung. Tobi gesellte sich zu ihr, gemeinsam überprüften sie jeden Handgriff der Spurensicherung, hatten einige Verbesserungsvorschläge, und Janine kommentierte diese ausschweifend. Bis zwei der Männer in blutverschmierten Overalls auf Janine und Tobi zustürmten und sie mit sanfter Gewalt hinter die Absperrung bugsierten.

Janine war das gar nicht recht: „Lasst mich los, ihr Deppen. Ja – ich geh ja schon. Und für den Fall, dass ihr nicht wisst, wie ihr den Franz da wieder rausbringt, Tobi hat eine Lösung: Ihr braucht nur den Häcksler verkehrt herum einschalten, dann wurschtelt er sich schon irgendwie wieder ins Freie."

SCHLURF

Irgendwann hatte man es geschafft, den Trummer Franz aus dem Häcksler zu klauben, was nicht so einfach gewesen war. Die größeren Fleischstückchen, die überall im Stadl verstreut lagen, wurden genauestens dokumentiert und in kleinen Plastiksackerln verstaut. Der restliche halbierte Trummer Franz lag bereits in einer dunklen Plastiktruhe auf der gekühlten Ladefläche des Leichenwagens.

Der Bürgermeister war vor dem Eintreffen des LKA zurück ins Gemeindehaus gefahren, nicht ohne sich vorher vergewissert zu haben, dass Marie auch ohne ihn auskäme. Statt seiner hatte Marie nun einen anderen Mann an ihrer Seite – ihr Postenkommandant hatte es sich nicht nehmen lassen, persönlich am Tatort aufzukreuzen.

Hans Schlurf war nicht größer als ein Meter siebzig, ein dürres Mandl, würde man sagen, und seine Uniform sah aus, als wäre sie ihm drei Nummern zu groß. Seine nicht vorhandene Körpergröße versuchte er immer wieder einmal mit aufbrausendem Verhalten wettzumachen. Aber eigentlich kamen sie doch ganz gut miteinander zurecht. Jetzt wurde er von seiner Frau Revierinspektorin über die neuesten Erkenntnisse informiert, sie erwähnte auch die aktuellsten News des Doppeldoktors aus Wien und wollte gerade auf das Telefonat zu sprechen kommen, als die beiden Ermittler ihre Befragung starteten.

Und sofort begriff Marie, warum ihr Boss nicht sehr viel hielt von den Kollegen vom LKA. Grüßen war schon mal nicht ihre Stärke, und bereits die erste Frage der beiden Ws zeigte ihre Präpotenz und Abgehobenheit: „Ich nehme an, Frau …", Thorsten Winkler warf einen Blick in sein iPad, „… ah ja, da steht's ja – Frau Revierinspektorin Unterholzer, … also ich hoffe stark für Sie, dass Sie nix verändert haben am Tatort? Das darf man nämlich nicht!", meinte er oberlehrerhaft. „Dass Sie nicht in unsere Spuren getrampelt sind, nix weggewischt oder geputzt haben und so weiter? Ich nehme an, dass Sie das wissen? Wenn man zu einem Tatort kommt, ruft man sofort die Spezialisten, nämlich uns, und dann greift man nichts an. Ist das klar? Das sollte sich auch bis in die tiefste Provinz rumgesprochen haben." Er lachte boshaft, und sein zweites W, Kollegin Annette Waidrich, lachte mit.

Marie war nicht zum Lachen. Und ihrem Chef Hans Schlurf auch nicht. Er sagte ruppig: „Und ich nehm an, dass Sie wissen, wie man mit einer Kollegin spricht. Wir sind hier zwar am Land, aber wir sind net deppert. Also, einen anderen Ton, wenn ich bitten darf! Frau Unterholzer hat eine Menge Erfahrung, sie war viele Jahre in Graz und hat dort selbst Ermittlungen geleitet. Die weiß ganz genau, was man darf und was net!"

Marie warf ihrem Chef einen erstaunten Blick zu, das war ja mal eine ganz andere Seite, die er heute zeigte. Und dass sie in Graz Ermittlungen geleitet haben sollte, davon hatte sie bislang selbst nichts gewusst.

Bevor sie etwas sagen konnte, übernahm wieder Thorsten W. das Wort: „Ist ja gut, Sie glauben gar nicht, was wir alles erleben. Es gibt polizeiliche Dorfkaiser in den Kuhdörfern, die glauben, die Weisheit mit dem Löffel gefressen zu haben. Dabei haben sie keine Ahnung, wie echte Ermittlerarbeit laufen muss. Ich hab nicht gewusst, dass wir da eine so erfahrene Kollegin haben, mitten in diesem Nest. Gratuliere, das muss ja ein Aufstieg gewesen sein, aus Graz hierher. Was haben Sie denn ausgefressen in der Steiermark?"

„Ich hab gar nichts ausgefressen, wenn Sie es genau wissen wollen", antwortete Marie und versuchte ihr schönstes Lächeln. „Ich bin hier aufgewachsen und wollte zurück aufs Land, weil ich wieder an einem Ort leben wollte, wo man die Leute freundlich grüßt und alle mit Respekt behandelt."

Ups – das hatte gesessen! Das war zwar nicht Maries Art, aber es hatte herausmüssen. Den beiden Ws froren synchron die Gesichtszüge ein, und sie brauchten eine Weile, bis ihre Selbstherrlichkeit wieder zutage kam.

„Auf jeden Fall – wir übernehmen ab sofort die Ermittlungen. Sie halten sich zurück und stehen zu unserer Verfügung, wann immer wir Sie brauchen. Verstanden, Frau Kollegin?"

„Natürlich."

„Wer hat die Leiche eigentlich gefunden?"

„Das waren Tobi und Janine – die kennen Sie ja schon …"

„Die Tussi und ihr Pumuckl? Na prima ..." Kommissar Winkler war nicht begeistert.

„Egal!", meinte seine Kollegin. „Da müssen wir durch! Wir werden sie dann noch befragen. Wenn die Spurensicherung fertig ist, werden wir den Toten mitnehmen. Spätestens am Montag sehen wir uns wieder …"

„Am Montag erst? Was soll das heißen?" Marie war doch überrascht.

Jetzt übernahm wieder das erste W – Kommissar Winkler. „Muss ich Ihnen das wirklich erklären? Wo Sie doch selbst Ermittlungen geleitet haben? Aber gut. Der Leichnam wird in die Gerichtsmedizin gebracht, wo unser Rechtsmediziner die Obduktion durchführen wird. Da werden die Art der Verletzung, der genaue Todeszeitpunkt und mögliche Anzeichen eines Verbrechens ermittelt. Der Tote könnte sich ja auch einfach nur unsachgemäß verhalten haben und mit den Füßen probiert haben, das Holz nachzustopfen, oder so …"

„Also, das kann ich mir nicht vorstellen …"

Kommissar Winkler ließ Marie nicht ausreden.

„Sie wissen gar nicht, was uns schon alles untergekommen ist. Wie auch immer, wenn wir erst mal die Spuren ausgewertet haben, wissen wir mehr. Das wird sowieso eine Megaarbeit, bei den vielen Plastiksackerln, in die wir den Toten gepackt haben. Oder Teile davon. Das ist wie ein 3D-Puzzle, und da werden unsere Spezialisten tagelang damit beschäftigt sein. Vielleicht finden wir irgendwo eine fremde DNA, Fingerabdrücke, Kleidungsfasern – das alles wird im Labor analysiert. Knochenarbeit, im wahrsten Sinne des Wortes."

Er sah schmunzelnd zu seiner Kollegin. Marie war nach wie vor nicht zum Lachen zumute.

„Wir werten die Mobilfunkdaten aus, erstellen ein Bewegungsprofil, zusätzlich planen und koordinieren wir die nächsten Ermittlungsschritte und so weiter … Uns wird also nicht langweilig übers Wochenende, das können Sie uns glauben."

„Aber glauben Sie nicht, dass man da …", wollte Marie noch einwerfen.

„Nein, wir glauben das nicht! Egal was!" Kommissar Winkler wurde etwas barsch. „Und Sie – glauben Sie uns bitte, dass wir wissen, was wir tun. Und bitte: Regeln's den Verkehr oder putzen's Ihr Büro, aber fassen's nix an! Nicht, dass es noch mehr Tote gibt!"

LIZENZ ZUM ERMITTELN

Ob die Befragung von Janine und Tobi neue Erkenntnisse zutage gebracht hatte, konnte man aus ihrem selbstherrlichen Gehabe nicht schließen. Die gefürchteten Ws ließen sich nicht in die Karten schauen. Der alte Trummer-Sepp konnte jedenfalls nichts zu den Ermittlungen beitragen, und Helene war nicht auffindbar.

„Seid's lieb zu unseren Leuten, die werden noch ein paar Stunden dableiben und den Hof auf den Kopf stellen. Irgendwas haben die noch immer gefunden …", riefen sie Marie noch zu, als sie in ihren Wagen stiegen. „Bis Montag! Und nichts anfassen!"

Marie lächelte freundlich zurück, wusste aber, dass sie das nie und nimmer versprechen konnte.

Janine und Tobi standen direkt neben ihr, gerade, dass sie nicht alle hinterherwinkten, als die beiden Ws den Trummer-Hof verließen.

„Habt ihr denen nix von dem Schatten gesagt, den ihr weglaufen gesehen habt?"

„Wem? Susi und Strolchi? Welchen Schatten?", flüsterte Janine verschwörerisch. „Außerdem – ist das unser Fall? Oder ist das unser Fall?"

Marie entkam ein breites Grinsen, das auch ihrem Chef Hans Schlurf nicht entging, der gerade näher kam, weil er sich ebenfalls verabschieden wollte.

„Was ist denn jetzt schon wieder? Ich kenne dich, Marie. Wenn du so gspaßig schaust, hast du irgendetwas ausgeheckt …"

„Nein, gar nichts! Janine hat den Ws vom LKA den Namen Susi und Strolchi verpasst, und ich finde, der passt irgendwie."

„Nein, der passt nicht! Das ist viel zu nett für die beiden Vollkoffer. Arsch und Loch würde viel besser passen. I kenn die Würschtl schon lange – gerade die zwei müssen zu uns kommen."

„Man kann nicht alles haben."

„Ja, leider, Marie. Und i sag dir eins – i wär gar net unglücklich drüber, wenn wir die Sache aufklären könnten, bis die zwei am Montag wieder hier einfallen. Also, streng dich an, Frau Revierinspektorin. Vielleicht finden wir ja was übers Wochenende. I helf dir natürlich, wo i kann …"

„Aber ich sollte ja nur Belege sammeln …"

„Nix da! Zeig, was du draufhast! Fang am besten gleich an, frag dich durch im Ort, vielleicht hat wer was gesehen, das uns weiterhelfen kann. Und wenn du wen brauchst von meinem Posten in Neukreuz, i schick dir eine ganze Abordnung vorbei. Also, was is, gemmas an …" Er nickte aufgeregt. „Und noch was!", legte er nach. „Wenn wir den Fall ohne Susi und Strolchi aufklären, versprech i dir, dass i mich einsetze für deinen – wie heißt der – Jakobsweg. Also, streng dich an …"

Marie hatte eigentlich noch das Telefonat ansprechen wollen, aber jetzt hatte sich das erledigt. Sie bekam ganz offiziell von ihrem Chef die Lizenz zum Ermitteln, und offensichtlich traute er ihr zu, den Fall aufzuklären. Und das mit dem Jakobsweg war sowieso der Oberhammer, mehr Motivation gab's ja gar nicht. Es war also alles in Ordnung.

Bis natürlich auf die Tatsache, dass sie keine Ahnung hatte, wer hinter dem Ganzen stecken konnte. Der Dr. Haubner und sein Spiritistlerfreund fielen flach. Zumindest den Franz konnten sie nicht verhäckselt haben. Irgendwie wurde alles immer verzwickter.

Und der alte Trummer-Sepp stank ganz erbärmlich …

LUCKY LUKE

Von Helene Trummer gab es immer noch keine Spur. Marie hatte im Dorf herumtelefoniert und sich durch die umliegenden Häuser gefragt, aber niemand hatte sie gesehen. Der alte Sepp in der Küche blieb auf Dauerschleife: „Jo wo isch denn heit die Schwetlana?" Und dazwischen immer wieder mal: „Kocht's schon?" Vielleicht hat er Hunger, dachte Marie. Sie schmierte ihm ein Butterbrot, das der alte Mann gierig in sich reinstopfte. Und noch eins. Er dürfte schon längere Zeit nichts mehr zu essen bekommen haben. Und er dürfte sich gehörig in die Windeln geschissen haben.

Auf die Schnelle fiel ihr nur die Postl Vreni ein, die als Krankenschwester vielleicht mal nach dem Trummer Sepp schauen konnte. Also kurze WhatsApp-Nachricht an ihre Freundin, die postwendend antwortete: „Bin in zehn Minuten zu Hause!"

Weil Janine und Tobi versicherten, dass sie inzwischen auf den alten Stinker aufpassen würden, knipste Marie mit ihrem Handy noch schnell die Medikamentenpackungen, die in einer Plastikbox am Küchenkastl standen, und machte sich auf den Weg zur Vreni.

„Natürlich helf i ihm, dem alten Scheißer", antwortete Vreni sofort, als Marie ihr die Lage erklärte. „I hab von ihm ja die ganzen alten Lucky-Luke-Hefteln bekommen, er war ein Riesenfan davon. Aber dann hat er's nimmer lesen können mit seine schlechten Augen, und drum hat mir's die Helene vorbeibracht, weil sie gwusst hat, dass i die auch gern les."

„Perfekt – vielen Dank! Und die Windeln müsste man auch wechseln!"

„Kein Problem! Das mach i täglich im Spital." Und dann lachte sie: „I hoff, der Trummer Sepp scheißt net schneller als sein Schatten?"

„Schau mal, Vreni, ich habe seine Medikamente fotografiert, vielleicht ist irgendwas dabei, was du wissen solltest?"

Vreni wischte sich durch die Bilder auf Maries Handy und kommentierte diese entsprechend mit „Hab i mir gedacht!", „Aha, das auch …", „Pfuh …" und „Aha, wer ist denn das?".

Schließlich meinte sie zusammenfassend: „Am besten wird sein, dass wir den Sepp ins Spital bringen und er dort richtig eingestellt wird, wer weiß, wie lang der schon seine Pulverl nimmer bekommen hat?"

„Ja, so machen wir das! Was hast du denn übrigens gemeint mit ‚Wer ist denn das?'", wollte Marie wissen.

„Ah, nix – du hast da ein Foto drauf, vor den Medikamenten. Den Mann kenn i. Der ist am Samstag vor meinem Zaun gstanden und hat einagschaut …"

Marie wischte sich zum besagten Bild – es war das Foto vom Brenner Max beim Begräbnis, das sie für Tante Resi und Onkel Kurt aufgenommen hatte.

„Der war am Samstag vor deinem Haus? Bist du dir sicher?"

„Ja, natürlich! Da hat er zwar keinen schwarzen Anzug anghabt, aber er ist mir bekannt vorgekommen. Und zwar war das der alte Brenner. Am Samstag hab ich allerdings a bisserl braucht, bis i draufkommen bin, wer das ist. Normalerweise hab i ein gutes Personengedächtnis. Des braucht man als Krankenschwester, net, dass der falsche Patient einen Einlauf kriegt." Vreni lachte. „Gleich hab i ihn net erkannt, i hab ihn noch gefragt, ob er was Bestimmtes sucht. Er hat gemeint, er schaut sich nur um. ‚Wissen S'', hat er gsagt, ‚ich hab da mal gewohnt, in Marienschlag, aber das ist schon länger her.'"

„Und das war ganz bestimmt vorigen Samstag, als das Fest war?"

„Ja, das weiß i ganz genau, weil die drüben im Zelt schon einen Soundcheck gmacht habn, dass die Wände gwackelt haben. I hab mir noch dacht, wenn das am Nachmittag schon so laut is, was wird des erst werden auf'd Nacht!"

Das gibt es doch nicht, schon wieder der Brenner Max, dachte Marie. Wo hatte der noch überall die Hände im Spiel?

So, der Trummer Sepp war versorgt. Jetzt fehlten noch die Kühe im Stall, die immer unruhiger wurden, wie man am verzweifelten Muhen hören konnte. Wahrscheinlich schrien sie ähnlich dem alten Sepp: „Jo wo isch denn heit die Trummerin?" Zum Glück waren die Striedingers nur zwei Häuser weiter und erklärten sich bereit, die Viecher mitzuversorgen. Man hielt ja doch zusammen in Marienschlag.

Währenddessen sich Vreni also um den Trummer Sepp und die Striedingers um den Hof kümmerten, alarmierte Marie ihren Chef, Postenkommandant Hans Schlurf.

„Der Brenner Max hat uns angelogen. Er war vorigen Samstag in Marienschlag. Uns hat er gesagt, dass er schon ewig nicht mehr da war …“

„Verhaften! Sofort verhaften! Der hat vom Geld vom Gringo gehört, ist nach Marienschlag gefahren und hat ihn umbracht“, hörte Marie Hans Schlurf hektisch aus ihrem Handy schnaufen. Dann besann er sich aber etwas. „Oder so – auf jeden Fall lass ich ihn sofort abholen und aufs Revier bringen, wo wohnt er, hast gsagt?“

„Irgendwo in Salzburg. Aber ich hab seine Telefonnummer, du kannst ihn anrufen …“

„Nein – damit er uns am End noch davonläuft. Den kriegen wir schon! Ich meld mich, wenn wir ihn haben!“

Der Postenkommandant war ziemlich aufgeregt. „Gute Arbeit Marie! Muss man auch mal sagen …“ Wums – und aufgelegt …

AUF DEM DACHBODEN

Bürgermeister Karl Kiefer war ähnlich aus dem Häuschen gewesen, als Marie ihn über die neuesten Erkenntnisse informiert hatte, wie zuvor schon der Postenkommandant. Sie hatten sich für fünfzehn Uhr verabredet, um gemeinsam nach den Unterlagen zu suchen, die den Brenner Max entlasten sollten. Jetzt war der mit einem Mal der Hauptverdächtige. Und das gleich in zwei Fällen. Warum hatte er gelogen? Wenn er ein reines Gewissen hätte, wäre doch nichts dabei gewesen, von seinem Besuch in Marienschlag zu erzählen. Irgendetwas war da ganz schön faul, meinte auch der Bürgermeister und bot Marie in seinem Büro ein Wasser an.

„Du musst viel trinken! Vor allem jetzt, wenn wir gleich auf den Dachboden zu den alten Akten gehen. Da ist es so heiß, da glaubst, du bist in einer Sauna." Grinsend setzte er nach: „Obwohl – Sauna mit dir würde mir schon gefallen."

„Geh, Bärli, hör auf damit. Ich bin überhaupt nicht in Stimmung dafür …"

„Ich mein ja nur, Mariechen. Bist noch ein bisschen angfressen wegen gestern? Es tut mir leid, dass ich so aufgangen bin, aber du und der Motl …"

„Hör auf mit dem, du weißt ganz genau, dass das ein Versehen war. Ich schmus mich doch nicht durch die Wirtshausbänke, wenn mal das Licht ausgeht. Da müsstest du mich besser kennen …"

„Ja, eh." Bärli stand da wie ein begossener Pudel.

„Aber der Motl hat schon recht gehabt, wegen dir und deine Frauengeschichten."

„Geh, überhaupt nicht. Und außerdem – du willst mich ja nicht, dann würde ich keine andere Frau mehr anschauen."

„Weißt du übrigens, dass die Svetlana schwanger war?"

„Nein! Gibt's das? Von wem denn?"

„Ich weiß es nicht. Sag du's mir."

„Geh, Mariechen, das meinst du jetzt nicht ernst. Du glaubst ja wohl nicht wirklich, dass ich und die Svetlana …"

„Der Motl hat so was fallen gelassen, gestern …"

„Der Motl war angsoffen und hat viel Blödsinn gredet. Ich hab die Svetlana nicht mal gekannt, i hab's vielleicht ein paarmal gsehen, wie's den alten Trummer durch die Gegend gschoben hat, aber das war's auch schon."

„Na ja …"

„Geh, Mariechen, hab i dich schon jemals angelogen? Ich hab nix ghabt mit der Svetlana, das musst du mir glauben."

„Ja, ist schon gut. Aber wer war's dann?" Und lächelnd fügte Marie dazu: „Wenn du's nicht warst …"

„Was weiß ich? Vielleicht der Gringo? Oder der Trummer? Oder sonst irgendwer aus unserm Dorf?"

„Schon komisch, das alles. Und jetzt gemmas an! Rauf auf den Dachboden!"

Hier heroben dürfte schon ewig keiner mehr gewesen sein. Marie spürte, wie sich ihr Magen zusammenkrampfte, denn es war ziemlich dunkel. Durch kleine Auslässe im steil zusammenlaufenden Dach verirrten sich ein paar Sonnenstrahlen, die Hunderte Spinnweben geheimnisvoll flimmern ließen. Endlich machte der Bürgermeister Licht. Gerade rechtzeitig, ehe Marie wegzukippen drohte. Der Schweiß stand ihr auf der Stirn.

„Mariechen, geht's dir eh gut?", fragte der Bürgermeister besorgt, als er in Maries Gesicht blickte.

„Geht schon, lass uns loslegen. Wo sind die Akten?" Langsam wich das flaue Gefühl aus Maries Magen.

Und da waren sie – fünf Kästen, gefüllt mit Dokumenten, teilweise gestapelt, in Hängeregister eingeordnet oder abgeheftet in Ordner in allen Regenbogenfarben. Zum Glück schien doch so etwas Ähnliches wie ein System eingehalten worden sein, auf die Einlegebretter hatte man Etiketten geklebt, die mit Jahreszahlen versehen waren. Interessant war eigentlich nur das Jahr, als der Unfall geschah, und das darauffolgende. Marie und Karli nahmen sich jeweils ein Jahr vor und durchsuchten die Dokumente.

„Warum hast du das eigentlich gewusst mit dem Dr. Haubner? Ich mein, dass der die Svetlana angegriffen hat und sie ihn dann angezeigt hat?", fragte der Bürgermeister, während er in den alten Ordnern blätterte.

„Hast du gelauscht gestern?"

„Ja, hab ich doch gesagt, die Tür war nur angelehnt, und ich hab fast alles mitgekriegt."

Marie erzählte ihrem Bärli, dass Janine, verkleidet als Olga, von den Nachbarn der Haubner Mama erfahren hat, dass der feine Herr Anwalt mehrmals versucht haben soll, Svetlana auch als persönliche Pflegerin für sich selbst einzusetzen. Und Tobi hatte eine Mail ausgegraben, in der sich die Svetlana beim Brenner Max für seine Hilfe bedankt hatte.

„Schon wieder der Brenner Max? Was ist denn mit dem los, jetzt haben wir zehn Jahre nix gehört von ihm, und plötzlich hat der überall die Hände im Spiel."

„Ja, sehr merkwürdig. Auf jeden Fall hab ich gestern vor dem Termin den Max noch angerufen – da hat er auch noch abgehoben –, und ich hab ihn gefragt, was da wirklich passiert ist. Er hat sich zwar a bisserl geziert, aber dann hat er mir doch erzählt, dass ihm die Svetlana leidgetan hat und er ihr geholfen hat, Anzeige zu erstatten. Ich hab ihm versichern müssen, dass der Haubner nichts davon erfährt. Die Anzeige war im Posten Steyr, wo zufällig ein Kollege arbeitet, der mit mir bei einer Fortbildung war – voilà!"

„Du bist die Ärgste!" Der Bürgermeister war beeindruckt. „Aber deine beiden Hilfssheriffs sind auch a bisserl crazy – oder?"

„Ich bin echt froh, dass ich sie habe. So – jetzt suchen wir aber weiter …"

Zwei Stunden wühlten sie in den Akten, sie weiteten die Suche sogar noch um zwei Jahre aus, aber nix. Da war kein noch so kleiner Hinweis, geschweige denn eine Bestätigung über den Zahlungseingang der zwanzigtausend Euro vom Brenner Max.

„Wahrscheinlich hat er uns da genauso angelogen wie mit seiner Aussage, dass er seit Jahren nicht mehr in Marienschlag war", resümierte der Bürgermeister. Und dann legte er nach: „Aber kannst du dir den Brenner Max als Killer vorstellen? Als mehrfachen sogar?"

„Irgendwie passt alles nicht zusammen …"

Als hätte er auf seinen Einsatz gewartet, meldete sich Postenkommandant Hans Schlurf auf Maries Handy: „Der Brenner Max ist weg – spurlos verschwunden. Daheim ist er net, er geht net an sein Handy, und die Nachbarn wissen auch net, wo er sein könnt. Wir haben jetzt die offizielle Fahndung nach ihm rausgegeben, den kriegen wir schon, den Hund! Und dann werden sie schön schauen, die Hohlschädeln vom LKA."

„Eigentlich passt *doch* alles zusammen!", revidierte Marie ihre Aussage von vor fünf Minuten, als sie das Gespräch mit ihrem Chef beendet hatte. „Schaut ganz so aus, als ob der Max sich abgesetzt hat. Wahrscheinlich wie damals, als er nach dem Unfall meiner Eltern plötzlich weg war. Also ich trau ihm jetzt alles zu …"

„Ja – und ich glaub, wir müssen nicht mehr weitersuchen. Gehen wir noch was trinken zum Kirchenwirt?"

„Nein, Bärli, sei mir nicht böse. Heute ist so viel passiert, ich möchte nur mehr heim, eine Dusche, die Spinnweben und die Hitze runterbrausen, und dann nur noch chillen …"

„Ich könnt dir helfen, bei der Dusche …"

„Neiiiin, Bärli!"

Marie war todmüde, nach der Dusche wollte sie noch ein Buch lesen, aber die Augen fielen ihr immer wieder zu, und bald schlief sie auf dem Sofa ein. Bis sie durch ein lautes *Somebody get me a doctor* von Van Halen geweckt wurde. Es war der Klingelton ihres Handys, den sie vor ein paar Tagen für den Wiener Rechtsmediziner Mayerhofer eingestellt hatte.

„Hallo, Herr Doppeldoktor. Was kann ich tun für Sie?"

„Ha, das heißt ja wohl eher, was ich für Sie tun kann, Frau Kollegin. Oder?"

„Okay, was können Sie für mich tun, Herr Kollege?"

„Wollt Ihnen nur kurz sagen, dass der zerhäckselte Bauer auch jede Menge Colchizin im Blut hatte. Sind die narrischen Schwammerln in Marienschlag ausgegangen, dass man jetzt auf Herbstzeitlosen umsattelt?"

FREITAG

6:15 Uhr – Anruf von Tobi. Maries Träume waren ein wirres Kaleidoskop aus vielen dramatischen Ereignissen gewesen, die sich in ihr Hirn eingebrannt hatten. Best of Terror, quasi. Die fatale Nacht damals war natürlich Topfavorit, aber gleich darauf drängte sich der Trummer Franz im Häcksler in ihre Träume, dann spürte sie die Panik im finsteren Loch des Silos, die Marienschlager prügelten sich um den Lottogewinn vom Hubert, Gringos Haus brannte lichterloh, und Dr. Haubner jagte sie mit seinem schwarzen SUV gnadenlos über den Zebrastreifen nahe der Schule. Und dann alles wieder von vorn, nicht immer in derselben Reihenfolge, immer nur Sequenzen, von denen eine einzige genügt hätte, um in die Kategorie „Mega-Albtraum" eingeordnet werden zu können. Tobis Anruf war also so etwas wie ein Akt der Barmherzigkeit, damit Marie aus diesem Katastrophenfilm ausbrechen konnte. Doch auch in der Realität ging es in derselben Tonart weiter.

„Die Trummer Helene liegt tot im Hof", bellte Tobi aufgeregt in den Hörer. „Zumindest rührt sie sich nicht …"

„Was? Nein! Das gibt es ja nicht – hört das denn nie auf?"

Marie war hellwach. „Hast du den Puls gefühlt? Atmet sie noch?"

„Das weiß ich nicht, ich bin ja nicht dort …"

„Äh, aber warum weißt du dann, dass die Helene im Hof liegt?"

„Ich seh's auf meinem PC. Ich hab gestern eine Webcam bei den Trummers installiert, für den Fall, dass sie zurückkommt …"

„Du hast was? Tobi! Warum hast du mir nix gesagt davon?"

„Ähm, hab ich vergessen, sorry."

„Egal, wir treffen uns in fünf Minuten dort, okay? Sag's dem Bürgermeister, ich ruf den Specki."

„Yes, Ma'am!"

Marie musste ein paar Sekunden opfern, um eine kurze Hose und ein Leiberl aus der Sportlade zu fassen. Zeit für eine Katzenwäsche oder sogar zum Zähneputzen war nicht mehr drinnen. Schnell raus aus dem Haus. Aus der Kurzwahlliste drückte sie die Nummer von Dr. Specki und ließ es läuten, während sie durch die

Straßen Marienschlags zum Trummer-Hof hetzte. Schuhe wären nicht schlecht gewesen, kam ihr in den Sinn, aber mein Gott, es ging um Leben und Tod.

Auf halber Strecke kam Tobi dazu – im Pyjama und genauso barfuß wie Marie. Im offenen Gartentürl des Schneider-Hauses stand seine Mum und schrie ihm hinterher: „Ja, was ist denn, Tobi? Du musst was essen in der Früh …" Dafür war keine Zeit. Marie und Tobi setzten zum Sprint an für die letzten paar Meter zum Trummer-Hof.

„Hallo? Hallo?" Dr. Specki hatte es endlich für notwendig gefunden, an sein Handy zu gehen. Okay, man konnte ihm keinen großen Vorwurf machen, um diese Zeit.

„Marie hier! Die Trummer-Bäuerin liegt in ihrem Hof, ich bin am Weg zu ihr. Ich weiß nicht, was los ist. Kommen Sie, so schnell Sie können …"

„Aber …"

„Kein Aber! Sofort!" Marie hatte keine Zeit, mit dem Dorfdottore zu diskutieren, und legte auf. Sie waren bei den Trummers angekommen.

Helene Trummer lag in Embryonalstellung mitten auf dem Hof, die rechte Gesichtshälfte steckte in einem Haufen Erbrochenem.

Sie war nicht ansprechbar. Marie fühlte den Puls, ein leichtes Pochen war zu spüren.

Tobi stand zunächst wie paralysiert neben ihr und rief dann laut: „Was soll ich tun? Soll ich was tun? Was? Sag's mir …"

„Tobi, ganz ruhig." Plötzlich stand der Bürgermeister hinter ihm. „Stell dich rüber zum Eingang und schau, dass da nicht jeder reinkommt …"

„Na, du bist aber schnell", sagte Marie, während sie die Helene in stabile Seitenlage brachte, fachgerecht, wie sie es in der Ausbildung gelernt hatten.

„Ich wollt heut früher ins Büro, weil ich um neun schon eine Bauverhandlung hab."

„Bitte schau, wo der Specki bleibt …"

„Dr. Speckhammer, bitte! Bin schon da, ich hab's ja doch etwas weiter als ihr." Der Arzt stiefelte mit hochrotem Blutzer herbei und stellte seinen Koffer direkt neben Helene ab.

„Außerdem hab ich schon das Krankenhaus in Neukreuz angerufen, ein Rettungswagen ist unterwegs."

„Hut ab, Dr. Specki … Sorry, Herr Dr. Speckhammer." Marie meinte es wirklich anerkennend.

Während er Helene untersuchte, meinte der Dorfarzt lapidar: „Ja, ja, wo ist er denn jetzt, euer gspritzter Doppeldoktor aus Wien? Wenn's hart auf hart geht, bin ja doch immer ich der, der's richten muss."

„Das wissen wir doch, Herr Doktor!", erwiderten Marie und der Bürgermeister fast gleichzeitig. Dr. Specki sah kurz auf, als wollte er sich vergewissern, dass sie es ehrlich meinten, dann widmete er sich wieder seiner Patientin.

„Also – so wie's aussieht, könnte die Helene dasselbe Gift im Körper haben, wie's die Svetlana hatte. Ihre Vitalfunktionen sind noch spürbar, ich hoffe, der Notarzt kommt bald …"

„Respekt! So auf die Schnelle können Sie sagen, dass es auch Colchizin ist, mit dem Helene vergiftet wurde? Ich dachte, das geht nur mit einer aufwendigen Labordiagnose?", fragte Marie verwundert.

„Oder mit einem herausragenden Geruchssinn!" Dr. Specki lächelte etwas überheblich. „Das Erbrochene riecht ungefähr so wie bei der Svetlana im Silo. Auch die Konsistenz und das Aussehen sind ähnlich. Also, was sollte es schon anderes sein?"

Marie und der Bürgermeister waren sprachlos.

„Oh, die waren aber schnell …", brachte Marie heraus, und sie war wirklich sehr erleichtert, als sie aus der Ferne ein Signalhorn hörte, das immer näher kam. Mit irrer Geschwindigkeit raste der Rettungswagen durch das Tor des Trummer-Hofs, und fast hätte die Besatzung gleich noch eine Person ins Krankenhaus nach Neukreuz bringen können. Aber Tobi, der gerade aufgeregt mit Janine telefonierte, konnte gerade noch rechtzeitig zur Seite springen.

Der Notarzt machte sich über die Helene her. Dr. Specki ließ den jungen Arzt an seinen Erkenntnissen teilhaben, stand interessiert daneben und dozierte über die Gefährlichkeit von Herbstzeitlosen und anderen gefährlichen Pflanzen, als hielte er eine Vorlesung in der Uni.

Währenddessen stieg der Fahrer aus, zündete sich eine Zigarette an und erklärte, was sie nicht alle für ein Glück gehabt hätten, dass sie so schnell hatten kommen können. „Wir waren grad in Siegnitz, die oite Grumpnarin hat glaubt, sie hat an Herzinfarkt. Owa sie hat beim Einreibn von da Brust statt dem Birnenschnaps das Terpentin erwischt, und des hat halt gscheit brennt."

„So, sie ist erst mal stabil, aber wir müssen sie sofort ins Spital bringen." Der Notarzt wirkte ziemlich erleichtert, und Marie wusste nicht, ob es wegen Helenes Zustands war oder weil er endlich Dr. Speckis ausuferndem Geschwafel entkam.

ZURÜCK

Heut wird alles gut, dachte er, als er aus dem Bus ausstieg und sein Dorf in der Morgensonne vor sich liegen sah. *So ein schönes Platzerl*, kam ihm noch in den Sinn, und: *Die werden schauen.* Er musste nur aufpassen, dass er ungesehen am Wachposten vorbeikam. Er kannte sie noch von früher und wusste, wenn sie mal zu reden begann, gab's kein Entrinnen. Er machte sich klein und eilte an der Trafik vorbei, in der Hoffnung, kein Aufsehen erregt zu haben. Aber da hatte er die Rechnung ohne die Adele gemacht. Ihr entging nichts, aber schon gar nichts.

„Ja hallo, wer sind denn Sie? Nein? Nein! Der Brenner Max! I werd narrisch, das gibt's ja net! Was machst denn du da?"

„Adele, schau an, dich gibt's immer noch?" Max tat überrascht, und er wusste, was jetzt kommen würde. Die Adele hatte ein Mundwerk wie ein Schwert, sagte man in Marienschlag über die kommunikationsfreudige Trafikantin. Wenn die mal sterben würde, müsste man ihre große Klappe extra erschlagen. Und das stellte sie auch jetzt unter Beweis.

Was hast denn gemacht bisher? Wie lange warst denn schon nimmer da? Mein Beileid, hab's ghört. Tust noch automurxen? Stakkatoartig, oft wartete sie nicht mal auf eine Antwort, weil ihr schon eine neue Frage auf der Zunge lag. Der Brenner Max war ein freundlicher Kerl, immer schon gewesen. Er antwortete, so gut er konnte, aber irgendwann war's ihm doch zu viel.

„Adele, bitte, ich werd vielleicht jetzt eh öfters hier sein. Ich muss weiter …"

Sie hielt kurz inne. Auch, weil sie aus der Trafik heraus jemanden ihren Namen rufen hörte. Aber nicht nur deswegen.

„Aha, wo musst denn hin, Max?", fragte sie neugierig. Ohne eine Antwort abzuwarten, sprach sie weiter: „Bist du am Ende auch wegen dem Geld da?"

„Adele, va bene? Alles in Ordnung?", kam es aus der Trafik.

„Wart noch a bisserl, i komm gleich …!"

Und weiter zu Max, der nicht wusste, wie ihm geschah: „Weil, i weiß net, ob das Geld vom Gringo auch an Auswärtige verteilt wird. Wo kämen wir denn da hin, da würden ja alle kommen. Nein, das geht net, das kannst du vergessen …"

Max wollte etwas sagen, doch die Stimme aus der Trafik war plötzlich hinter ihm: „Ja, das können Sie vergessen, das Geld vom Gringo gehört nur den Menschen im Ort."

„Fredi, i hab dir doch gsagt, du sollst drinnen bleiben, i komm ja gleich …"

„Si! Cara mia! Ich warte im Lager." Fredi warf ihr einen vielsagenden Blick zu, drehte sich um und marschiert wieder in die Trafik zurück.

„Ist das dein Lover?" Endlich kam auch Max Brenner zu Wort.

„Bist narrisch …", fauchte ihn Adele entrüstet an. Da sie dabei aber rot bis unter die gefärbten Haarwurzeln wurde, wusste Max, was Sache war. Wie früher, dachte er …

„So, ich such jetzt mal die Marie. War schön, dich und deinen – ähm – Fredi gesehen zu haben. Mach's gut, Adele."

Er trabte los und ließ die verdutzte Trafikantin einfach stehen. Als er sich bei der übernächsten Hauseinfahrt noch einmal umdrehte, stand sie unverändert da, mit nachdenklichem Blick. Es war ganz offensichtlich, dass sie wissen wollte, was der Max im Schilde führte. Und wenn eine Adele was nicht wusste, das ging ja mal gar nicht. Doch dann hörte Max den Fredi schreien: „Komm, Adele!" Sie drehte sich um, ging zur Trafik zurück und antwortete erfreut: „Komme gleich …"

Max meinte, auch noch ein leises „Hoffentlich" gehört zu haben.

ALTE LIEBE

„Und Sie sind jetzt wer? Sind Sie ein alter Spanner, oder warum starren Sie sonst so blöd in fremde Gärten?"

„Nein, natürlich net. Aber erstens ist das kein fremder Garten für mich, und zweitens frag ich mich schon, was Sie von der Kuh da wollen?"

Janine war auf Konfrontation gepolt. Da lag ein großer Haufen Kuhscheiße in ihrem Garten, und gleich dahinter, hinter dem Zaun, stand die Lieserl und schaute blöd rüber. Das hatte die mit Absicht gemacht, da war sich Janine sicher. Und dann stand da noch so ein alter, dürrer Knacker auf der Straße und schaute genauso blöd wie die Kuh in den Garten. Da sollte man nicht fuchtig werden.

Sie holte eine Schaufel aus dem Gartenschuppen und versuchte umständlich, den stinkenden Biodünger über den Zaun zu entsorgen. Dorthin, wo er hingehörte.

„Soll ich Ihnen helfen?"

„Nein, ich schaff das alleine! Wer sind Sie überhaupt?", keuchte Janine.

„Ich bin der Brenner Max. Mir hat das Haus da mal ghört, also das vorige, das da gstanden ist. Ich hab's ja fast net mehr wiedererkennt …"

Und schon war er bei Janine und nahm ihr die Schaufel aus der Hand.

„He, so geht das nicht, Sie können doch nicht einfach …" Janine wollte so richtig loslegen, aber als sie sah, wie schnell der alte Mann die Scheiße entsorgt hatte, wurde sie gleich etwas leiser.

„Dieser Haufen liegt aber schon lange im Garten. Ich glaub, die Kuh ist unschuldig …"

„Dann hat sie das gestern oder vorgestern gemacht. Die scheißt mir immer durch den Zaun, die ist bestimmt nicht unschuldig."

„Na geh, wie heißt du denn?" Der alte Mann griff über den Zaun und streichelte die Kuh am Hals.

„Lieserl heißt es, das blöde Vieh."

„Du bist ja eine ganz Liebe ..."

Lieserl genoss die Zuwendung offensichtlich sehr, doch dann schnaubte sie kurz durch, drehte sich auf der Stelle um, galoppierte eine Runde über die Weide, fraß etwas von der Wiese und kehrte zurück zum Zaun, wo sie vor Janine stehen blieb. Aus dem Maul schaute etwas Gras heraus, aber auch eine große gelbe Blume.

„Das hab ich ja noch nie gesehen, ich glaube, die Lieserl will Ihnen eine Margerite schenken ..."

„Was? Das kann ich mir nicht vorstellen. Ist die wirklich für mich?" Janine wurde plötzlich ganz warm ums Herz. Vorsichtig streckte sie die Hand durch den Zaun und wollte nach der Blume greifen, da machte die Lieserl Mampf-Mampf, und weg war das Gras samt Margerite. Aber sie sah der Wienerin tief in die Augen und schien darauf zu warten, dass Janines Hände endlich ihren Kopf berührten. Doch – bei aller Liebe – so weit waren sie dann doch noch nicht. Janine zuckte zurück, Lieserl erschrak – und dieser magische Augenblick war Geschichte.

„Na, wenn das nicht der Beginn einer großen Liebe ist ...", lachte der Brenner Max.

Janine fand ihn irgendwie sympathisch, und weil die Lieserl Kuh wieder zu ihrer Herde getrabt war, fragte sie den Brenner Max einfach, ob er einen Kaffee wolle.

„Gerne!"

Bei zwei Espressi und nur einem Whiskey, weil Max seinen verweigerte, erfuhr Janine unter anderem, dass er hier im Paradies zu Hause gewesen war. Bei dem Wort *Paradies* leuchteten seine Augen, und er erzählte, wie er mit Kühen und Hühnern hier aufgewachsen war, weil seine Eltern eine kleine Landwirtschaft betrieben. Aber der kleine Hof zahlte sich irgendwann nicht mehr aus, „zum Leben zu wenig, zum Sterben zu viel", wie er es ausdrückte. Also eröffnete der Max nach der Mechanikerlehre seine eigene Autowerkstätte hier in der Waldgasse Nummer 12 – gemeinsam mit seiner damaligen Frau Trude, die ihm den ganzen Bürokram abgenommen hatte und auf die er sich immer verlassen konnte.

Aber irgendwann hat es dann doch nicht mehr gepasst, und sie sind auseinandergegangen. Und natürlich erzählte er Janine auch, dass Trude vor einer Woche verstorben war und er eigentlich wieder gerne zurückziehen wollte, in *sein wunderschönes* Marienschlag.

„Gibt's ja nicht, Max!" Mittlerweile war man beim Du, und Max trank nun doch einen Whiskey mit Janine. „Ich versteh nicht, wie man hier freiwillig leben kann, das ist ja der letzte Arsch der Welt."

Beim nächsten Whiskey diskutierten die beiden über die Vorzüge und Nachteile des Landlebens, aber Janine blieb bei ihrer Feststellung: „Ich halt es hier nicht aus. Ich will so schnell wie möglich weg von hier." Doch dann fügte sie nachdenklich hinzu: „Okay, jetzt vielleicht noch nicht, denn endlich tut sich was. Drei Tote in einer Woche, ich glaub, das gibt's nicht so oft hier in diesem Nest. Oder, besser gesagt, dreieinhalb, weil die Trummer Helene ist auch im Spital."

„Was ist mit der Helene?" Der Max wurde blass.

„Kennst du die besser?" Janine erzählte ihm die ganze Story vom Vormittag, Tobi hatte sie ausgiebig am Telefon informiert.

Der Max schien sentimental zu werden. „Wir waren mal zusammen, die Helene und ich. Vor tausend Jahren. Dann hat sie sich leider für den Falschen entschieden. Sie wollt immer Schriftstellerin werden. Ich hab in einem ihrer Tagebücher gelesen, das war echt gut, wie sie des geschrieben hat. Ich glaub, sie hätt wirklich Talent gehabt. Und dann hat's den Franz geheiratet, weil er der einzige Sohn der reichsten Familie im ganzen Bezirk war. Und ich ein armer Schlucker. Und was hat's davon ghabt? Den ganzen Tag hat's im Dreck herumarbeiten müssen. Nix Romanschreiben oder so – Sau- und Kuhstallausmisten. Und jetzt ist er ihr auch noch verreckt, der Franz."

Der Max hatte Tränen in den Augen, so etwas hatte Janine bei einem Mann noch nie gesehen.Sie wollte ihn trösten. „Ja, und jetzt liegt die Helene auch noch im Spital und ist vielleicht bald weg für immer!"

Am entsetzten Blick des Brenner Max sah Janine, dass ihr das Trösten nicht so recht gelungen war.

„Ich muss sofort zu ihr! Weißt du, wann der nächste Bus geht?"

Janine hatte ein schlechtes Gewissen wegen des gerade völlig danebengegangenen Versuchs, den Max wieder aufzubauen. Daher bot sie ihm an, ihn mit dem Auto nach Neukreuz ins Krankenhaus zu fahren. War ja sonst eh nichts los im Moment …

KRANKENHAUS

„Nein, Sie dürfen da nicht rein! Und wenn Sie den Kaiser von China kennen – es geht nicht! Die Frau Trummer ist grade in der Aufwachphase, wir müssen …"

„Ach, lassen Sie mich in Ruh!" Janine ärgerte sich maßlos über den *überkorrekten Idioten*, wie sie den jungen Pfleger genannt hatte, als dieser ihr zum ersten Mal erklärt hatte, warum man die Trummer Helene nicht besuchen könne. Jetzt, nach dem dritten Mal, war sie kurz vorm Explodieren, aber der Brenner Max hielt sie zurück und versuchte, sie zu beruhigen.

Eine junge Ärztin kam mit einem Stapel Akten vorbei und rief dem Pfleger zu, dass es noch etwas dauere, bis die Patientin Trummer ganz bei sich sein werde.

Bei ihr probierte es Janine noch mal, doch diese sagte nur knapp: „Da müssen Sie sich noch etwas gedulden", dann marschierte sie zum Pfleger: „Lassen Sie uns mal die Werte durchgehen." Die beiden verschwanden im Ärztezimmer.

Das war der Startschuss für Janine und Max. Sie schlichen sich zum Krankenzimmer von der Helene und huschten hinein.

„Red du mit ihr, ich pass auf, dass niemand kommt", flüsterte Janine und positionierte sich in der offenen Tür, um den Gang im Blickfeld zu haben.

„Heli?" Und noch mal: „Heli?" Ganz leise versuchte es der Brenner Max, seine alte Liebe anzusprechen. Und tatsächlich, langsam öffnete seine Heli die Augen.

„Was machst denn für Sachen, Heli?", sprach Max ganz sanft.

„Ah, halb so wild …", erwiderte die Trummer-Bäuerin schwach. „Max? Was machst denn du da?"

„Ich hab mir Sorgen gemacht … Wie geht's dir?"

„Passt schon! Die paar Herbstzeitlosen werden mich schon net umbringen. Schön, dass'd da bist, Max."

„Ja, lange nicht gesehen. Weißt noch, früher …"

Und dann quatschten sie von der guten alten Zeit. Janine hörte von der Tür aus zu und kannte sich selbst nicht mehr. Denn plötzlich kullerten ihr Tränen über die Wangen. „Mei, haben wir zwei große Träume ghabt", erinnerte sich Max. „Du wolltest Schriftstellerin werden. Schreibst noch immer deine Tagebücher? Ich weiß noch, wie ich eins gefunden hab und du so narrisch worden bist, weil ich es gelesen habe. Dabei hast du's so gut versteckt, ich kann mich noch genau erinnern, in einer Hülle *Kochrezepte aus dem Alpenvorland*."

„Ja, damals …", flüsterte Helene und sah dem Max tief in die Augen.

„Achtung – es kommt jemand!" Janine hörte Schritte.

„Wart, Max, ich werde sie ablenken." Und schwuppdiwupp war sie auf dem Gang, wo aber nur eine Patientin zum Wasserspender wackelte. Daneben stand ein Kaffeeautomat, Janine nutzte die Gelegenheit, sich einen doppelten Espresso rauszulassen. Und weil die Tür zur Raucherterrasse offen stand, zündetet sie sich auch gleich im Freien eine Zigarette an. Die Helene und der Brenner Max wollten bestimmt alleine sein, die hatten sich viel zu erzählen.

Das war eine abgefahrene Woche gewesen, da tat sich elendslang nichts in diesem Kaff, und jetzt das. Sie dachte an Jerome. Welche Liebesgeschichte wohl das Leben mal für sie schreiben würde? Und mit welchem Ende? Dann dachte sie an Tobi, was war ihr da bloß eingefallen, vorigen Samstag. Aber eigentlich war er ein lieber Kerl. Und Marie war auch ganz in Ordnung.

Apropos Marie, sollte sie ihr eigentlich sagen, dass sie im Krankenhaus bei Helene war? Und dass Helene schon aufgewacht war und bereit wäre für eine erste Vernehmung? Man musste an so vieles denken, wenn man einen gemeinsamen Fall hatte …

„Wo bist du, Janine? Bei der Trummer Helene im Spital? Ja, warum denn?" Noch hörte Marie sich ziemlich entspannt an. Aber das änderte sich schlagartig, als Janine erwähnte, dass der Brenner Max mit von der Partie war.

„Wer? Der Brenner Max? Das gibt's ja nicht, Janine! Das kannst du ja nicht machen …"

Janine hatte keine Ahnung, warum sich die Frau Revierinspektorin so aufführte. Der Brenner Max und die Trummer Helene waren alte Freunde, sie hatte nur helfen wollen, damit sich die beiden nochmals wiedersehen konnten, bevor womöglich die Helene das vierte Mordopfer in Marienschlag werden sollte.

„Der Brenner Max ist unser Hauptverdächtiger Nummer eins! Hast du das nicht mitbekommen?"

Nein, das hatte Janine nicht.

„Er war am Samstag beim Fest und hat uns angelogen. So wie's ausschaut, hat er von Gringos Gewinn gewusst. Vielleicht ist er zu ihm, wollte was von dem Geld, und dann hat eins das andere ergeben, und jetzt hat er den Gringo am Gewissen. Und auch die anderen Mordopfer hat er alle gekannt. Aber uns wollt er weismachen, dass er schon ewig nicht mehr in Marienschlag war …"

Jetzt geriet auch Janine ins Schwitzen. Noch dazu gab es im Spitalsgebäude grad einen Mordsradau, irgendjemand schrie: „Halt! Bleibn's stehn!"

„Janine? Bist du noch dran? Was ist denn da los?"

„Ich, ich weiß nicht? Da schreit wer …"

Mit einem Mal stand die junge Ärztin in der Tür. „Ah, da sind Sie? Wo ist denn der Opa? War er das, der bei der Patientin im Zimmer war und jetzt davongelaufen ist?"

„Ähm, weiß ich nicht? Grad war er noch bei mir …", log Janine.

„Janine, was ist da los?", kam aus dem Handy.

„Da, da ist eine Frau Doktor, die will was von mir …"

„Gib sie mir! Bitte, Janine!"

Also stellte Janine das Handy auf laut und hielt es der verwundert dreinschauenden Medizinerin einfach hin.

„Dr. Klabac. Was soll das alles? Was ist denn hier los?"

„Hier spricht die Polizei – Revierinspektorin Unterholzer. Ich weiß noch nicht, was da los ist, aber das können wir später klären. Ich will nur wissen, ob es der Patientin Trummer Helene gut geht?"

Das *Hier spricht die Polizei* hatte Eindruck gemacht bei der jungen Turnus-Ärztin. Eigentlich hätte sie am Telefon natürlich keine Auskunft geben dürfen, aber die Situation drohte ihr gerade über den Kopf zu wachsen. „Ja, sie ist vor ein paar Minuten aufgewacht. Da war ein Mann bei ihr, der ist davongerannt, als wir nach der Patientin schauen wollten. Doch es dürfte nix passiert sein, sie ist zwar schwach, aber die kritische Phase hat sie hinter sich. Jetzt schläft sie wieder …"

TAGEBUCH

„Hey, Moment, das ist nicht meine Schuld. Du hättest mir was sagen können, schließlich ist das ja *unser* Fall!" Janines Nerven lagen blank. Warum bloß war sie an ihr Handy gegangen, als Marie sie im Auto angerufen hatte? Sie fuhr gerade zurück nach Marienschlag. Allein, denn der Max war spurlos verschwunden. Und jetzt warf ihr Marie auch noch vor, dass sie mit ihren *Alleingängen* die Helene in Gefahr hätte bringen können. Das war doch zum Aus-der-Haut-Fahren, Janine hätte schreien mögen.

Doch Marie klang nun schon versöhnlicher: „Aber wahrscheinlich hast du recht, das mit dem Max hast du nicht wissen können. Tut mir leid, es ist für uns alles etwas schwierig zurzeit. Aber bitte, wenn dir irgendetwas auffällt, melde dich sofort bei mir, okay? Zum Glück ist ja nix passiert, das Krankenhaus hat mich gerade angerufen. Sie haben die Helene erneut untersucht, es ist alles in Ordnung. Vielleicht haben sie den Max gerade noch rechtzeitig entdeckt, bevor er irgendwas anstellen konnte. Oder er wollte wirklich nur mit seiner alten *Liebe*, wie du gesagt hast, reden? Auf jeden Fall hat mein Chef einen Kollegen vor dem Zimmer postiert. Die Helene schläft jetzt wieder, der Arzt hat gemeint, dass das ganz normal ist bei einer Vergiftung mit Colchizin. Also der dritte Fall, wo Herbstzeitlosen im Spiel sind …"

„Vielleicht bläst der Wind ja die Sporen dieser depperten Herbstzeitlosen durch die Luft, und wir werden alle damit verseucht, und irgendwann gibt es Lösegeldforderungen, damit das wieder aufhört …"

„Ja, genau, und schuld daran ist der Bill Gates", feixte Marie zurück. „So, ich hab jetzt einen Termin mit dem Haubner und seinem Spiritistlerfreund. Ich hab da noch ein paar Fragen bezüglich des Max. Wenn es was gibt, bitte sofort melden. Ciao!"

Janine war mittlerweile in Marienschlag angelangt und sah Tobi auf der Straße gehen.

„Hallo, Mister PC, was machst denn so?", rief sie ihm durch die geöffnete Seitenscheibe zu, während sie neben ihm dahinrollte.

„Hi, Janine, ich schau mal kurz rüber zu den Trummers, die Webcam spinnt."

„Ich hab grad eh nichts Wichtiges zu tun, wenn du willst, helf ich dir bei deiner Webcam."

Tobi hatte nichts dagegen und stieg in den Wagen.

„Weißt, was ich nicht verstehe, Tobi? Mein Dr. Chrisi hat doch gesagt, dass die Svetlana mit Herbstzeitlosen vergiftet worden wäre. Gibt's die auch im Frühjahr? Warum heißen die dann so?"

„Das ist mir auch komisch vorgekommen. Aber ich hab im Netz recherchiert. Hast du gewusst, dass es jedes Jahr ein paar hundert Vergiftungsfälle gibt, weil Herbstzeitlosen mit Bärlauch verwechselt werden? Nicht im Herbst, da ist es meist kein Problem, weil man die lilafarbenen Blüten gut erkennen kann. Nein, das passiert vor allem im Frühjahr, wenn die jungen Blätter rauskommen. Die sind da genauso giftig wie im Herbst. Wer sich nicht auskennt und die falschen nimmt, der hat im besten Fall Durchfall und speibt sich von oben bis unten an. Es kann aber auch ganz übel ausgehen, es kommt halt auf die Menge an …"

Sie hatten den Trummer-Hof erreicht, Seite and Seite marschierten sie zum immer unversperrten Hintereingang, der in die Waschküche führte. Janine war etwas verwundert, aber Tobi erzählte ihr, dass ihm der Trummer Franz persönlich diesen *Noteingang* gezeigt habe, weil manchmal der Computer Faxen machte, wenn grad niemand zu Hause war. Oder nur der alte Sepp, der nicht mehr imstande war, die Tür zu öffnen.

Während Tobi sich den PC vorknöpfte, sah sich Janine im Haus um. Beim Reingehen war ihr in der Waschküche eine große Eisentruhe mit dicken schwarzen Beschlägen aufgefallen, die in einer Ecke neben Waschmaschine und Trockner stand. Irgendwie kam ihr das Ding komisch vor, es passte so überhaupt nicht in einen Wirtschaftsraum. Die Truhe war nicht verschlossen, Janine versuchte, den schweren Deckel zu öffnen, was ihr mit viel Mühe auch gelang. Sie blickte auf einen bunten Berg Wäsche, auf Kleiderschürzen und Stallmäntel, Handtücher, Arbeitshosen und vieles mehr. Warum zum Teufel hortete die Helene ihre Kleidung in dieser alten Kiste?, dachte Janine. Sie wühlte in der Wäsche. Es sah alles sauber aus, aber der muffelige Geruch ließ erahnen, dass die Sachen schon ewig hier herumlagen. Da ertastete sie etwas Hartes unter dem Wäscheberg. Neugierig nahm sie die Kleidungsstücke und schmiss sie auf einen Haufen neben der Truhe. In der Kiste lagen jede Menge Notizblöcke, die meisten mit Spiralbindung, die Deck- und Rückseiten in allen möglichen Farben. Kreuz und quer lagen sie herum, genauso bunt und unterschiedlich wie die Wäsche, die sie verdeckt hatte. Aber eines hatten die Blöcke gemeinsam – auf jedes Deckblatt war fein säuberlich mit einem schwarzen Filzstift eine Jahreszahl geschrieben worden.

„Tobi, komm her. Ich hab was gefunden, in der Waschküche."

„Wart a bisserl, ich bin gleich fertig. So, ich hab die Webcam neu konfiguriert, nur noch schnell vom PC abmelden, dann bin ich bei dir …"

„Der Brenner Max hat mir erzählt, dass die Helene mal Schriftstellerin hat werden wollen, damals, als die beiden zusammen waren. Er hat mal in ihrem Tagebuch gelesen, und was sie geschrieben hat, soll richtig gut gewesen sein. Ich vermute, das sind ihre Tagebücher."

Jetzt war auch Tobi da. „Welche Tagebücher?" Er nahm eines raus und blätterte darin. „Oarg! Alles mit der Hand geschrieben, das ist ja ziemlich retro. Wer macht das heute noch?"

Janine begann, die Notizbücher nach Jahreszahlen zu ordnen. „Das aktuelle Jahr fehlt …"

„Wie weit geht es denn zurück?", wollte Tobi wissen.

„Ich glaub, das ist das erste, 1995."

Sie schlug irgendeine Seite auf und las darin. „Da steht, dass im Juni 95 ein – was? – ein neues *Lokafassl* – was ist denn das? – angeschafft wurde, das der Pfarrer bei der Sonntagsmesse eingeweiht hat …"

„Ein Lokafassl ist so ein Anhänger am Traktor, in den die Jauche gepumpt wird, dann fahren sie damit aufs Feld und verstreuen das Ganze zum Düngen. Das hast du bestimmt schon gesehen."

„Aha, und was hat der Pfarrer damit zu tun?"

„Ich weiß nicht, aber es gibt einmal im Jahr eine Fahrzeugweihe in der Kirche, vielleicht war das damals auch schon so?"

„Ihr seid ja ein komischer Verein, da auf dem Land", merkte Janine trocken an. „Ich bin neugierig, was sonst noch so passiert ist, in dem Nest da. Wann bist du geboren, Tobi?"

„2006."

„Schaun wir mal, vielleicht haben's da wieder ein Lokafassl gekauft, in dem Jahr …"

„Dürfen wir das überhaupt?"

„He, Tobi, das ist unser Fall. Wir sind quasi die Polizei, wir dürfen alles …"

Janine suchte das Tagebuch mit der Aufschrift 2006 und schlug es auf.

3. Jänner 2006

Heute hat mir der Franz beim Frühstück gesagt, dass er was mit der Schneiderin angefangen hat. Einfach so, als wär's das Normalste der Welt. Und jetzt ist die auch noch schwanger. Hochschwanger sogar schon, es dauert nimmer lang. Aber ich soll mir keine Gedanken machen, er wird das schon regeln. Ich soll mir keine Gedanken machen? Wie soll das denn gehen? Natürlich mach ich mir Gedanken. Nie hätt ich gedacht, dass so was mal passiert. Er braucht mich doch!

„Na, bravo, der Trummer Franz hat seine Frau betrogen. Habt ihr im Dorf eine Schneiderin? Gibt's die noch?"

„Was? Welche Schneiderin?"

„Da, schau selbst …"

SUPER-GAU

Tobi schnappte sich das Buch und las. Und las. Und mit jedem Wort, das er las, wurden seine Augen größer und seine Bewegungen nervöser und verzweifelter. Denn er erkannte in diesem Augenblick, dass diese Schneiderin keine Handwerkerin war, die Hosen kürzte oder Röcke nähte, sondern dass es sich dabei nur um seine Mum handeln konnte – Helga Schneider.

Hastig, fast hysterisch blätterte er weiter. Es war so unglaublich, so schrecklich unerwartet, dass es sein gesamtes Leben auf den Kopf stellte.

25. April 2005

Franz hat es geregelt, wie er es versprochen hat. Am Goasberg ist ein Kletterer verunglückt, dem haben die beiden einfach den Buben in die Schuhe geschoben, den die Schneiderin bekommen hat. Er ist schon ein gscheiter Mensch, mein Franz. Niemand wird erfahren, wer der Vater vom Schneider-Bua ist. A bisserl ein Geld wird er ihr schon zahlen müssen, aber ich hoffe, das war's dann. Ich hab ihm den Ausrutscher verziehen – er weiß ja, was er an mir hat. So wie ich macht ihm keiner den Stall. Alles noch mal gut gegangen …

VERZWEIFLUNG

„Tobias, versteh doch, i hab dir nix sagen können. Es war doch gut so, wie es war – oder? Außerdem, was hätt es denn geändert?"

„Was hätt es geändert? Alles hätte es geändert! Ich hätte einen Vater ghabt. Einen Papa, mit dem ich Fußballspielen gelernt hätte, der mir gezeigt hätt, wie man fischt oder mit mir zeltet im Wald."

„Geh, und du glaubst, da Trummer Franz hätt des alles gmacht mit dir? Der hat doch nur sich selbst mögn. Und seine vielen Gschaftln, wichtig war dem immer nur, dass er gut dasteht. Da hat ein Kind keinen Platz ghabt in sein Lebn."

Tobi war am Boden zerstört. Es fühlte sich so mies an, wenn man begriff, dass ein ganzes Leben auf einer Lüge aufgebaut war.

Marie und Janine saßen still auf der Ofenbank in der Küche der Schneiders und machten ebenfalls einen geknickten Eindruck. Tobi glaubte, sogar ein paar Tränen in Maries Gesicht gesehen zu haben, als er mit Janine vorhin bei ihr im Polizeikammerl vorbeigeschaut und ihr das Tagebuch zu lesen gegeben hatte. Das Ganze ging auch ihr nahe.

„Geht ihr bitte mit zur Mum …", hatte Tobi seine beiden Freundinnen gebeten, er wollte nicht allein sein mit der Frau, die ihn ein Leben lang belogen hatte. Er hatte einen dicken Knödl in der Brust, der ihm die Luft zum Atmen nahm. Und dieser Knödl wurde immer größer, er war so enttäuscht, im nächsten Moment wütend, und eigentlich fragte er sich, was das Leben denn noch für einen Sinn hatte.

ACHTZEHN JAHRE

„Helga, sorry, aber ist irgendwas passiert zwischen dir und dem Franz in der letzten Zeit?" Marie musste das fragen, denn schon in der Polizeischule hatten sie gelernt, dass Hass aus Liebe oder verschmähter Leidenschaft zu den häufigsten Mordmotiven gehörte.

„Nein, gar nix war. Also nix anders als bisher. Der Franz wollt den Tobias damals net und hat mir versprochen, dass er mich monatlich mit ein paar Hundert Euro unterstützt. Aber es sollt nie wer erfahren, wenn i irgendjemand was sag, hört er sofort auf mit dem Geld. Erst vorige Woche hat er mir wieder einen Umschlag mit fünfhundert Euro in die kleine Luken beim Hendlstall reingesteckt ..."

„So habt ihr das Geld ausgetauscht? Über ein Versteck beim Hendlstall?"

„Ja, Marie, seit achtzehn Jahren. Er wollt nix überweisen oder so – da hat er Angst ghabt, dass wer was mitkriegt."

„Und er hat immer pünktlich gezahlt?"

„Er war zwar ein Arsch, aber ja, darauf hab i mich verlassen können ..."

„Und das Geld war dir wichtiger als ich!", rief Tobi verzweifelt.

„Tobias, sei jetzt net ungerecht! I hab immer gschaut, dass es dir gut geht. Natürlich hab i das Geld gut brauchen können, mit die paar Netsch, die i als Friseurin verdien, wären wir net über die Runden kommen."

„Immer geht's nur um Geld. Ich kann's nimmer hören ...", schrie Tobi, sprang auf, rannte in sein Zimmer und knallte die Tür zu.

Marie deutete Janine, ihm zu folgen. Durch die Tür hörte man Tobis „Lass mich in Ruhe!". Marie war nicht sicher, ob Janine psychologisch die richtigen Worte finden würde, um Tobi zu trösten. Aber zumindest war er nicht allein ...

„Sorry, Helga, aber das muss jetzt leider sein: Wo warst du am Donnerstagvormittag?"

„Marie – du glaubst ja net, dass i …" Helga Schneiders Hautfarbe wechselte von Hell- auf Dunkelrot. „Warum hätt i dem Franz was antun sollen, ohne sein Geld werden wir jetzt schön blöd schaun."

„Ich weiß nicht, sag du es mir. Vielleicht hat er nimmer zahlen wollen. Oder er ist dir blöd gekommen, hat dich beschimpft. Was weiß ich …"

„Na, du bist mir eine schöne Freundin. Und die Svetlana und den Gringo hab i auch umbracht, oder was?"

„Helga, was weiß denn ich? Also sag – wo warst du denn am Donnerstag?"

„Also gut – du meinst es ernst. Am Donnerstag hab i Dienst ghabt, aber erst um elf. Vorher war i im Citypark, weißt eh, im Einkaufszentrum in Neukreuz, hab aber nix Gscheites gefunden. So – des kannst mir jetzt glauben, oder net …"

MAX IS BACK

Eigentlich liebte Marie ihren Polizeidienst über alles. Aber heute hasste sie ihn. Abgrundtief. Zuerst Helenes Tagebücher, die Tobis Leben auf den Kopf gestellt hatten. Und dann musste sie auch noch seiner Mum absurde Fragen zum Mord am Trummer Franz stellen, obwohl sie sich ziemlich sicher war, dass Helga nichts damit zu tun hatte. Aber das war nun mal ihr Job. Jetzt saß sie in ihrem Polizeikammerl, trank einen Kaffee und ließ den Tag auf sich wirken.

„Na, Mariechen, schläfst du?" Der Bürgermeister schaute kurz vorbei.

„Nein, ich denke nur a bisserl nach. Es passt alles hinten und vorne nicht zusammen …"

„Weißt, wer mich angerufen hat?"

Riiiiiinnnng – ihr Handy bimmelte. Postenkommandant Hans Schlurf.

„Wart bitte, da muss ich abheben … – Hallo, mein Cheffe!"

Während der Bürgermeister zur Tür ging, sagte er noch leise: „Ich geh ja schon. Der Brenner Max kommt dann vorbei."

Was?

„Hallo, Marie, wollt nur kurz mal fragen, ob's was Neues gibt. Übrigens, den Posten vor dem Zimmer von der Helene lassen wir zur Sicherheit auch über Nacht dort, wer weiß, vielleicht probiert er's ja noch mal, der Brenner …"

„Du, sorry, wenn ich dich unterbreche. Aber falls ich den Bürgermeister grad richtig verstanden habe, hat der Max bei ihm angerufen und gesagt, dass er bei mir vorbeischauen wird."

„Gibt's ja net. Der Kerl hat Nerven." Dann hörte Marie nur ein starkes Schnaufen.

„Soll ich den Notruf …"

„Verhaften! Sofort verhaften, wenn er da ist!" Hans Schlurf war in seinem Element. „Die zwei W-Schädln vom LKA brauchen net glaubn, dass sie unsern Fall lösen. Nein, das machen wir schön selber." Und nach einer kurzen Pause schoss er nach: „Weißt was,

Marie, ich komm gleich selbst zu dir, i hilf dir. Den Brenner dürfen wir nimmer aus den Augen lassen, der ist unser Mann. Also – bis dann …" Ehe Marie noch was erwidern konnte, hatte ihr Postenkommandant schon aufgelegt.

Marie nahm sich keine Zeit für eine Mittagspause. Sie setzte sich ans Fenster, schaute auf den Platz vor dem Gemeindehaus und überlegte sich Fragen, mit denen sie den Brenner Max aus der Reserve locken konnte.

Vor zwei Stunden hatte sie mit dem Rechtsanwalt Dr. Haubner und dem italienischen Geistheiler telefoniert, um Neues über den Brenner Max zu erfahren. Aber das hatte nichts gebracht. Cavallo kannte den Max überhaupt nicht, und Dr. Haubner hatte im Großen und Ganzen nur bestätigt, was sie über seine Beziehung zum Max schon wusste. Nämlich, dass er dem Herrn Brenner Rechtsbeistand bei dessen Scheidung gegeben und er seither Gefallen an diesem wunderschönen Nest gefunden habe. Ah ja, der Brenner habe auch erwähnt, dass er früher mit dem Gringo herumgezogen war, die beiden seien wohl so etwas wie Best Friends gewesen. Mit mehr könne er leider nicht dienen, so sehr er die Zusammenkünfte mit der netten Frau Revierinspektorin auch genieße, schleimte der windige Anwalt noch zum Abschluss.

Marie entdeckte Max Brenner, als der beim Brunnen vorbei in Richtung Gemeindehaus ging. Keine zehn Meter dahinter huschte eine kleine Gestalt in einer viel zu großen Polizeiuniform geduckt zwischen den parkenden Autos hin und her. Hans Schlurf war also auch schon anwesend.

Zwei Minuten später waren beide in ihrem Polizeikammerl. Zuerst der Max, der Marie freundlich begrüßte. Keine fünf Sekunden später stürmte ein aufgeregter Hans Schlurf durch die Tür und rief: „Max Brenner, nehm ich an? Sie sind verhaftet!"

Max schaute ebenso entgeistert wie Marie. Aber ihr Postenkommandant machte ernst, er drehte blitzschnell die langen Brenner-Hände auf dessen Rücken und legte ihm Handschellen an.

„He, aufpassen – was soll denn das?" Max war ziemlich überrascht. „Meine Nachbarn haben mir ausgerichtet, dass ich bei dir vorbeikommen soll, Marie. Dass ich da gleich verhaftet werde, davon hat keiner was gesagt."

Ehe Marie etwas erwidern konnte, übernahm Hans Schlurf das Wort. „Wir haben Sie seit gestern überall gesucht. Sie sind nicht an Ihr Handy gegangen, und zurückgerufen haben Sie uns auch nicht …"

„Ja, weil ich gestern am Nachmittag auf des Feuerbandl gegangen bin. Drobn auf der Hütten hab ich übernachtet, aber dort gibt's kein Netz. Ist eh klar, dass mich da keiner erreicht hat", erklärte Max mit verzweifelter Miene.

Marie ahnte, dass ihn die hinter dem Rücken verknoteten Arme schmerzten, und hatte Erbarmen: „Hans, müssen wir ihn wirklich mit den Handschellen fesseln? Ich glaube, es besteht jetzt keine Fluchtgefahr. Außerdem können wir den Bürgermeister draußen als Wache aufstellen …"

Max Brenner sah sie dankbar an. Ihr Chef hatte immer noch diesen skeptischen Blick, aber er ließ sich dann doch dazu überreden, dem Max etwas *Hafterleichterung* zu verschaffen.

Jetzt übernahm Marie das Wort. „Max, weswegen wir dich sprechen wollten – du hast uns angelogen. Du hast uns gesagt, du wärst schon ewig nicht in Marienschlag gewesen, aber wir wissen, dass du vorige Woche hier warst. Genau am Samstag, als Gringo ermordet wurde. Warum hast du uns das nicht gesagt?"

„Ja, ich weiß, das hätte ich tun sollen. Nachdem die Trude gestorben ist, bin ich ein bisserl sentimental worden. Ich wollt ja niemals fort von da, ich bin nur wegen der Trude weggezogen. Weißt eh, wegen der Geschichte mit deinem Vater damals. Egal – auf jeden Fall hab ich gewusst, dass an dem Samstag das Fest ist, ich krieg ja immer noch die Einladungen von Marienschlag mit den wichtigsten Terminen. Und da hab ich einfach hingeschaut."

„Einfach so? Und zufällig brennt da dann ein Haus nieder, und ein Toter wird drin gefunden." Hans Schlurf hatte sich zuvor niedergesetzt, hielt es jetzt aber nicht mehr aus auf dem Sessel.

„Ja, einfach so! Ich hab mir in Siegnitz in der *Goldenen Gans* ein Zimmer genommen und bin am Nachmittag zu Fuß nach Marienschlag gewandert. Und, bevor's mich fragt's – ich war auch beim Gringo, der war ja ein alter Freund von mir. Aber der war net daheim. Ich bin dann rauf auf mein Bankerl, kennts ihr des, oben am Goasingberg, da wo man so schön den Sonnberg sieht, da bin ich dann gesessen und hab die Zeit vergessen …"

„Warum hast du uns das nicht gleich gesagt?", wollte Marie wissen.

„Ich weiß auch net. Ich hab mir halt dacht, dass ihr dann sowieso denkts, ich hätt was mit dem Gringo seinem Tod zu tun. Du hast mir ja beim Begräbnis nicht mal geglaubt, dass ich mit dem Unfall von deinen Eltern nix zu tun hab."

Ja, das könnte noch immer sein, wir haben über die zwanzigtausend Euro keine Bestätigung gefunden, dachte Marie. Aber damit wollte sie den Max später konfrontieren, jetzt hatten die Morde der letzten Woche Vorrang.

„Du warst also beim Gringo und dann auf dem Bankerl droben. Und was hast du danach gemacht?"

„Ich bin da ewig lang gsessen. Ihr wissts ja gar net, wie schön's bei euch ist. Bei uns, eigentlich. Es ist ja immer noch meine Heimat. Ich hab mir da oben gschworn, dass ich wieder zurückzieh nach Marienschlag. Aber egal jetzt, mit meinem Handy hab ich mir dann den Weg runter geleuchtet und bin wieder nach Stiegnitz zurückgegangen. Ah ja – ähm – Selbstanzeige – der Weg geht ja beim Zelt vorbei, und weil grad keiner da war von der Küchenmannschaft – wahrscheinlich waren's in der Schnapsbude –, hab ich mir ein paar Hendlhaxln runtergrissen vom Griller. So, wie wir's früher immer gmacht habn, der Gringo und ich. Aber deswegen muss man mich ja net gleich verhaften – oder?"

Jetzt mischte sich wieder Hans Schlurf ein: „Deswegen net, also net wegen die Hendlhaxln. Aber vielleicht habn Sie ja was vom Geld vom Gringo haben wollen? Wenn er so ein alter Freund war, wie Sie sagen, dann hätt er Ihnen ja ruhig was davon abgeben können, oder? Und das hat er dann net, und dann ist es eskaliert.

War's nicht so?" Der Postenkommandant ließ dem Brenner Max keine Chance, mehr als „Nein, so war's nicht …" zu erwidern, denn Hans Schlurf war im Verhörmodus. Aber im einseitigen – Verhörmonologmodus quasi. Er zimmerte sich seine eigene Sicht der Geschehnisse zusammen und ließ sie ungebremst raus: „Svetlana hat Sie wahrscheinlich gesehen und musste deswegen auch sterben. Und die Trummers habn alles mitkriegt und waren die Nächsten auf Ihrer Liste. Aber bei der Trummer Helene hat's net ganz geklappt, und drum wollten Sie sie heute Vormittag im Spital endgültig beseitigen. Herr Brenner, so war's doch? Tun's Ihnen und uns einen Gefallen, und gestehn's alles – es hat ja keinen Sinn mehr."

Marie hörte aufmerksam zu. Es waren doch einige Ungereimtheiten in der Aufzählung vom Hans Schlurf, aber so im Großen und Ganzen hätte es so ablaufen können. Nur – der Brenner Max war alles, nur kein Serienmörder. Und wenn, dann konnte er diese Neigung sehr gut verstecken.

„Heast – hab ich Volltrottel auf dem Hirn stehn? Was ist denn los, dass alle immer glauben, ich würd die ganze Welt niedermetzeln? Zuerst den Bürgermeister und seine Frau, dann halb Marienschlag? Wen denn noch alles? Ich war heut nur im Spital, um die Helene zu besuchen. So ein junges Madl hat mir davon erzählt, wie ich heute in der Früh nach Marienschlag gekommen bin. Ich wollt zur Marie, aber ich hätt den Tag auch gleich dazu nutzen wollen, um am Gemeindeamt mal zu schauen, ob es net vielleicht eine Wohnung für mich gibt. Ich möcht ja unbedingt wieder da her – aber das muss ich mir gut überlegn, wenn mich alle für einen Mörder halten." Max war außer sich. „Das Madl, Janine hat's gheißen, hat mich dann nach Neukreuz gführt, und dort hab ich mit der Helene reden können. Wir waren ja mal zusammen, also, bevor sie den Franz geheiratet hat – und haben immer wieder mal telefoniert miteinand. Ich hab ihr ja auch die Svetlana vermittelt, damals, wie des war mit dem Haubner seiner Mutter."

Ehe Marie etwas sagen konnte, übernahm Postenkommandant Hans Schlurf wieder das Wort. „Das ist alles schön und gut, was

Sie uns da erzählen. Aber wir müssen das natürlich nachprüfen, schließlich könnt es auch ganz anders gewesen sein. Bis dahin muss ich Sie leider mitnehmen auf die Wache in Neukreuz, das ist Ihnen ja wohl eh klar – oder?"

Marie war genauso perplex wie der Brenner Max. „Geh, Hans, ist das nicht a bisserl voreilig? Der Brenner Max ist doch …"

„Nein, das ist net voreilig!", unterbrach sie ihr Chef mit hochrotem Schädel. „Marie, du musst noch viel lernen, du bist viel zu gut für diese Welt. Der Herr Brenner hat uns angelogen, er hat ein Motiv, kennt alle Leut do, die umgebracht worden sind, und ist heute aus dem Spital geflüchtet …"

„Ich bin gar net geflüchtet. Gut, schon a bisserl, weil ich net drinnen bei der Helene sein hätt dürfen. Aber die Janine hat eh aufpasst draußen. Irgendwann ist dann doch eine Frau Doktor und ein Pfleger gekommen, da bin ich halt davon. Und dann hab ich die Janine nimmer gefunden und bin mit dem Bus hergefahrn."

„Wie auch immer – wir werden das alles rausfinden. Herr Brenner, Sie sind verhaftet! Wenn's einen Anwalt brauchen …"

„Ich brauch keinen Anwalt, ich hab ja nix getan!"

„Na dann – gemma, ab nach Neukreuz! Da gibt's Vollpension für Sie!" Keiner lachte.

Vor der Tür standen zwei Polizeibeamte. Hans Schlurf hatte vorgesorgt. Sie nahmen den Max in ihre Mitte und brachten ihn zum Auto.

„Hans, muss das wirklich sein …"

„Ich hab's dir eh schon gsagt – ja, wir nehmen den mal mit, und dann wird sich alles andere schon rausstellen. Außerdem – jetzt zeigen wir's Susi und Strolchi. Die glauben immer, sie sind so gscheit, aber wir haben den Mörder gefasst, bevor die überhaupt ein Ohrwaschl grührt haben."

Marie hätte nicht gedacht, dass ihr Chef so weit gehen würde, nur um dem LKA eines auszuwischen.

SAMSTAG

Marie hatte tags zuvor noch Janine und Tobi darüber informiert, dass der Brenner Max als Tatverdächtiger festgenommen worden war. Sie wollte sich nicht mehr vorhalten lassen müssen, dass nicht das gesamte Ermittlerteam auf demselben Stand wäre.

Janine hatte gemeint, man solle die neue Lage eventuell bei einem *Work-Brunch* besprechen, und lud zum Frühstück ein.

Jetzt saßen die drei auf der Terrasse von Janines Graceland-Villa, tranken Kaffee und aßen Bauernbrot mit Speck.

„Ich wollte eigentlich Lachs und französisches Weißbrot, aber das gibt's nicht in Marienschlag", erklärte Janine. Die Extrawurst hätte so *gspiebn* ausgesehen und auch der Käse wie schon einmal gegessen – der Speck sei wenigstens natürlich, da könne man nicht viel falsch machen, dozierte die Wienerin.

Marie wunderte sich, wie aufgeräumt das Haus aussah. Sie hatte es anders in Erinnerung.

Als sie Janine darauf ansprach, meinte diese knapp: „Ja, das wollte ich euch eh sagen. Ich hab ein bisschen zusammengeräumt, weil ich vielleicht wieder nach Wien ziehen werde, bis Jerome von seiner Tour zurück ist."

Marie sah Tobis entsetzten Blick.

„Das ist einfach nicht meine Welt. Es hält mich nichts hier. Außer euch vielleicht, sonst wär ich schon lang weg. Der Chrisi lässt mich bei sich wohnen, er hat genug Platz in seiner Dachgeschosswohnung."

„Hast du dir das gut überlegt?", fragte Marie. „Der Doppeldottore hat – entschuldige, wenn ich das so direkt sage – ja nicht gerade den besten Einfluss auf dich, wie mir scheint."

Janine wischte ihre Bedenken vom Tisch. „Da gibt's eine extra Wohneinheit mit eigenem Eingang – dem Chrisi gehört ja die ganze obere Etage. Wenn wir wollen, sehen wir uns die ganze Woche nicht. Es geht einfach nicht mehr hier …" Auf der Nachbarwiese trabte eine Kuh heran. „Oh, die Lieserl ist auch wieder hier."

Marie war etwas verwundert. Sie hätte mit einer Schimpfkanonade à la Janine gerechnet, stattdessen schien die Wienerin plötzlich ganz sanft geworden zu sein.

„Gestern hat sie mir Blumen gebracht …"

„Was? Wer hat dir Blumen gebracht?"

„Na, die Lieserl …"

„Müssen wir uns Sorgen machen?" Marie und Tobi sahen einander fragend an.

„So deppert ist die gar nicht, die Lieserl …" Nach einer kurzen Pause fügte sie hinzu: „Egal, auf jeden Fall fahr ich dann später mal nach Wien und schau mir die Wohnung genauer an."

Tobi hatte was dagegen: „Aber du kannst noch gar nicht fort, wir haben doch einen gemeinsamen Fall."

„Ja, ich weiß. Müssen wir uns halt beeilen, vielleicht wohne ich nächste Woche schon in Wien."

Tobi schaute nicht wirklich glücklich drein, bemerkte Marie. Er tat ihr leid. Wieder mal. Gerade hatte er erfahren, dass der Trummer Franz sein Vater war, und nicht ein abgestürzter Kletterer, den er nie kennengelernt hatte, und irgendjemand hat ihm den neuen Papa einfach weggehäckselt. Und jetzt verließ auch Janine das Dorf und ließ ihn allein. Er hatte seine Mum, aber auf die war er gerade verständlicherweise nicht gut zu sprechen. Dabei war Tobi in der letzten Woche richtiggehend aufgeblüht, und jetzt saß er da wie ein Häufchen Elend.

Janine entging das offenbar auch nicht. „Tobi, mach nicht so ein Gesicht. Du kannst ja mal nach Wien kommen – du musst eh raus aus diesem Nest. Außerdem, wer weiß, was passiert, wenn Jerome wieder da ist …"

Sie lachte Tobi an, gequält lächelte der zurück.

„So", wechselte Janine das Thema, „wie schaut's denn jetzt aus mit unserem Fall? Mir kommt vor, wir stecken immer tiefer in der Kloschüssel drinnen …"

„Ja", bestätigte Marie. „Ich glaub ehrlich nicht, dass der Brenner Max vier Leute umbringt – einfach so. Da hat mein Cheffe a bisserl zu schnell geschossen, denk ich. Oder der Max ist ein unglaublich guter Schauspieler. Möglich könnt's natürlich schon sein …"

„Apropos Kloschüssel." Tobi sah sie aufgeregt an. „Wusstet ihr, dass bei einer Umfrage rausgekommen ist, dass vierunddreißig Prozent der Leute nackt am Klo Bücher lesen. Und siebenundzwanzig Prozent von denen ist bereits das Buch in die Kloschüssel gefallen."

„Geh, Tobi, wo du das immer alles herhast", bemerkte Marie.

„Ja, das liest man halt so. Und zwölf Prozent haben es wieder rausgefischt, getrocknet und weitergelesen."

„Interessant!", sagte Janine. „Aber das hilft uns nicht weiter …"

„Lass uns nochmals alles durchgehen, was wir so haben." Marie schnitt sich noch einen Speck ab und steckte ihn sich zusammen mit einem großen Stück Brot in den Mund. Mampfend sagte sie: „Der ist übrigens sehr gut, finde ich. Sorry, ich weiß, man spricht nicht mit vollem Mund."

„Ungefähr so hat die Trummer Helene am Anfang mit dem Max gesprochen. Sie ist ja grad erwacht und war noch etwas schlafdamisch", erklärte Janine.

„Was haben sie denn alles besprochen? Kannst du dich erinnern?"

„Nix Besonderes. Nur, dass sie Schriftstellerin hat werden wollen, damals, als die beiden zusammen waren. Sie hat schon früher immer Tagebücher geschrieben, und der Max hat wohl eines erwischt und es gelesen. Was der Helene gar nicht recht war, damals. Hat sie gesagt. Ah ja, und dann hat sie ihn noch beruhigt und gemeint, dass er sich keine Sorgen machen solle, wegen der paar Herbstzeitlosen …"

„Wegen der paar Herbstzeitlosen?"

Marie kam ins Grübeln. „Hast du nicht gesagt, die Helene wär grad erst erwacht? Zum ersten Mal, nachdem sie eingeliefert wurde?"

„Ja, so hat es der Doktor zumindest gesagt …"

„Wie kann die dann wissen, dass sie mit *ein paar Herbstzeitlosen* vergiftet wurde?"

Kurzfristig wurde es still auf der Graceland-Terrasse.

Selbst die Lieserl auf der Weide nebenan schien das Fliegenwegwedeln mit ihrem Schwanz einzustellen.

„Ja, da hast du allerdings recht!" Janine brach das Schweigen.

„Aber warum sollte sie …", dachte Tobi laut nach.

„Ich weiß auch nicht?", erklärte Marie. „Aber nur mal angenommen, was wäre, wenn die Helene etwas mit den Morden zu tun gehabt und dann selbst eine kleine Menge von den Herbstzeitlosen genommen hätte, um von sich abzulenken. Ich weiß, da sind ein bisschen viel „Hätte" dabei, aber sie ist ja eine alte Kräuterhexe, bei Kräutern und Pflanzen kann ihr niemand was vormachen." Je länger Marie darüber nachdachte, desto mehr ergab ihre Theorie Sinn.

„Schade, dass wir nicht das aktuelle Tagebuch haben …", sagte Janine.

Marie sah auf. „Was hast du vorhin über das Klo gesagt, Tobi? Vielleicht lesen nicht nur vierunddreißig Prozent am Klo, vielleicht schreiben manche auch ihre Tagebücher dort? Was meint ihr?"

„Ich war schon ein paarmal bei den Trummers am Klo, da stehen ein Haufen Bücher rum. Ich hab mir noch gedacht, wer schraubt sich Regale ins Häusl …" Tobi dachte nach. „Aber das sind alles Kochbücher, wenn ich mich richtig erinnern kann."

„Kochbücher? Das passt!", rief Janine fast schon begeistert. „Der Max hat im Spital davon geredet, dass die Helene früher ihre Tagebücher hinter Umschlägen von Büchern mit Kochrezepten versteckt hat …"

ERDÄPFELSALAT

„Oh, ihr kommt gleich zu dritt. Was verschafft mir die Ehre?"
Helene Trummer sah von ihrem Krankenbett erstaunt zur Tür, als
drei Mann hoch oder, besser gesagt, zwei Frau und ein langer Rot-
schopf hoch in ihr Zimmer kamen.

„Euch zwei kenn i ja,", sie nickte Marie und Tobi zu, „aber wer
ist das? Oh ja, weiß schon, Sie sind doch die Frau vom Geiger in
der Waldgassen … Ihr seid meine Rettung gewesen, hat mir der
junge Pfleger gsagt. Wenn ihr net gleich den Notarzt gholt hättet's, wär es blöd ausgangen für mich …"

„Hallo, Helene, ja, zum Glück! Na, wie geht es dir? Hast du
dich schon erholt? Was war es denn eigentlich, das dich so nieder-
gestreckt hat?", wollte Marie wissen.

„I dürft ein paar falsche Pflanzerln erwischt haben für mein Bärlauchgemüse. Weißt eh, das kann man schnell mal verwechseln …"

„Ja, kann ich mir vorstellen. Dabei kennst du dich ja eh so gut
aus mit dem ganzen Grünzeug."

„Na, da siehst, man darf sich nie zu sicher sein. Es kann immer
was passieren …" Helene lachte. „Wenn i wieder draußen bin, werd
i für euch kochen, als Dankeschön. Aber keine Angst, da mach i
Schnitzel mit einem Erdäpfelsalat. Und du kriegst an Apfelstrudel, so wie du ihn magst, Marie."

„Das wird aber noch a bisserl dauern, Helene", sagte Marie.

„Ah, das wird schon, heut muss i mir noch von dem Tropf da am
Arm was einflößen lassen, aber morgen darf ich heim … Was
schaut denn der Tobi so traurig? Meinen Erdäpfelsalat magst du
bestimmt."

Ehe Tobi etwas erwidern konnte, übernahm Marie wieder das
Wort: „Helene, wir haben deine Tagebücher gefunden …"

„Welche Tagebücher?"

„Die in der Kiste in Ihrer Waschküche", mischte sich Janine ein.

„Aha – und?"

Marie war, als hätte sie einen kleinen Anflug von Verzweiflung in
Helenes Gesicht gesehen, aber sonst ließ sie sich nichts anmerken.

„Ich schreib halt gern. Immer schon. Das solltet ihr auch tun, es ist richtig befreiend. Aber ihr wisst schon, lesen darf man das nicht, weil das bringt Unglück!"

Wem das wohl Unglück bringen sollte – dem Leser oder vielmehr dem Schreiber?, dachte Marie.

„Na, dann müssen wir in Zukunft aufpassen, Helene", sagte Marie. „Wir haben sie nämlich gelesen. Also nicht alles, so viel Unglück wollen wir dann doch nicht heraufbeschwören. Aber das Jahr 2005 zum Beispiel, das war schon sehr interessant."

Helenes Miene verfinsterte sich etwas.

Tobi konnte sich nicht mehr halten, die Worte kamen einfach aus ihm heraus, gekränkt und verzweifelt: „Der Herr Trummer ist mein Vater! Und ihr habt's das gewusst. Sie, meine Mum – und keiner hat mir was gesagt. Ihr hättet mich blöd sterben lassen …"

Kurz war es mucksmäuschenstill im Krankenzimmer, nur Tobis Schluchzen war leise zu hören.

„Tobi, es tut mir leid!" Helene unterbrach die Stille. „Glaubst denn, mir hat das gefallen? Aber es war das Beste so. Und der Franz hat immer gschaut, dass es dir gut geht. Geh, komm her do, Tobi. I hab dich doch auch mögn, was glaubst, warum i dir immer den guten Gugelhupf und den Kakao gmacht hab. Das war net nur wegen dem hinichen PC, i wollt dir was Gutes tun. Immerhin bin i ja deine …", Helene kam etwas ins Stocken, „… deine Stiefmutter. Ja, genau – i bin deine Stiefmutter. Geh, komm her, lass dich drücken."

Tobi dachte nicht daran, sich drücken zu lassen, im Gegenteil, er sah richtig wütend aus. So kannte ihn Marie gar nicht.

Und dann explodierte er: „Ich hab nur *eine* Mum, ich brauch keine Stiefmutter. Einen Papa hätt ich braucht, aber den habt's ihr mir gestohlen. Einfach weggnommen …" Heulend rannte er aus dem Zimmer.

Helene sah abwechselnd zu Marie und zu Janine: „I kann da gar nix dafür, des war alles dem Franz seine Idee."

„Ja, das wissen wir, das stand ja genauso in deinem Tagebuch", bemerkte Marie.

„Du, Marie – i werd grad furchtbar müde, das nimmt mich alles ganz schön mit. Schön, dass ihr da wart's, aber jetzt muss i mich a bissal ausruhen …" Demonstrativ legte sie sich auf das Polster und schloss die Augen.

„Helene, nur noch ein paar Minuten. Weißt du, dass das Tagebuch von diesem Jahr nicht in der Kiste in der Waschküche war?"

Helene öffnete die Augen und blickte erleichtert zu Marie. „Ja, i hab heuer noch keine Muße ghabt, was zu schreiben. War ja net viel los …"

„Ah, darum. Dann hat das Buch, das wir auf eurem Klo gefunden haben, wahrscheinlich der Sepp geschrieben?"

Jetzt war Helene keine Spur mehr müde. Ihre Augen funkelten Marie an, dann drückte sie den Knopf über ihrem Bett, um die Krankenschwester zu rufen, und schrie dabei laut: „Hilfe! Ich krieg keine Luft!"

„Helene, es hat keinen Sinn! Wir haben alles gelesen. Und wir wissen, was du getan hast. Es ist vorbei!"

BEICHTE

„Aber i hab doch gar nix gmacht!" Helene hatte offenbar noch nicht begriffen, dass sie verloren hatte. „Wo bleiben die Schwestern, i brauch Sauerstoff! Und was willst denn von mir? I bin das Opfer! I bin vergiftet worden. Hast du das vergessen?"

„Du brauchst keinen Sauerstoff. Die Schwestern wissen das. Was du brauchst, ist ein Anwalt! Sollen wir dir vorlesen, was da drinnen steht, im Tagebuch 2024?" Janine reichte Marie ein Buch mit dem Umschlag *Kochrezepte aus dem Alpenvorland*.

Weil Helene schwieg, fing Marie zu lesen an:

15. Mai 2024
Ich hasse ihn, oh Gott, niemand kann ermessen, wie sehr ich ihn hasse. Wenn ich ihn sehe, wie er selbstgefällig daherkommt, mit seiner großen Wampen – ich könnte ihn umbringen!

18. Mai 2024
Heute hat er mir direkt in die Augen geschaut, der schiache Hund. Wenn ich ein Messer bei mir gehabt hätte, ich hätt es ihm in die Gurgel gestoßen und bis zum Herz runtergezogen. Kann man eigentlich einfach so zum Mörder werden? Ja, da bin ich mir ganz sicher …

Helene schaute Marie entsetzt an. Langsam war ihr klar, dass sie da nicht mehr rauskam. Marie las einfach weiter:

21. Mai 2024
Endlich ist er weg! So lange habe ich zugesehen, aber heute habe ich ihn weggehäckselt. Seinen Zipfel kann er jetzt nirgendwo mehr reinstecken, der Sausack. Aber nicht nur den Pimmel, der ganze Franzl ist nicht mehr zu gebrauchen. Schade, dass der junge Schneider gekommen ist, sonst hätten die Schweindl ein ganzes Jahr lang Futter gehabt! Franzlfutter! Ha ha – wie das klingt! Ich hab's getan – und es fühlt sich gut an! Endlich frei!"

Still wurde es im Zimmer. Bestimmt eine Minute lang. Bis Helene stockend zu erzählen begann: „Es ist immer ärger wordn mit dem Scheißhund. Gsoffen hat er wie ein Loch, garbeitet fast gar nix mehr, er war immer nur mit seine Gschaftln unterwegs, und wenn er mal daheim war, hat er mich angschrien und gmeint, dass i nutzlos und deppert bin, weil i das bisserl Hof da net allein schaffe. Und wenn er dann in der Nacht heimgekommen ist, hat er immer nach einem fremden Parfum gerochen. Und wenn dort nix gangen is, dann hat er seine Geilheit an mir abreagiert. Ich hab mir keinen anderen Ausweg mehr gwusst, als ihn in den Häcksler zu stecken."

Obwohl vor ihr eine Mörderin saß, konnte sich Marie in die Helene reinversetzen. Die Ehe muss die Hölle gewesen sein, nur – ein Häcksler war halt auch nicht gerade die feine Lösung. Sie bohrte weiter: „Was ist denn mit den anderen Toten? Hast du den Gringo auch …"

„Nein, des mit dem Gringo war i net. Das war ein Unfall. Der Franzl war beim Hubert, weil er was von dem Lottosechser hat haben wollen. Da sind die zwei ins Rangeln gekommen, und der Hubert ist blöd gfallen und genau auf eine Eisenkante drauf. Der Franz hat ihn dann im Heustadl *zwischengelagert*, aber dann ist ihm irgendwas dazwischengekommen, und er hat den Hubert in seine alte Hütten bracht und die dann anzündet. Um die Spuren zu verwischen, hat er gsagt."

„Wann hat er dir das denn erzählt?"

„Wie er wegen den Herbstzeitlosen schon knapp vor dem Wegkippen war, da war er sehr gesprächig. Dieser Volldepp mit seine Weibergschichten. Vor dem war kein Rock sicher. Ich habe ihn ghasst, schon seit Jahren. Und dann ist die Svetlana auch noch schwanger worden von ihm. Und die Schlampen wollt ihn noch dazu anzeigen, weil sie das angeblich net freiwillig gmacht hat. Dabei weiß i, dass sie ja schon immer einen Bauern haben wollt, aber den Franz sollt's net kriegn. Und erpressen lass i mich schon gar net. Irgendwann hab i dann rot gsehen und ihr ein paar Herbstzeitlosen in den Spinat gmischt. Sie hat aber net den ganzen

Spinat zsamgessen, irgendwas dürfte sie bemerkt haben. Aber ihr war schon richtig schlecht, sie hat sich gar nimmer auf'd Fiaß haltn können. Das hab i dann ausgnützt und ihr an Strick um den Hals glegt und zuzogen. Und dann hab i sie über die Stiagn in den Schuppenbodn tragn. Des war net einfach, des kann i dir sagen. Aber ich war so heiß auf die, i hab Kräfte ghabt wia ein junger Stier. Außerdem bin i ja voll im Training, i muss ja die ganze schwere Arbeit da am Hof alleine machen. Ja, und dann hab i sie in den Silo einegschmissen. I war mir sicher, dass unser belämmerter Dr. Specki das Ganze als Gärgas-Unfall ablegen würd. Wie du dann kommen bist, hab i einfach was machen müssen, bevor alles auffliagt. Tut mir leid, Marie!"

Marie wollte kurz sagen: „Oh, keine Ursache!" Aber das schien ihr dann doch zu zynisch. Außerdem wollte sie die Helene nicht in ihrem Redefluss stören.

„Dem Franzl hab i dann einen Haufen Herbstzeitlosen in sein Bärlauchgemüse gmischt, als er wieder mal bsoffen heimkommen ist. Nach Lavendel hat er grochen, das weiß i noch ganz genau. So hat er oft grochen, wenn er wieder mal auswärts schnackseln war. Aber irgendwann ist der Ofen aus. Mei, hat ihm mein Essen gschmeckt. I hab ein paar Knacker einegschnitten, und er wollt immer mehr. Es ist ihm dann so richtig dreckig gegangen. Da hat er mir das vom Gringo erzählt. I war so heiß auf ihn – und dann wollt i ihn so richtig leiden sehen. Alles, was er mir in die letzten Jahr angetan hat, wollt i ihm zurückzahlen. Wie er dann bewusstlos war, hab i ihn in die alte Scheibtruhe packt und auf das Förderband vom Häcksler gekippt. Aber es sollt ganz langsam gehn, er sollt es schon richtig mitkriegen, was mit ihm passiert. Drum hab i die Maschine auch abdreht, wie i sicher war, dass sein Zipfel schon vermatscht ist. Und i sag dir, Marie, i hab den Moment genossen. Gejammert und geschrien hat er, der Saukerl. Aber für mich war's, als wär grad zum ersten Mal die Sonn aufgangen, nach zwanzig Jahren Eiszeit. Und grad, wie i den Häcksler wieder einschalten wollt, kommt der Tobi und seine Freundin – und den Rest kennst sowieso, Marie!"

„Passt! Hab alles mitgeschnitten!" Janine hielt ihr Handy in die Luft und zeigte den erhobenen Daumen in Richtung Marie.

Marie saß wie versteinert da, mit Tränen in den Augen versuchte sie, das alles zu begreifen. „Helene, Helene! Du machst Sachen …" Mehr fiel ihr nicht ein. Marie hatte ihre Mörderin, aber es fühlte sich alles andere als gut an.

FINALE

Hans Schlurf hatte es nicht weit bis zum Krankenhaus. Der Posten Neukreuz lag nur fünf Minuten entfernt. Zu den zwei Männern, die noch vor Helenes Zimmer Wache schoben, schickte er eine komplette Polizei-Armada. Blaulicht, Sirene, das volle Programm. Helene Trummer ließ sich widerstandslos festnehmen. Und das lag nicht nur daran, dass sie im Krankenhaus immer noch an einem Tropf hing. Nein, tatsächlich wirkte sie erleichtert, dass das alles nun vorbei war. Nur – echte Freiheit, wie sich Helene das gewünscht hatte, sah anders aus, dachte Marie.

Janine hatte inzwischen auch den Tobi beruhigen können, und der Postenkommandant fragte auf dem Gang die Marie, was er denn jetzt mit dem Brenner machen solle.

„Geh, Hans, hast du den noch nicht freilassen? Der ist ja wohl unschuldig, oder hast du noch irgendwelche andere Morde, die er begangen haben könnte?", sagte Marie mit einem süffisanten Lächeln.

„Ja, ja, mach dich nur lustig. Aber trotzdem, Marie – gute Arbeit! Das muss man dir lassen, das hast du wirklich super hingekriegt. Ich bin schon neugierig, was die Strohköpfe vom LKA dazu sagen."

„Ein Lob aus deinem Mund – was ist, sind dir die Spitaldämpfe in das Hirn gestiegen?"

„He – aufpassen, was du sagst." Lachend schlug er Marie die Hand auf die Schulter. „Weitermachen, Frau Revierinspektorin!" Und weg war er.

Auf dem Weg in das Polizeikammerl kam ihr Tante Resi entgegen. Wie immer schien sie etwas besorgt um ihre Nichte. „Geht's dir eh gut, Marie? Gibt's schon was Neues bei deinen Ermittlungen?"

Marie versicherte sich, dass niemand in der Nähe war, und schilderte in wenigen Worten, was passiert war. Tante Resi starrte sie ungläubig an. Dass die Helene zu so etwas fähig war, machte sie fassungslos. Aber sie hatte auch eine Erklärung dafür: „Da siehst, was so a blödes Mannsbild alles anrichten kann. Da ist ganz allein der Franz schuld, der alte Weiberer. Irgendwann geht's Häferl über, und dann passiert so was."

Als Marie die Tagebücher in der Kiste erwähnte, merkte Tante Resi beiläufig an, dass sie im Keller auch eine alte Truhe stehen hätten – vom Hans, wie sie noch hinzufügte.

„Von meinem Papa?"

„Ja! Wir haben irgendwann mal reingschaut, aber da war nix Besonderes drin. Die steht schon seit einer Ewigkeit hinter dem Regal mit der Marmelade."

Jetzt wurde Marie neugierig. Sie begleitete ihre Tante Resi nach Hause. Gemeinsam schoben sie das Marmeladenregal zur Seite. Und da stand sie, die Truhe ihres Vaters, des Herrn Ex-Bürgermeisters Hans Unterholzer.

Nix Besonderes, wie Tante Resi den Inhalt der Kiste befunden hatte, war etwas untertrieben.

In dem Wirrwarr an Papieren und Akten fand Marie einen roten Ordner mit der Aufschrift „Sonstiges".

Und darin waren zwei DIN-A4-Zettel. Auf dem einen stand:

Bestätigung über den Erhalt von € 20.000 von Max Brenner als Wiedergutmachung.
Unterschrift:
Bürgermeister Hans Unterholzer und Max Brenner
Datum: 2008-12-08

Mehr war nicht drauf zu lesen. Aber das genügte Marie vollends.

Dann nahm sie das zweite Blatt aus dem Ordner. Darauf waren zwei handschriftliche Einträge vermerkt, die mit verschiedenen Kugelschreibern geschrieben worden waren – einem blauen und einem schwarzen:

Aktennotiz von Bürgermeister Hans Unterholzer – 2007-09-02:
Aufgrund einer Fehlleistung der Gemeindesekretärin Frau Tru-
de Brenner entstand der Gemeinde Marienschlag ein Schaden

von € 20.000. Um die Gemeindefinanzen in Ordnung zu hal-
ten, habe ich, Bürgermeister Hans Unterholzer, diesen Betrag
aus meinen Mitteln in die Kasse einbezahlt. Trude Brenner
wurde einvernehmlich gekündigt.

Aktennotiz von Bürgermeister Hans Unterholzer – 2008-12-08:
Der Ehemann von Trude Brenner, Max Brenner, hat mir heute
den Betrag von € 20.000 übergeben. Ich schließe diese Angele-
genheit hiermit ab.

Aus Maries Augen kullerten ein paar Tränen. Die Erinnerungen
an ihren Vater holten sie ein. Genau so war er gewesen – geradli-
nig und ehrlich, ein bisschen penibel und immer korrekt. Der
Brenner Max hatte also auch in diesem Fall die Wahrheit gesagt.
Vielleicht war ja doch die Zeit gekommen, mit der Vergangenheit
abzuschließen?

SAMSTAGABEND

Bürgermeister Karl Kiefer musste seinen gesamten Charme einsetzen, um Marie davon zu überzeugen, mit ihm zum Kirchenwirt zu gehen. Nach diesem Tag war Marie gar nicht nach Ausgehen zumute. Viel zu viel war passiert. War die ganze letzte Woche passiert. Sie fühlte sich ausgebrannt, ihre Akkus waren völlig leer gefahren, und am liebsten hätte sie sich einfach nur aufs Bett geschmissen, um ein paar Tage durchzuschlafen.

Mit „Okay, du gibst ja doch nicht auf. Aber nur ganz kurz, weil du's bist, Bärli" gab sie dann doch nach, und am breiten Grinsen vom Bürgermeister sah sie, wie sehr er sich freute.

„Deine beiden Hilfssheriffs sind auch da, ich hab sie angerufen. Auch wenn's schwerfällt zu verstehen, was die Trummer Helene alles getan hat – du hast das Ganze aufgeklärt. Und das muss gefeiert werden, Mariechen."

Mariechen war ganz und gar nicht nach Feiern, aber vielleicht war es keine schlechte Idee, um auf andere Gedanken zu kommen.

Als Marie um halb acht mit dem Bürgermeister die Gaststube betrat, war schon beinahe das ganze Dorf versammelt. Wie jeden Samstag. Der Bürgermeister hatte dafür gesorgt, dass auch Tante Resi, Onkel Kurt und sogar der Brenner Max gekommen waren zu dieser kleinen Überraschungsparty für Marie. Sie saßen am hintersten Tisch beim Kachelofen, wo Tobi zwischen Janine und seiner Mum aussah wie ein zu groß geratener Schulbub. Zwei Plätze waren für Marie und den Bürgermeister reserviert, zwei Krügerl Bier standen schon parat für sie.

Auf einigen Tischen wurden die Bierkrügel in der Mitte zusammengestoßen, und die Leute warteten, dass Marie zum üblichen *Zsamm, Zsamm, Zsamm* herkommen würde. „Seid mir nicht böse, ich muss erst mal runterkommen. Vielleicht später", vertröstete sie jedoch ihre Marienschlager und ging schnurstracks zu ihrem Tisch.

„Na gut, dann net!"

„Passt scho, trink ma halt allein!"

„Das nächste Mal kommst uns aber net aus!"

Das waren nur ein paar Meldungen der Meute, die ihr *Zsamm, Zsamm, Zsamm* jetzt ohne Marie lautstark hinausbrüllte.

Ihr Handy läutete, *Hans Schlurf* stand auf dem Display. Marie hob ab, verstand in dem Trubel kein Wort. Also marschierte sie kurzerhand auf die Toilette, wo es einigermaßen ruhig war.

„Marie, ich muss dir was sagen!" Ihr Postenkommandant klang aufgeregt. „Ich hab den Kommissar Winkler angerufen. Dem hat's ganz schön die Red verschlagen, wie i ihm gsagt hab, dass er am Montag sehr gerne bei uns gesehen ist, aber dass er halt nimmer viel Arbeit haben wird, weil wir den Fall selbst gelöst haben. Bist du narrisch, der ist aufgangen, der hat ins Telefon gschimpft wia ein Rohrspatz. Dass er sich das ganz genau anschaun wird, und dass wir Bauernschädl – ja, genau so hat er es gsagt – ja bloß Glück ghabt haben und so weiter. I hab dann nur gsagt ‚Schönes Wochenende!' und hab aufgelegt. Mei, war des schee! Wollt i dir nur sagen, Marie. Ciao!"

Marie war gar nicht zu Wort gekommen, da hatte ihr Boss seinen Telefonmonolog auch schon beendet. So war er. Marie musste lachen. Sie konnte sich gut vorstellen, was jetzt in den Köpfen der beiden Ws vorging.

„Na, Mariechen, was hast denn gemacht am Häusl, dass du gar so gut drauf bist?", fragte der Bürgermeister, als sie zurück an den Tisch kam.

„Geht dich gar nix an, Bärli!" Marie lachte, und Bärli lachte mit.

„Recht hast, man muss nicht alles verraten", kam vom Brenner Max.

„Ja, genau. Schön, dich zu sehen. Wann haben sie dich wieder rauslassen aus der Zelle in Neukreuz?"

„Ja, würd mich auch interessieren. Wie war's denn bei Wasser und Brot?", fragte Janine.

„Oder habn's dir gar nix gebn, net einmal ein Zirberl?", mischte sich Onkel Kurti ein.

„Wusstet ihr, dass man mit der Spucke, die man in einem Leben so produziert, zwei Schwimmbecken füllen könnte?" Tobi war auch noch da.

„Alles halb so schlimm, sie haben mir eine Salamipizza gebracht, und ein Bier hab ich auch kriegt", schmunzelte Max. Und dann wandte er sich an Tobi: „Du, was ich dich fragen wollt – du bist doch jetzt eigentlich der Erbe vom Trummer-Hof, als Sohn vom Franz, oder?"

Darüber hatte sich noch keiner Gedanken gemacht, wie die ratlosen Mienen am Tisch verrieten.

„Also, ich möcht mich nur anmelden. Wenn das wirklich so ist, vielleicht kann ich dort einziehn? Ich zahl dir natürlich eh eine Miete." Dann sah er zum Nachbartisch hinüber, wo der Striedinger Paul mit seiner Hermi saß, und sagte laut in ihre Richtung: „Und die Wirtschaft würd ich natürlich auch machen, wenn mir die Striedis helfen. Na, ihr zwei, was sagts dazu?"

„Ja, du kannst sofort anfangen. Allein wird uns der zweite Hof eh zu viel", rief die Hermi. Ihr Paul nahm sein Krügerl und prostete rüber. „Willkommen im Team!"

„Das wär ja eine Superidee!" Der Bürgermeister war begeistert. „Ich glaub zwar, da muss noch einiges geklärt werden, aber grundsätzlich … oder, Tobi?"

„Pfuh, ich weiß net? Darüber hab ich noch gar nicht nachgedacht. Was meinst du, Mum?", stotterte Tobi. Sie hatten sich anscheinend ausgesprochen, und es sah ganz so aus, als hätte er seiner *Mum* verziehen, dass sie ihn so lange im Unklaren über seinen richtigen Vater gelassen hatte.

Mama Schneider lächelte versonnen: „Da reden wir noch drüber. Aber eigentlich musst das du entscheiden, du bist ja schon ein großer Junge …" Man sah, dass sie mit den Tränen kämpfte. Damit sie nicht gleich losheulte, entkam ihr noch ein „Aber du kannst natürlich auch Janine fragen, ob sie die Kühe melken will".

Alle lachten.

„Die will ja nicht dableiben", erwiderte Tobi etwas traurig.

„Na ja, so wirklich reizen tut mich der Gedanke nicht, als Bäuerin in Gummistiefeln den Stall auszumisten", schmunzelte Janine. „Geh, Tobi, mach nicht so ein Gesicht. Ich bleib euch eh noch erhalten. Die Wohnung war zwar echt schön, aber der Chrisi war so zugedröhnt, dass ich mir dacht hab, da ist es ja sogar auf dem Land noch besser. Wenn ich den jeden Tag vor der Nase hätte, ich wüsste nicht, was ich dann machen würd. Hier hab ich euch, dich, Marie – und die Lieserl. Ich bleib also auf jeden Fall mal hier, bis der Jerome wieder da ist."

Tobis Augen begannen zu strahlen, er brachte nur ein „Wow! Super!" raus.

„Und ich schau dir zu, wie du als Bauer den ganzen Tag im Stall bist, Heu umdrehst, Holz häckselst …"

Bei *Holz häckseln* wurde es kurz leise am Tisch. Bis Max die Stille unterbrach: „Muss ja net gleich sein, Tobi, aber bitte denk an mich, wenn's so weit ist."

„Dann musst du auch den alten Trummer-Sepp übernehmen und ihm den Arsch auswischen. Überleg dir das gut!", merkte Janine an.

Marie fiel ihr ins Wort. „Nein, das ist zum Glück geklärt. Die Postl Vreni hat ihre Kontakte spielen lassen, der Sepp ist in einem Pflegeheim in Siegnitz untergekommen …"

„So schnell geht das am Land? Vitamin B ist ja doch das beste Vitamin", lachte Janine. „Apropos *beste* – waren wir nicht ein Superteam, wir drei?", sagte sie in Richtung Marie, dann drehte sie sich zu Tobi und wuschelte ihm begeistert durch die roten Haare. „Na, Ed Sheeran, das haben wir gut hinbekommen, oder?"

„Ed Sheeran? Wer ist das?", fragte die Schneider Helga.

„Den kennst du nicht, Mum …"

„Ich glaub, ich bin schon zu alt für das neumodische Zeugs."

Wieder lachten alle.

„So, die nächste Runde geht auf mich!", kam von Marie. „Als Dankeschön für mein Superteam! Und alle anderen sind natürlich auch eingeladen. Was hast du vor einer Woche gesagt, Janine? Drei Engel für Gringo! Genauso war's – obwohl, *Engel* hat wahrscheinlich nicht immer gepasst …"

„Wusstet ihr, dass acht Prozent aller Menschen glauben, dass Engel kiffen – weil sie sonst das ganze Hallelujasingen nicht aushalten würden?"

„Tobi, das hast du dir ausgedacht – oder?", fragte Janine ihn ungläubig.

„Weiß nicht …", lachte der rothaarige Junge verschmitzt.

Max hatte noch eine Frage: „Wann ist denn eigentlich dem Gringo und der Svetlana ihr Begräbnis? Und des vom Franz? Gibt's da schon einen Termin?"

„Die Svetlana sollte in ihre Heimat überführt werden", erklärte der Bürgermeister, „aber ihre Familie kann das net zahlen. Und der Gringo hat auch kein Geld ghabt …"

Keiner am Tisch hatte bemerkt, dass inzwischen auch Herr Dr. Haubner gemeinsam mit dem Woodoo-Fredl in das Wirtshaus gekommen war.

Alfredo Cavallo musste gerade beim Häuslgehen den letzten Satz gehört haben und pudelte sich auf.

„Was heißt, der Gringo hat kein Geld gehabt? Mamma mia, und was ist mit seinen Millionen?" Er wurde laut. „Wir können doch jetzt nicht aufgeben, irgendwo müssen sie ja sein?"

Einige Marienschlager schauten auf, manche murmelten etwas Unverständliches, und dann widmeten sie sich wieder den drei wichtigen Dingen des Abends: Bier, Bier und Bier. Und Tratschen. Also eigentlich vier wichtige Sachen.

Marie dachte: Schau, schau, da wird ja doch nicht die Vernunft eingekehrt sein, in ihrem Marienschlag?

„Was ist los mit euch? Wollt ihr jetzt aufgeben? Was ist mit dem Lottogewinn – es ist ja unser …"

Janine platzte der Kragen: „Hearst, du spiritistisches Nackerpatzerl, hör endlich auf mit dem depperten Geld. Keiner hat es gefunden, also gibt es auch keines. Geht das nicht rein in deinen Schädel?"

Cavallo wollte etwas erwidern, aber der Bürgermeister übernahm das Wort: „Frau Schultner hat recht. Das Los ist bestimmt mit dem Gringo abgebrannt, und der Gewinn verfällt damit. Und ich muss euch sagen, ich glaub, dass das gar nicht so schlecht ist. Denn wer weiß, was noch alles passiert wär, wenn wir uns weiter darum gestritten hätten."

„Aber …", wollte Cavallo es nochmals probieren.

„Ja, hörn wir auf mit dem Ganzen", rief der Maier Hias. „Es bringt ja nix …"

„Genau! Der Herrgott wird auch weiter auf uns schauen, selbst wenn wir arme Schlucker bleiben. Amen!", stimmte der Pfarrer ein. Und der Bauer Hansi vom SV Marienschlag und der Kotscharik vom Musikverein waren derselben Meinung. Die Adele von der Trafik nickte ebenfalls zustimmend, sagte aber leise: „Schad um das schöne Geld …"

„Apropos Geld!" Marie übernahm das Wort, und alle schauten gebannt auf sie. „Die Svetlana müsste nach Rumänien überführt werden, aber ihre Familie kann das nicht bezahlen. Und der Gringo würde auch ein gscheites Begräbnis brauchen. Also – wer was spenden möchte, nur her damit …"

Jetzt rumorte es im Saal. Marie wusste, dass das schon ein bisserl viel verlangt war. Gerade erst hatte man Millionen verloren, und jetzt sollte man auch noch etwas spenden? Aber plötzlich stand der Dr. Haubner auf, griff gönnerhaft zu seiner Brieftasche und sagte laut und deutlich: „Na gut, ich schmeiß mal zwei Hunderter in die Kasse!"

Stille im Saal. Damit hatte keiner gerechnet. Langsam kam wieder Leben in die Bude.

Marie hatte sich inzwischen einen Hut vom Bock-Wirt ausgeborgt und ging durch die Tische. Und ausnahmslos jeder griff in seine Börse. Aber die Marienschlager hatten eine Bedingung: Zuerst musste das zuvor abgeblasene *Zsamm, Zsamm, Zsamm* nachgeholt werden, auf jedem Tisch. Und dann musste Marie für sie singen. Was soll's, dachte Frau Revierinspektorin Marie Unterholzer, ist ja für den guten Zweck.

Während der Wirt seine Karaokeanlage betriebsfertig machte, kam Dr. Haubner zum Tisch von Marie: „Na, Frau Revierinspektorin. Aber jetzt könnten wir schon Du sagen, oder?"

Das ganze Wirtshaus schrie bereits „Marie, Marie, Marie".

„Mariechen, die Leute …"

„Ja, Bärli, komme schon"

Und dann wandte sich Marie noch an den Anwalt: „Sorry, Herr Dr. Haubner – jetzt hab ich keine Zeit …"

„Ich will nur dass du glücklich bist, Marie!"

EINE WOCHE SPÄTER

Marie saß bei Tante Resi und Onkel Kurt, mampfte Apfelstrudel und trank heiße Milch. Thema Nummer eins waren ausnahmsweise nicht die Geschehnisse der letzten Woche, sondern dass Marie auf den Jakobsweg gehen wollte.

„Was wird dann aus uns? Übernehmen deine Hilfssheriffs die Polizeiarbeit in Marienschlag?", wollte Onkel Kurt wissen.

„Irgendwie funktioniert das schon", war sich Marie sicher. „Ich muss aber eh noch das Okay vom Posten bekommen."

Und dann erzählte Marie, dass Tobi völlig aus dem Häuschen gewesen sei, als er beim letzten „Drei Engel für Gringo"-Treffen von ihren Plänen erfuhr. „Das geht ja nicht! Wie stellt ihr euch das vor?", war seine erste Reaktion gewesen, und sein Gesicht hatte beinahe dieselbe Farbe angenommen wie seine feuerroten Haare. „Was ist, wenn Janine doch nach Wien zieht? Und dann willst du auch noch weg! Pilgern? Was wird aus mir?"

Marie hatte Tobi beruhigen wollen, aber Janine war ihr ins Wort gefallen, kurz und bündig: „Weißt was, Tobi, da gehen wir einfach mit. Ich hab eh nichts Besseres zu tun, und dir schreib ich eine Entschuldigung – oder so?"

Als Marie mit ihren Schilderungen zu Ende war, meinte Onkel Kurti trocken: „Also ich würde mit die zwei nicht einmal hundert Meter marschieren. Das kann net gut ausgehn – ihr drei würdet's bestimmt am ersten Tag schon über ein paar Leichen stolpern …"

Hoffentlich nicht, dachte Marie. Sie wollte einfach nur Pilgern, alles um sich vergessen, die Zeit genießen und in Santiago de Compostela eine Kerze für ihre Eltern anzünden. Das war ihr Plan – aber man konnte ja nie wissen, was da alles passiert, auf so einem Jakobsweg …

Gerade als Onkel Kurt drei Stamperl Zirbenschnaps einschenken wollte, aber den guten, läutete Maries Handy. Eine rumänische Nummer stand auf dem Display. Marie kannte die Ländervorwahl, weil sie einiges abzuklären gehabt hatte in der letzten Woche bezüglich der Überstellung von Svetlana.

„Hallo, Frau Marie? Hier Svetlana Mama", kam aus dem Hörer in brüchigem Deutsch. „Sagen danke noch für alles!"

„Keine Ursache, das habe ich gern getan. Es tut mir sehr leid, was geschehen ist."

„Ja, groß Tragik. Aber Brief hier …"

„Sie haben einen Brief bekommen? Von wem?"

„Svetlana Brief. Lange Zeit, heute da."

Es war nicht ganz einfach für Marie, herauszufinden, was ihr Svetlanas Mutter sagen wollte. Aber am Ende konnte sie es sich doch irgendwie zusammenreimen. Svetlana hatte geschrieben, dass ein Freund im Lotto gewonnen und ihr das Geld geschenkt habe, damit sie ihre Familie unterstützen könne.

„Mussen wir Geld zurückschicken?", fragte die Mutter von Svetlana.

„Nein! Müssen Sie natürlich nicht!"

„Oh, viele, viele Dank!"

Aus reiner Neugier fragte Marie noch, wie viel Geld es denn sei.

„Oh, das sehr, sehr viel. Hundertachtundzwanzig Euro!"

Keine zehn Sekunden nach dem Auflegen klingelte ihr Handy erneut. Postenkommandant Hans Schlurf war dran: „Du Marie, es war nicht einfach, aber ich hab es hinbekommen: Das mit dem Jakobsweg geht in Ordnung …"

Aber das ist eine andere Geschichte …

ENDE

GLOSSAR

Damit man den Dialekt aus Marienschlag auch im restlichen deutschsprachigen Raum verstehen kann, hat Tobi mal kurz im Internet recherchiert und diese Übersetzungstabelle zusammengestellt:

amoi	einmal
bacherlwarm	lauwarm
beim Krawattl nehmen	am Kragen packen
Blunzen, blede Blunzen	Blutwurst, aber auch Schimpfwort: blöde Kuh
Blutzer	großer Kopf, Schädel
Damenspitz	leichter Rausch
damischer Hund	Schimpfwort: blöder Hund
deppert	dumm, blöd
eingetrenzkert	eingespeichelt
Fetzenschädl	Schimpfwort: Dummkopf
fuchtig werden	sauer werden
Funsen	schwaches Licht, aber auch Schimpfwort: eingebildete Frau
gemmas an	las uns losstarten
glosend	brennende Zigarette
Grantscherm	Griesgram
Greißler	kleiner Lebensmittelladen
Grias di	Hallo, ich grüße dich
Großkopferter	einflussreiche Person
Gschaftlhuber	Wichtigmacher
gscheit, owa gscheit, nix gscheites	vernünftig, aber richtig, nicht gut
Gscherter	Provinzler
Gschnas	Kostümfest

Gspritzter	arrogante Person, aber auch Weißweinschorle
hamma	das haben wir
das Häferl geht über	es ist zu viel
Häusl	kleines Haus, aber auch Toilette
hearst	horch zu, pass auf
Hendlhaxen	Hähnchenkeulen
herumknotzen	relaxen
Hinterwäldler	Schimpfwort: Landbewohner
I schnall dir eine, dass die a ein paar Tage der Schädl wackelt	Du bekommst gleich eine Ohrfeige, die du mehrere Tage spüren wirst
Kastel	Kasten, aber auch PC
kein großes Wasser machen	nicht allzu ernst nehmen
Keuschen	alte Hütte
Knacker, alter Knacker	Brühwurst, alter Mann
lahmoarschiger Hosentürlwalzer	Schmachtfetzen
Lamour-Hatscher	langsamer Schlager
langer Lulatsch	große Person
Leiberl	Shirt
Lokafassl	Güllefass
madig machen	schlecht über jemanden reden
Marie	Geld, aber auch geistig unterbelichtete Person
murxen	reparieren, herumarbeiten
Nackerpatzerl	nackte Person, aber auch geistig unterbelichtete Person
narrische Schwammerl	giftige Pilze
Netsch	geringe Geldmenge, Kröten
Oarg!	Krass! Echt?
kein Ohrwaschl rühren	nichts unternehmen
Leckts mi am Oarsch	Götz-Zitat

mit an Oarsch auf zehn Kirtag	auf vielen Hochzeiten tanzen
Pallawatsch	Unruhe
Pappen	Mundwerk
Parte, Partezettel	Todesanzeige
patschert	tollpatschig
Pfiat di	Auf Wiedersehen
picken	kleben
Polizeikammerl	kleines Wachzimmer
schiach	hässlich, schlimm, schräg
schlafdamisch	noch nicht ganz ausgeschlafen
Schlapfen halten	still sein
schmähstad	ohne Humor sein, sprachlos
Spritzer	Weißweinschorle
stampern	scheuchen
Teerpatzen	ausgebesserte Fahrbahnschäden
Totenmahlerl	Leichenschmaus
Tschik, Tschikstummeln	Zigaretten, Kippen
Tuchent	Bettdecke
Turnus-Ärztin	Ärztin in Ausbildung, Assistenzärztin
versumpern	versauern
Vitamin B	Beziehungen haben
Wampe	Bauch
Wichtelschas	Wichtigtuer
Zirbenschnaps, Zirbener, Zirberl	Schnaps aus der Zirbe (Kiefernart)
Zwetschkener	Obstler, Pflaumenschnaps

DANKE! JETZT WIRD ES KRIMINELL ...

Mein erstes Buch entstand aus „jugendlichem Leichtsinn". Es war 2010, ich fühlte mich mit meinen fünfundvierzig Jahren immer noch nicht wirklich der Pubertät entwachsen und war grad frisch von meinem ersten Jakobsweg zurückgekommen. Als Musiktexter machte ich die Schlager- und Volksmusikbranche „unsicher" und durfte mir sogar schon ein paar Goldene und Platin-Awards für besonders erfolgreiche Songs in meinem Stiegenhaus an die Wand nageln. Irgendwann pflanzten mir meine Freunde die Idee in mein Oberstübchen, es mit einem Wanderbuch zu versuchen. Okay, dachte ich mir, ich habe noch drei Wochen Zeit, da schreib ich das halt nieder, das kann ja nicht so schwer sein.

Heute, fünfzehn Jahre, zweitausend Pilgerkilometer, ein paar weitere Hundert Liedertexte und fünf Bücher später, weiß ich, welche Heidenarbeit dahintersteckt, ein Buch zu schreiben, bei einem guten Verlag unterzukommen und vor allem tolle Leserinnen und Leser zu finden, die das Geschreibsel nicht sofort nach den ersten Zeilen zur Seite legen und es eventuell nur mehr als Unterlage für ein zu kurz geratenes Tischbein verwenden.

Hätte ich das damals gewusst – ich hätte alles genauso gemacht!

Aus den „drei Wochen Zeit" wurde 2010 mehr als ein Jahr, bis ich mein erstes Buch-Baby in den Händen halten durfte. Aber es war eine Zeit, die mir unendlich viel Spaß gemacht hat. Ich liebe es, neue Wege auszuprobieren. Einzutauchen in die Welt der Literatur, Rückschläge wegzustecken und mich immer neu zu motivieren. Ein Buch zu schreiben, ist durchaus vergleichbar mit einem Pilgerweg, der neben vielen traumhaft schönen Momenten auch Wegstrecken bereithält, wo man sich die Frage stellt: Warum tu ich mir das an?

Alle paar Jahre „ruft" mich wieder ein neuer Pilgerweg. Mit den Worten „Solang ich nicht mitmuss!" lässt mich meine Frau Monika ziehen, wenn die Sehnsucht unerträglich wird. Und genau so war es auch, als ich plötzlich die Idee hatte, einen Krimi zu schreiben.

Ein paar Monate lang habe ich bestimmt mehr Zeit mit der Marie verbracht als mit meiner Frau. Vielen Dank, meine geliebte Moni, dass du immer zu mir hältst und immer an meiner Seite bist, egal, welche wirren Ideen mir gerade wieder durch den Kopf geistern. Aber auch dafür, dass du mich wieder zurück auf den Boden holst, wenn ich knapp vor dem Abheben bin. Und dass wir gemeinsam zwei großartige Kinder haben, Christoph und Sandra, ist sowieso der Super-Jackpot. Meine Familie ist eindeutig das Wichtigste in meinem Leben, ich liebe euch unendlich!

Ja, wie das Wandern ist auch das Schreiben eine einsame Sache. Man sitzt in seinem Kämmerchen und arbeitet vor sich hin – in seiner eigenen Welt, allein mit seinen Geschichten und Figuren. Die dann vielleicht auch noch kriminell werden und sich gegenseitig an den Kragen gehen. Irgendwann ist man dann mal einigermaßen zufrieden mit dem Text und traut sich zu, das Manuskript einem Verlag anzubieten. Auch das ist ziemlich aufregend. Und wenn es dort Anklang findet, ist es vorbei mit der Ruhe und der Einsamkeit. Dann geht's so richtig los, und ein Verlagsrädchen greift ins nächste. Ich habe das Glück, dass meine Rädchen-Dreher zu den Besten ihres Faches gehören. Und noch dazu überaus sympathisch und liebenswert sind.

So bin ich sehr dankbar dafür, in der Literaturagentur von Günther Wildner gelandet zu sein, der mit viel Kompetenz und Beharrlichkeit versucht, für seine Autorinnen und Autoren stets das Beste zu erreichen. Und der auch den Weg zum Carl Ueberreuter Verlag geebnet hat. Dorthin, wo ich mich rundum wohlfühle und wo professionell und mit viel Herzblut nach meinem dritten Wanderbuch *Himmel, Herrgott, Fatima* nun auch mein Krimi-Baby *Her mit der Marie* das Licht der Literaturwelt erblicken konnte. Vielen Dank an die charmante Verlagsleiterin Birgit Francan und das gesamte Team – ihr seid einfach großartig!

Ein riesengroßes Dankeschön gebührt aber auch meiner Lektorin Regine Weisbrod, die normalerweise für Größen wie Sebastian Fitzek im Einsatz ist, die aber von meinem Geschreibsel und der Marie so überzeugt war, dass sie ausnahmsweise auch einen hoffnungsvollen „Jung"-Krimi-Autor bei der Überarbeitung unterstützt und geführt hat.

Vielen Dank an alle meine Testleser, in der Familie, im Freundeskreis und auch außerhalb der österreichischen Grenzen. Vielen Dank an unsere Freunde aus Hannover, ohne sie wäre das Glossar nie so umfangreich ausgefallen. Obwohl wir uns sehr gut verstehen, weiß ich jetzt, dass eine gemeinsame Sprache doch ziemlich unterschiedlich sein kann. Ein Danke auch an meine Ideengeber und Plausibilitäts-Checker, ob auf dem Pilgerweg nach Mariazell, im Bauhof der örtlichen Gemeinde, auf dem Polizeiposten oder in der Notaufnahme des Krankenhauses – schließlich sollten Morde und Todesfälle einigermaßen nachvollziehbar sein. Wobei – richtig „nachvollziehbar" werden sie wohl in den seltensten Fällen sein.

Ein herzliches Dankeschön auch an die großartige österreichische Band *Alle Achtung*, die mir – ohne ihr Wissen – die Grundidee zu meiner Hauptdarstellerin geliefert hat. Den Ohrwurm „Marie" und vor allem die Zeile „Ich will nur, dass du glücklich bist!" habe ich monatelang nicht aus dem Kopf bekommen – bis ich schlussendlich die Marie aus meinen Gedanken direkt in meinen Krimi verfrachtet habe. Das hat sie davon, jetzt bringt Frau Revierinspektorin Marie Unterholzer mit genau diesem Lied so manches Volksfest in meinem Buch zum Kochen, denn wenn es grad passt, wird sie zur Rampensau. Aber eigentlich sollte sie ein paar Morde aufklären, weil sie sonst nicht auf dem Jakobsweg pilgern kann.

Sie sehen, ich habe viele meiner Leidenschaften in diesen Krimi gepackt, aber das haben Sie längst bemerkt. Vielen Dank, meine lieben Leserinnen und Leser, dass Sie mit Marie, Janine und Tobi mitgelitten, mitgeschmunzelt, mitgeraten und mitgefiebert haben.

Ich hoffe, Sie hatten beim Lesen ebenso viel Freude, Spannung und aufregende Momente wie ich beim Schreiben. Und wenn es Ihnen gefallen hat, erzählen Sie es einfach weiter – vielen Dank!

Herbert Hirschler | Jänner 2025

Herbert Hirschler, geboren 1965, ist als Songtexter für mehr als 700 Titel quer durch alle Genres der Musik verantwortlich. Er ist Romanautor und Verfasser von drei Wanderbüchern, die mittlerweile zu den Standardwerken über die spanischen und portugiesischen Jakobswege zählen.

Zuletzt bei Ueberreuter erschienen: »Himmel, Herrgott, Fatima – Der schönste Pilgerweg Portugals«. Er lebt mit seiner Familie in Ternitz im südlichen Niederösterreich.

Diese Muschel ist das Symbol des Jakobswegs.

HERBERT HIRSCHLER

Himmel, Herrgott, Fatima
Der schönste Pilgerweg Portugals

Erlebnisse und Geschichten auf dem Weg von Lagos über die
Rota Vicentina und Lissabon bis nach Fatima

Verträumte kleine Buchten, grandiose Steilküsten, beschauliche Fischerdör-
fer, aber auch endlos weites Land, Schafherden und Eukalyptuswälder –
wer von der Algarve aus über die Rota Vicentina und den Pilgerpfad am
Tejo entlang nach Fatima, einem der bekanntesten Marien-Wallfahrtsorte
Europas, wandert, erlebt Portugal von seiner allerschönsten Seite.

Herbert Hirschler beschreibt humorvoll und sehr persönlich einen der
schönsten Weitwanderwege der Welt und gibt Einblicke in den Pilgerall-
tag, zu dem nicht nur Blasen, Knieschmerzen und Sonnenbrand gehören,
sondern auch eine Menge irrwitzige Erlebnisse und skurrile Begegnungen.

Herbert Hirschler
Himmel, Herrgott, Fatima
224 Seiten | mit zahlreichen Bildern
ISBN: 978-3-8000-7861-5